Diogenes Taschenbuch 24259

Ingrid Noll
Über Bord
Roman

Diogenes

Die Erstausgabe
erschien 2012 im Diogenes Verlag
Umschlagillustration: Helmut Wiechmann,
HAPAG-Plakat, 1955 (Ausschnitt)
Copyright © Helmut Wiechmann
Foto: © The Bridgeman Art Library

Veröffentlicht als Diogenes Taschenbuch, 2014
Alle Rechte vorbehalten
Copyright © 2012
Diogenes Verlag AG Zürich
www.diogenes.ch
500/14/8/1
ISBN 978 3 257 24259 1

Der Herbstwind fegte die ersten bunten Blätter auf die Straße. Auf den Besen gestützt stand die alte Frau vor ihrem Anwesen, pausierte ein wenig, schnüffelte nach dem Rauch eines fernen Laubfeuerchens, starrte auf ein Loch in ihrem Gummistiefel und bot in diesem Augenblick das perfekte Bild einer Hexe. Mit einem Seufzer richtete sie sich schließlich wieder auf, um weiterzukehren.

Direkt vor ihr blieb plötzlich ein junger Mann stehen, der sich bei steilem Hochblicken als der Freund ihrer Enkelin Amalia entpuppte. »Guten Tag, Frau Tunkel!«, sagte Uwe höflich. »Schauen Sie mal, wen ich hier habe!« Und er öffnete den Reißverschluss seiner Jacke und zeigte ihr einen niedlichen Welpen, der die Äuglein ein wenig öffnete und herzhaft gähnte.

Ob sie wollte oder nicht, Hildegard verzog das Gesicht zu einem Lächeln, sah auch über das verhasste Piercing hinweg und musste das Wollknäuel einfach mal streicheln.

»Wo haben Sie den denn her?«, fragte sie, beinahe milde.

Uwe hatte ihn gefunden, und zwar war der Kleine vor einer Kirche ausgesetzt worden wie in früheren Zeiten die Findelkinder. Wohl oder übel werde er das verwaiste Hündchen jetzt ins Tierasyl bringen, meinte er, denn er habe keine Zeit, sich darum zu kümmern, außerdem mochte sein Vater keine Hunde. Womöglich müsse man den Welpen einschläfern, wenn man im Heim keinen Platz für ihn habe.

»Warten Sie«, sagte Hildegard kurzentschlossen. »Das ist ja noch ein richtiges Baby! Ein Flaschenkind! Wissen Sie was, ich werde es übergangsweise behalten, und Sie suchen inzwischen eine Familie mit Kindern, wo es aufwachsen kann. Es ist doch hoffentlich ein Mädchen?«

Uwe grinste, er wusste genau, dass ein Rüde im Nonnenkloster keine Chance hätte. Er hatte die Sache fein eingefädelt, als er den vier Wochen alten Welpen vom Bauernhof eines Freundes versuchsweise mitgenommen hatte. Wenn so ein unschuldiges, verspieltes Hundekind sich einmal ins Herz der Alten eingeschlichen hätte, würde sie ihn nie wieder hergeben. Und er stellte sich vor, wie Amalia und er Abend für Abend und Hand in Hand mit dem Hund spazieren gehen könnten. Allzu viele gemeinsame Interessen hatten sie ja leider nicht, aber beide waren naturverbunden und hielten sich gern im Freien auf. Deswegen zweifelte er keine Sekunde, dass seine Freundin vom neuen Hausgenossen entzückt sein würde.

Schon nach einer guten Woche blühte Hildegard regelrecht auf, weil sie nun das Alphatier für einen Wollknäuel war, der ihr ständig hinterherwuselte. Da sie sich immer noch stundenlang im Garten aufhielt, gab es auch nur wenige Pfützen im Haus, wahrscheinlich würde Penny in einigen Wochen stubenrein. Eigentlich gab es nur noch ein Problem: Ihre Tochter Ellen, die bei ihr wohnte und demnächst von ihrer dubiosen Kreuzfahrt zurückkam, hasste Hunde. Sollte sie Ellen beim nächsten Telefonat schonend auf Penny vorbereiten? Oder Amalia einweihen und ihr den diplomatischen Drahtseilakt aufbürden? Da kam der Anruf ihrer Enkelin aus Monte Carlo wie gerufen: Amalia wollte zuerst einmal wissen, ob es der Oma gutgehe und ob Uwe sie ein weiteres Mal zum Einkaufen gefahren habe.

»Er ist eigentlich doch ein braver Junge«, sagte die Alte. »Ich habe ihn bisher auf Grund von Äußerlichkeiten vielleicht falsch eingeschätzt, das tut mir leid. Wir waren nicht nur einkaufen, sondern gestern sogar beim Tierarzt.«

Nun war es heraus, und Amalia staunte. Sie bekam die Geschichte von der kleinen Penny zu hören und ob es vielleicht besser wäre, wenn Ellen vorgewarnt würde.

Amalia lachte und versprach, das zu übernehmen. Dann erzählte sie der Großmutter vom bisherigen Verlauf der Reise und natürlich die aufregende Sache von Ortruds Verschwinden auf Nimmerwiedersehen.

Wie bitte, Gerds Frau war abgetaucht? Hildegard hatte allerdings geahnt, dass diese Frau nur Scherereien machen würde. Vor dieser Kreuzfahrt mit den neuen Verwandten hatte sie Ellen und Amalia von Anfang an gewarnt. Schließlich kannten sie Gerd und Ortrud kaum. Und es wäre sowieso besser, wenn nicht nur Ortrud, sondern auch dieser Gerd wieder aus ihrem Leben verschwänden.

»Oma, ich weiß nicht genau, wie ich Mamas Gefühle einschätzen soll. Teils leidet sie mit ihrem Gerd, teils ist sie wohl froh, dass wir die Schnapsdrossel los sind.«

»Sie soll sich bloß nicht gleich als Nachfolgerin fühlen«, sagte Hildegard. »Dieser Mann ist skrupellos, mit Sicherheit hat er seine Frau umgebracht! Ein Blaubart, so sind sie doch alle!«

I

Amalia war die Jüngste einer stattlichen Enkelschar. Sie staunte immer wieder über ihre Großmutter, die meistens schilfgrüne Kleider trug und kleinen Kindern wie eine weise Frau oder wie eine Hexe vorkommen musste. Wenn man mit noch feuchten Haaren ins Freie ging – da war sich die alte Frau sicher – bekam man eine schlimme Erkältung, ja Lungenentzündung. Sie selbst hingegen bosselte unaufhörlich im Garten herum, ignorierte den einsetzenden Regen und wurde patschnass, holte sich aber weder den Tod noch die gefürchtete Pneumonie.

Als Amalia vier Jahre alt war, sagte sie zu ihrer Großmutter: »Wenn du dich totgelebt hast, will ich deinen grünen Ring haben!«

Zwanzig Jahre später hatte es ihr der Ring aus Jade immer noch angetan. Leicht verlegen fragte sie die Oma, ob sie den Ring einmal anprobieren dürfe.

»Kind, dieser Ring ist ein Andenken. Den kriege ich nicht mehr runter, der ist längst eingewachsen.«

Und wenn sie tot ist, dachte Amalia schaudernd,

muss man ihr den Finger abhacken, um an den Ring zu kommen.

Es war verwunderlich, dass diese tüchtige Frau, die immerhin Abitur gemacht hatte, in manchen Dingen so rückständig, prüde und abergläubisch war. War sie senil, an Alzheimer erkrankt?

Unter vier Augen hatte die Großmutter auch ausdrücklich davor gewarnt, an gewissen Tagen zu baden oder unter die Dusche zu gehen.

»Und mich deucht, du hast es gestern wieder getan!«, sagte sie zornig. Wer der Oma solchen Quatsch beigebracht hatte und woher sie wusste, wann die Enkelin ihre Periode hatte, war unklar. Doch Amalia ahnte, dass sie scharf beobachtet wurde, seit sie einen Freund hatte.

›Nonnenhaus‹ hatten die Nachbarn die Villa Tunkel in Mörlenbach – ein großes, aber ziemlich heruntergekommenes Gebäude – getauft, weil die Bewohnerinnen ihre Seelen gegen weltliche Verlockungen verbarrikadiert zu haben schienen. Die Großmutter war verwitwet, ihre Tochter geschieden, und auch Amalia lebte mit 24 immer noch zu Hause.

Im Sommer zierten den schmiedeeisernen Gitterzaun des Nonnenhauses üppig wuchernde, samtig blaue Winden, schwere dunkle Weintrauben, dazwischen hohe Sonnenblumen. Auf den ersten Blick wirkte das Arrangement rein zufällig, auf den zweiten erkannte man, dass hier eine Frau mit Geschmack waltete. Und wer gar länger stehen blieb und das Stillleben in Ruhe auf sich wirken ließ, wurde vom Zauber der grünen, blauen und dunkelgelben Schattierungen ein wenig verhext.

Im Frühjahr waren es die weißen Pfingstrosen, die schon seit Jahrzehnten hier besonders gut gediehen. In vielen Nachbargärten der Villa im Odenwald wuchs die Gemeine oder Bauernpfingstrose, die nicht minder üppig blühte, doch mit ihrem glutvollen Rot nicht ganz so edel wie ihre weiße Schwester wirkte. Prinzessin hier und Bauerntrampel dort – und nicht viel anders verhielt es sich bei den Enkelinnen: Clärchen mit ihrem porzellanzarten Teint hob sich gegen die rotbackige oder – je nach Saison – braungebrannte Amalia deutlich ab.

Die Villa war von Amalias Ururgroßeltern gebaut worden; auf einem Mauerstein über der Haustür waren noch die Jahreszahl 1902 und die Gründernamen eingemeißelt – Anna Elisabeth und Justus Willibald Tunkel. Das Eckturmchen des Seitenflügels überragte die anderen Häuser der Straße, denn Anfang des letzten Jahrhunderts gab es noch keine strenge Bauordnung. Die Fenster hatten ein Oberlicht und endeten in einem gefälligen Rundbogen. Früher war die Villa bewachsen gewesen, aber der wilde Wein war schon vor Jahrzehnten abgestorben. Leider hatte man jedoch nicht die Mittel, das dürre Skelett dicker und dünner Äste abreißen und die Mauern neu verputzen und streichen zu lassen.

Jahrelang hatten nur der Gasableser und der Schornsteinfeger das Haus betreten, Briefträger und Paketzusteller wurden bereits an der Tür abgefertigt. Doch nun drohte ein Eindringling: Amalia, das Nesthäkchen, wurde neuerdings immer mit demselben Mann gesehen, der durch seine beträchtliche Körpergröße auffiel.

»Hohes, hartes Friesengewächs«, kommentierte ihre Mutter, die viele Gedichte auswendig kannte.

Mit 24 Jahren wurde es auch langsam Zeit, dass Amalia ihr Singledasein aufgab.

Amalias Mutter Ellen hatte ihre jüngere Tochter nach einer Heldin aus Schillers *Räubern* benannt und deren ältere Schwester, die zum Studieren nach Köln gezogen war, nach dem Clärchen aus Goethes *Egmont*. Eigentlich hatte Ellen Schauspielerin werden wollen, aber Hildegard hatte das boykottiert oder Ellens Talent hatte nicht gereicht – da gingen die Ansichten auseinander. Nun war sie Sachbearbeiterin beim Einwohnermeldeamt und langweilte sich dort zu Tode. Seit ihrer Scheidung hatte Ellen mit keinem Mann mehr geschlafen, obwohl sie hinter dem Rücken der Familie regelmäßig Kontaktanzeigen las, neuerdings auch im Internet.

Ellen war ihrem Exmann durch die Lottozahlen auf die Schliche gekommen. Als sie sich kennenlernten, waren beide arm und versuchten, durch das wöchentliche Glücksspiel ihre Finanzen aufzubessern. Die Zahlen waren immer die gleichen: ihre eigenen Geburtstage und die ihrer Mütter. Später wurden sie ausgetauscht gegen die der beiden Töchter. Die fünfte und sechste Zahl überließen sie dem Zufall.

Eines Tages bemerkte Ellen, dass ihr Mann seit einiger Zeit regelmäßig die Vierzehn eintrug. Sie verkniff sich eine Bemerkung, wartete ab und fragte erst nach mehreren Monaten nach der Bedeutung dieser Zahl. Er stotterte herum, es sei der Geburtstag seiner verstorbenen Großmutter, die er sehr geliebt habe. Vielleicht sehe sie von oben auf ihn herab, fühle sich geschmeichelt und helfe Fortuna auf die Sprünge.

Aberglaube passte nicht zu ihm. Ellen erkundigte sich irgendwann, als sie zufällig mit ihrer Schwiegermutter telefonierte, nach den Lebensdaten der ominösen Großmutter. Sie war bereits gestorben, als Ellens Mann erst zwei war und hatte am 31. Dezember Geburtstag. Von da an begann sie ihren Mann zu bespitzeln und wurde bald fündig. Ihre eigene Nichte Nina hatte an einem Vierzehnten Geburtstag.

Ellen ließ sich scheiden, zog zu ihrer Mutter und traute eine Zeitlang keinem Mann mehr über den Weg. Die Typen im Angebot, über die sie sich vorsichtshalber nur anonym informierte, schienen entweder an Sex oder an Geld interessiert zu sein. Oft waren es auch 70-Jährige, verwitwet und vom Haushalt überfordert. Eine weitere Kategorie suchte eine Dame aus gutem Stall oder gar eine mit Kinderwunsch. Leider sah es so aus, dass eine Frau im Klimakterium – selbst wenn sie eine schlanke Nichtraucherin war – sich einen Mann erst backen musste.

Es war nicht so, dass sie sich in all den Jahren nie verliebt hätte. Bereits während ihrer Ehe hatte sie ein Auge auf einen Kollegen geworfen, später hatte sie sich in den Kinderarzt, einen Friedhofsgärtner und einen jungen Steuerberater verguckt, war aber im Nachhinein froh, dass es nicht zu Intimitäten gekommen war. Ellen wusste zumindest theoretisch, dass man die Männer schnell idealisierte, sowie sie einem ein zweites Mal intensiver in die Augen schauten. Wer sich für mich interessiert, kann eigentlich nur ein wunderbarer Mensch sein, hatte sie geglaubt. Doch der attraktive Kollege hatte mit fast allen jüngeren Mitarbeiterinnen angebändelt und mit seinen Erfolgen geprahlt, der Kinderarzt entpuppte sich als pädophil, der Friedhofsgärtner als verheiratet, der Steuerberater als langweilig und konsumsüchtig. Irgendwann wunderte sich Ellen über sich selbst. Sie mochte den eigenen Instinkten nicht mehr trauen und betrieb das Studieren der Inserate nur zur Unterhaltung, so wie andere Frauen Sudokus und Kreuzworträtsel lösen, Puzzle zusammensetzen oder Patience legen.

In ihrer Jugend hatte sich Ellen für die deutschen Dichter und Denker der Romantik begeistert. Sie hatten Ellen mit ihrer blauen Blume einen Floh ins Ohr gesetzt. Mörike besang die Insel Orplid, Eichendorff ließ seinen Taugenichts gen Süden aufbrechen, wohin es auch Goethes Mignon zog. *Meine Seele spannte weit ihre Flügel aus...* So flog Ellen in Gedanken immer wieder nach Italien. Als sich aber in ihren Tagträumen ein charmanter Römer über sie hermachte, hatte sie das so mitgenommen, dass sie sich Buße auferlegte und tagelang die Küchenschränke, Truhen und Kommoden ausräumte, neu ordnete und putzte.

Bei ihrer Heirat hatte Ellens damaliger Mann Adam ihren Namen angenommen und den eigenen abgelegt, weil *Szczepaniak* schwierig zu buchstabieren war. Daher hießen alle Frauen im Nonnenkloster Tunkel – Großmutter Hildegard, ihre Tochter Ellen sowie die beiden Enkelinnen Clärchen und Amalia.

Sowohl Ellen als auch ihre Tochter Amalia arbeiteten in einem acht Kilometer entfernten Städtchen und verließen das Nonnenkloster bereits am frühen Morgen. Ellen fuhr zum Amt und setzte Amalia unterwegs bei der gynäkologischen Praxis ab, wo ihre Tochter als Arzthelferin angestellt war.

»Heute holt mich Uwe ab«, sagte Amalia zum Abschied. Es war Mittwoch, und die Praxis blieb am Nachmittag geschlossen. »Wir wollen nach Mannheim zum Shoppen.«

Ellen seufzte bloß. Ihre Tochter steckte das gesamte Gehalt in ihre Garderobe, kein Gedanke daran, dass sie sich wenigstens am Benzin beteiligte oder einen kleinen Beitrag für Telefon, Heizung und Verpflegung beisteuerte.

»Wenn man den lieben langen Tag weiße Laborschuhe tragen muss«, versuchte Amalia ihre Mutter zu beschwichtigen, »dann braucht man privat etwas Schickes. Ich habe neulich Stiefeletten im Antik-Look gesehen...«

Hätte ich auch gern, dachte Ellen, aber die Rechnung für den Rohrbruch ist noch fällig. Die Villa war zwar von den wohlhabenden Vorfahren als repräsentative Familienresidenz gebaut worden, aber seit vielen Jahren renovierungsbedürftig. Wenn man das eine Loch notdürftig geflickt hatte, ging es an anderer Stelle los. Ihre Mutter hatte früher die größere Wohnung vermietet, und auch damals schon waren die Einnahmen meistens für Reparaturen draufgegangen. Aber als die letzten Mieter kündigten, zog sie, frisch geschieden, mit ihren Töchtern im Parterre ein. Seitdem schwebte ein Damoklesschwert über ihnen, weil längst ein neuer Brenner fällig war, das Dach undicht war und eigentlich zwei morsche Bäume gefällt werden mussten.

Ellens Exmann hatte zwar für die Ausbildung der Töchter gesorgt, aber inzwischen war nichts mehr von ihm zu erwarten, denn er war arbeitslos und hatte auch keine Aussicht auf einen neuen Job. Wenigstens Clärchen konnte von einem Stipendium leben, arbeitete nebenher in der Werbeagentur ihres Freundes als Grafikerin und gab am Wochenende bei der VHS einen Kurs für Manga-Zeichnen – kam also finanziell über die Runden. Amalia verdiente relativ wenig und überzog stets ihr Konto. Eigentlich war Ellen regelrecht dazu verpflichtet, einen reichen Gönner zu finden, der sich für die ehemalige Schönheit einer Jugendstilvilla begeisterte und Freude an einer behutsamen Instandsetzung fand.

Um das wenige Geld zusammenzuhalten, briet die alte Frau jeden dritten Abend eine sächsische Süßspeise, die von den Kindern früher heißgeliebten Quarkkeulchen. Inzwischen war es oft genug der Ersatz für Fleisch geworden, ein simpler Sattmacher, über den Amalia die Nase rümpfte. Das Rezept war einfach: Geriebene Pellkartoffeln wurden mit Quark, einem Ei und Mehl vermischt, mit Zucker, Zimt, Rosinen und Zitronenschale gewürzt und in Butterschmalz goldbraun gebraten. Dazu gab es Apfelmus – alles in allem ein preiswertes und leckeres Gericht, das Ellen, Amalia und vielleicht sogar die kochende Hildegard allmählich hassten. Die Alternative waren Bratkartoffeln mit Speck und zwei verquirlten Eiern oder Linsensuppe. Sparen war eben mit Verzicht verbunden, Steaks kamen nie auf den Tisch.

Während Ellen in ihrem Polo dem Ziel entgegenbrauste, hatte sie den seltsamen Wachtraum, dass sie mit wehenden Haaren auf einem Schimmel galoppierte, schwerelos und flink, die Hufe berührten kaum den Boden. In einem anderen Leben war ich eine Prinzessin, dachte sie, irgendwann wird sich auch ein Prinz einstellen. Und mit dieser Hoffnung betrat sie schließlich das Großraumbüro des Einwohnermeldeamts.

2

Als Amalia noch zur Schule ging, glänzte sie im Gegensatz zu ihrer Schwester nie durch gute Leistungen. Ihre Hefte fielen durch herausgerissene Seiten auf, mit acht Jahren schrieb sie zum Leidwesen anderer beharrlich mit Kreide auf Schultafeln, Toiletten- und Garagentüren: *Wer das liest, ist doof.* Am liebsten vertrödelte sie sonnige Tage im Garten, kletterte auf Bäumen herum, fing zuweilen sogar einen Jungvogel und versuchte, ihn mit Würmern zu füttern. Hildegard Tunkel konnte sich bei dieser Enkelin zwar nicht über gute Zeugnisse freuen, doch über ihr kindliches Interesse an der Natur, das die eigenen fünf Kinder nie gezeigt hatten.

»Eiben sind ziemlich giftig«, belehrte sie das kleine Mädchen, »aber sieh mal, was ich kann!«, und sie steckte eine der roten Beeren in den Mund. »Wenn man ganz vorsichtig die kleinen Kerne mit der Zunge herauslöst und ausspuckt, darf man das Fruchtfleisch durchaus essen« – die alte Frau machte es vor – »und es schmeckt gut, aber ich bitte dich! Es muss unser Geheimnis bleiben.«

»Die Vögel essen die Beeren ja auch«, sagte Amalia, denn sie beobachtete alle Lebewesen im Garten sehr genau.

Heute versuchte Amalia bei jeder Gelegenheit, das Neonlicht der Arztpraxis durch möglichst viel Sonne in der Freizeit auszugleichen. Auch an jenem denkwürdigen Wochenende im Juli lag Amalia wie so oft im Garten und bräunte sich, wobei sie allerdings immer wieder einmal aufsprang, um den Liegestuhl aus dem Schatten zu zerren oder mit ihrer emsigen Oma zu plaudern.

»Wie findest du Uwe eigentlich?«, fragte sie.

Die Großmutter richtete sich auf und lehnte die Harke an einen Kirschbaum. »Wieso? Willst du ihn etwa heiraten?«

Dieses *Etwa* gefiel Amalia nicht.

»Darum geht es nicht«, sagte sie. »Ich habe bloß gefragt, wie er dir gefällt.«

»Ich kenne ihn ja kaum, diesen Herrn der Schöpfung!«

Amalia legte sich wieder in die Sonne. Meine Oma mag ihn nicht, dachte sie, sonst hätte sie anders reagiert. Vielleicht hatte sie generell etwas gegen große Menschen, weil sie selbst vertikal etwas benachteiligt war. Dabei hatte Uwe neulich ihre Quarkkeulchen über den grünen Klee gelobt, doch dabei vielleicht übertrieben.

Nach einigen Minuten fiel plötzlich ein Schatten auf Amalias Gesicht, die Großmutter hatte ebenfalls nachgedacht und beugte sich über sie. »Halten zu Gnaden«, sagte sie scherzhaft. »Ich habe leider den Verdacht, dass er ein armer Schlucker ist, mach' bitte nicht den gleichen Fehler wie deine Mutter!«

Alles dreht sich hier ums Geld, dachte Amalia ärgerlich, anscheinend erwartet man von mir, dass ich einen Millionär abschleppe. Ja, ja, ich weiß, die Heizung tut es nicht mehr lange, das Schieferdach muss neu gedeckt werden und so weiter. Am besten würde man diesen maroden Schuppen verkaufen oder abfackeln, dann wäre endlich Ruhe.

Ans Heiraten hatte Amalia noch kaum gedacht, eher an ein Kind. Täglich wurde sie von Berufs wegen mit Problemen der weiblichen Fruchtbarkeit konfrontiert. Außer den ständigen Blutabnahmen, Ultraschalluntersuchungen und Hormonberatungen gab es viel Freud und Leid, Umarmungen oder Tränen in einer gynäkologischen Praxis: werdende Mütter, die nichts als Glück ausstrahlten, und jene, denen es versagt blieb. Oder auch Frauen, für die der positive Schwangerschaftstest der reinste Schock gewesen war und die nur eines im Sinn hatten, nämlich den Embryo schleunigst wieder loszuwerden. Zur falschen Zeit vom falschen Mann, das war eine Katastrophe.

War Uwe überhaupt der Richtige? Konnte sich Amalia nicht ganz entspannt noch zehn Jahre gedulden? Wenn da nur nicht diese unglücklichen Frauen wären, die zu lange gewartet hatten. Mit ihrem Freund hatte sie bisher nie über Familienplanung gesprochen, außerdem hatte ihre Großmutter in einem Punkt durchaus recht: Uwe war ein armer Schlucker. Er war erst 22, zwei Jahre jünger als sie, und wohnte aus Kostengründen immer noch bei seinem despotischen Vater. Eine gemeinsame Wohnung konnte sich das junge Paar nicht leisten und manchmal zitierte Uwe scherzhaft im breiten Dialekt seines Vaters: »Dahaam is dahaam!«

Letzten Sonntag war Amalia zum Grillen eingeladen worden; es war warm genug, um im Garten zu essen. Uwes Vater hatte riesige Koteletts aufgetischt (die Amalia nicht anrührte) und bemühte sich, einer hübschen jungen Frau gegenüber als Kavalier aufzutreten. Als allerdings sein Sohn aufstand, um zum Abschluss noch ein Eis aus dem Kühlfach zu holen, wurde er vom Papa angebrüllt. »Net leer laufe!«

Amalia machte sich sofort einen Reim darauf: *Ein braves Mädchen geht nie mit leeren Händen in die Küche!* hatte ihre Großmutter immer gesagt. Gemeinsam mit Uwe trug sie die fettigen Teller hinaus.

Gegen das Nachmittagslicht blinzelte sie zu ihrer Großmutter hinüber, die Moos zwischen den Fugen der Steinplatten herauskratzte und sich unentwegt bückte, um irgendein unschuldiges Grashälmchen auszureißen. Wahrscheinlich war die alte Frau ebenso männerfeindlich wie ihre Mutter. Ihre Oma war schon lange Witwe, hatte fünf Kinder großgezogen und sich nie über zu viele Pflichten beklagt. War ihre Ehe glücklich gewesen? Immerhin war Amalias Großvater kein armer Mann gewesen und hatte seiner Frau unter anderem dieses Haus vererbt. Den Löwenanteil des hinterlassenen Vermögens hatte Hildegard Tunkel schon vor Jahren an vier ihrer Kinder ausgezahlt, was sicherlich ein Fehler war. Man hatte ihr erklärt, dass bei einer rechtzeitigen Schenkung später keine Erbschaftssteuer mehr fällig werde. Doch nun besaß sie außer der Villa keine Rücklagen und musste mit ihrer bescheidenen Rente auskommen. Da Ellen bis dahin leer ausgegangen war, sollte das sanierungsbedürftige Haus demnächst in ihren Besitz übergehen, es musste nur noch ein Termin mit dem Notar vereinbart werden.

Dann hat Mama den Klotz am Bein, dachte Amalia, aber immerhin wohnen wir hier umsonst. Man hätte sogar zwei Zimmer vermieten können, aber weder Hildegard noch Ellen wollten fremde Menschen – am Ende gar noch Männer – hier ein und aus gehen sehen, die das Bad mitbenutzten. Und für eine Studentin war die nächste Universitätsstadt einfach zu weit entfernt. Außerdem gab Ellen zu bedenken, dass junge Frauen im Allgemeinen einen Freund hätten, der sich über kurz oder lang einnisten würde. Amalia wagte nicht zu fragen, ob man mit Uwe eine Ausnahme machen könnte.

Amalias träumerisches Sonnenbad wurde jäh unterbrochen. Ellen kam in den Garten gelaufen und rief: »Zieh dir was über, wir bekommen gleich Besuch!«

Ihre Tochter schaute träge hoch und hatte wenig Lust, ihr Top gegen ein T-Shirt einzutauschen.

»Wer denn?«, fragte sie.

»Ein Mann hat gerade angerufen, ich kenne ihn nicht. Er heißt Dornenvogel oder Dornkaat oder so ähnlich und will etwas Privates besprechen, er tat sehr geheimnisvoll.«

Jetzt horchte die misstrauische Großmutter ebenfalls auf. »Muss ich mich etwa auch umziehen?«, fragte sie. Ellen musterte ihre alte Mutter, die in ihrem Grünzeug zwar keine besonders gute Figur machte, aber zwischen Moos und Gras nicht weiter auffiel.

Auch Amalia wollte lieber liegen bleiben, doch ihre Neugier war erwacht. Ein Bote von der Lottogesellschaft?

»Ist der Dornenvogel aus der Nachbarschaft?«, fragte sie, aber Ellen schüttelte bloß den Kopf und rannte wieder ins Haus, um auf die Schnelle ein wenig aufzuräumen.

Es klingelte erst eine halbe Stunde später, ein gutaussehender Mann mit Oberlippenbärtchen stand vor der Tür. Er trug Jeans, ein kariertes Hemd, eine sehr schicke Sonnenbrille sowie eine hellbraune Lederjacke und hielt eine schwarze Mappe unterm Arm. Amalia öffnete und erfuhr, dass er Dornfeld heiße und sich bereits angekündigt habe. Wahrscheinlich ist es ein Vertreter, der sich durch einen faulen Trick an meine gutmütige Mutter heranmacht, dachte sie, gleich wird er eine Versicherungspolice herausziehen, am Ende gar einen Staubsauger oder einen Rotwein aus dem Auto holen. Ob er sich das traut, an einem Sonntag?

Nachdem sich Herr Dornfeld sowie die beiden Frauen auf den Sesseln niedergelassen hatten, fragte Ellen höflich: »Darf ich Ihnen etwas anbieten?«

Amalia musste das gewünschte Mineralwasser holen und ärgerte sich. Auch noch Wünsche, der Herr.

Als auch sie wieder saß und der Fremde einen Schluck getrunken hatte, wurde es wohl langsam Zeit, dass er sein Anliegen vorbrachte.

»Mein Vater ist schon lange tot, und vor wenigen Wochen ist auch meine Mutter gestorben«, begann er etwas nervös. »Unter ihren nachgelassenen Papieren habe ich ein Tagebuch gefunden, aus dem etwas Unerhörtes hervorgeht. Ich bin anscheinend nicht das Kind meines Vaters, obgleich es in meiner Geburtsurkunde so stand.« Er machte eine bedeutungsvolle Pause.

Amalia starrte Herrn Dornfeld gespannt an.

»Und was hat das mit uns zu tun?«, fragte Ellen ungeduldig.

»Wir sind wahrscheinlich Geschwister, genau genommen Halbgeschwister«, sagte der Mann, sah Ellen sekundenlang voll ins Gesicht und wurde etwas verlegen.

Das verschlug Mutter und Tochter erst einmal die Sprache.

»Verstehe ich richtig? Meinen Sie im Ernst, dass mein Vater auch der Ihre ist?«, hakte Ellen endlich nach. »Gibt es dafür Beweise oder wenigstens Anhaltspunkte?«

»Zum einen haben meine Eltern erst kurz vor meiner Geburt geheiratet, aber das tut ja nichts zur Sache, und zweitens...«, Herr Dornfeld zog das angebliche Tagebuch aus der Mappe und blätterte darin, »... und zweitens schreibt meine Mutter am Tag meiner Taufe...«:

Ich bin Walter unendlich dankbar, er liebt den Kleinen wie ein eigenes Kind. Nun habe ich die Hoffnung, dass doch noch alles gut wird. Von Rudi T. ist leider nichts mehr zu erwarten, da er bereits eine eigene Familie hat und im Übrigen jetzt so tut, als hätte ich es bloß auf sein Geld abgesehen.

Ellen dachte nach. Ihr Vater hieß tatsächlich Rudolf und T. konnte für Tunkel stehen. Sie betrachtete den fremden Mann äußerst misstrauisch und forschte in seinen Zügen nach irgendeiner Familienähnlichkeit.

»Herr Dornkaat! Wie kommen Sie darauf, dass der erwähnte Rudi T. mein Vater Rudolf Tunkel sein könnte?«, fragte sie in aggressivem Ton. »Sind diese wenigen Sätze der einzige Hinweis?«

»Ich heiße übrigens Gerd«, sagte der Mann. »Ich habe außerdem das Foto eines Unbekannten gefunden, der mir ähnlich sieht. Schauen Sie selbst!«

Amalia und Ellen beugten sich über ein durchaus wiedererkennbares Bild von Vater und Großvater und wussten nichts mehr zu sagen. Auf der Rückseite stand mit grüner Tinte geschrieben: Dein Rudi.

Nach einer Weile fragte Amalia: »Soll ich Oma holen?«

Sowohl ihre Mutter als auch Gerd Dornfeld wehrten ab. Womöglich ahne sie nichts vom Fehltritt ihres Mannes, und dabei solle es vorläufig auch bleiben.

Ellen wollte vor allem wissen, ob ihr vermeintlicher Bruder den vollen Namen ihres Vaters in einer Urkunde, in Briefen oder weiteren Tagebuchnotizen gelesen habe, was jedoch nicht der Fall war. Er hatte vielmehr einen Detektiv mit der Recherche beauftragt.

»Ich wusste schließlich, dass meine Mutter vor ihrer Heirat in Mörlenbach gelebt und dort in einer Apotheke gearbeitet hatte, es war also anzunehmen, dass auch der bewusste Rudi ein Mann aus eurem Ort war.«

Amalia kam eine Idee: »Das sind doch nur sehr vage Hypothesen. Gewissheit kann eigentlich nur ein Gentest bringen, und das ist kein großes Problem, wenn ihr beide damit einverstanden seid.«

Gerd sah sie dankbar an und nickte zustimmend. Ellen aber schüttelte den Kopf. War ihr dieser Mensch nicht völlig fremd? Sie entdeckte weder eine verwandte Seele in Gerd Dornfeld noch bemerkte sie eine äußerliche Ähnlichkeit. Von Seitensprüngen ihres Vaters wollte sie nichts wissen. Sie hatte ihren Papa geliebt und verehrt und konnte sich nicht vorstellen, dass er fremdgegangen war.

»Ich muss nachdenken und Ihren Verdacht erst einmal verdauen«, sagte sie in strengem Ton und stand auf. »Lassen Sie mir bitte Ihre Karte hier, Sie werden von mir hören.«

Amalia war enttäuscht. Sie hätte den neuen Halbonkel ganz gern nach Strich und Faden ausgehorcht. Wie hieß seine Mutter vor ihrer Eheschließung? War er verheiratet? Hatte er Kinder, gab es unbekannte Cousins und Cousinen? Welchen Beruf hatte er, wo wohnte er? War er jünger als ihre Mutter? Warum ihr Opa seinen unehelichen Sohn nicht anerkannt hatte, hätte Gerd Dornfeld wohl auch nicht beantworten können.

Kaum waren sie allein, verlangte Ellen einen Schnaps, was noch nie vorgekommen war. Sie klopfte unentwegt auf die Sessellehne und regte sich schrecklich auf.

»Mit Sicherheit ist er ein Betrüger! Was will er bloß von uns? Was hältst du von diesem Typen?«

Amalia fand ihn nicht unsympathisch. Sie konnte gut verstehen, dass er den Wunsch hatte, das Geheimnis seiner Herkunft zu klären. Das Tagebuch seiner Mutter war bestimmt ein großer Schock für ihn gewesen, wer konnte wissen, was sonst noch alles darin stand. Sie schnappte sich die Visitenkarte und las laut vor: Gerd Dornfeld, Apfelstraße 24, 60322 Frankfurt. Telefon und E-Mail waren zwar angegeben, aber kein Titel, keine Firma oder Berufsbezeichnung. Amalia eilte an den Computer, um seine Daten einzugeben. Die Adresse stimmte, doch leider fand sie in ihrer Ungeduld keine weiteren Informationen. Nachdenklich schaute sie ihre Mutter an.

»Wahrscheinlich ist er einsam und sucht Familienanschluss, und eigentlich sieht er Onkel Matthias ja ziemlich ähnlich«, meinte sie, »aber dir überhaupt nicht.«

»Ich habe schließlich vier Geschwister«, sagte Ellen. »Warum kommt er ausgerechnet zu mir? Jetzt rufe ich sie der Reihe nach an, mal sehen, ob die irgendetwas von einer Affäre unseres Vaters wissen…«

Amalia meinte, die Mutter solle sich beruhigen, schließlich habe der Skandal in prähistorischer Zeit stattgefunden. Aber sie fand die Geschichte trotzdem höchst interessant und hätte am liebsten alles gleich mit ihrem Uwe besprochen, wurde aber von der Mutter zu absolutem Stillschweigen verdonnert.

Zwei Stunden später kam auch Großmutter Hildegard aus dem Garten und hatte durchaus nicht vergessen, dass zwischendurch Besuch gekommen war.

»Wer war es denn? Ein neuer Verehrer?«, fragte sie spitz, doch sie erhielt keine Antwort.

»Wenigstens zum Kochen bin ich noch gut genug«, brummte sie beleidigt und verzog sich in die Küche.

Amalia lief ihr hinterher. »Oma, es war doch bloß ein Vorwerk-Vertreter«, log sie, »wir sind ihn ganz schnell wieder losgeworden.«

3

Ellen war die jüngste Tochter ihrer Eltern. Nach Gerd Dornfelds Besuch griff sie zum Hörer.

Er sei zwar kein Jurist, sagte ihr ältester Bruder Matthias, aber als Wirtschaftsprüfer kenne er sich in heiklen Finanzfragen aus. Selbst wenn es stimme, dass der Fremde ein unehelicher Sohn ihres Vaters sei, könne er keine Ansprüche geltend machen.

»Unsere Eltern hatten doch ein sogenanntes Berliner Testament aufgesetzt«, meinte er. »Da Papa zuerst gestorben ist, hat Mutter Haus und Vermögen geerbt. Und sie ist wiederum – sollte deine amüsante Geschichte stimmen – nicht mit diesem Gerd Dornfeld verwandt. Hattest du den Eindruck, der will uns irgendwie erpressen und fordert Geld?«

»Davon war zum Glück nicht die Rede«, sagte Ellen. »Amalia meint, dass er bloß nach seinen Wurzeln sucht, aber ich habe überhaupt keinen Bedarf an noch einem Bruder!«

»Danke für die Blumen. – Aber wahrscheinlich will sich da bloß jemand interessant machen! Gib mir doch seine Adresse, ich werde mir den Burschen mal vorknöpfen«, versprach er. »Ich lasse mich nicht so schnell ins Bockshorn jagen.«

Matthias staunte sehr, dass Gerd Dornfeld genau wie er selbst im Frankfurter Westend wohnte; bisher hatte er immer geglaubt, dort würden nur anständige Menschen leben.

Der Dritte in der Geschwisterfolge, Ellens Bruder Holger, lag frisch operiert in einem Glasgower Krankenhaus. Man wollte ihm keine Aufregung zumuten. Die Zweitälteste, Ellens Schwester Christa, meinte sich zu erinnern, dass es irgendwann eine verheimlichte Ehekrise der Eltern gegeben habe, aber das sei unendlich lange her und sie kenne nicht den Grund. Jedenfalls habe sie als kleines Mädchen mehrmals lautes Streiten und das Wort *Trennung* gehört.

»Wann war das?«, fragte Ellen und erfuhr, dass es wohl noch vor ihrer Geburt gewesen sein musste.

»Das würde zumindest zeitlich passen«, sagte Ellen. »Dieser Gerd ist so etwa in meinem Alter. Vielleicht bin ich ja ein Versöhnungskind. Aber eigentlich kommt mir das alles reichlich fragwürdig vor; ob ich mal ganz vorsichtig bei Mutter anklopfe?«

»Falls es da schlecht verheilte Wunden gibt, sollte man sie nicht wieder aufkratzen«, sagte Christa und schluckte gut hörbar ihren Kaffee hinunter. »Unser Mütterchen hatte kein leichtes Leben. Wo sie doch jetzt in ihrem Garten einigermaßen glücklich ist.«

Nein, Ellen wollte ihre Mutter auf keinen Fall quälen. Hildegard Tunkel hatte nie ein kritisches Wort über ihren Mann verloren, sondern ihn als feinen Menschen und liebevollen Vater hingestellt. Als er plötzlich starb, war Ellen erst vier.

Jetzt fehlte ihr nur noch jene Schwester, die kaum ein Jahr älter war als sie selbst. In der Kindheit bestand eine gewisse Rivalität und Eifersucht zwischen ihnen, denn Ellen glaubte, dass der Vater die hübschere Lydia bevorzugte, während sie wiederum als Mamas Herzblatt galt.

Lydia lachte schallend, als sie von einem unehelichen Sohn ihres Vaters hörte.

»Papas Lenden waren fruchtbar, das beweisen schon seine fünf Kinder. Wer weiß, wie viele Brüderchen und Schwesterchen sich in Südhessen tummeln, ich traue dem alten Schwerenöter alles zu!«

»Hast du konkrete Anhaltspunkte dafür?«

»Nur so ein Gefühl, schließlich sah er gut aus und hatte sicher Chancen bei den Frauen. Und Mama ist ja eher ein bisschen spröde.«

»Spröde – und doch bekam sie ein Kind nach dem anderen! Als Mutter einmal leicht beschwipst war, hat sie behauptet, sie sei schon schwanger geworden, wenn Papa sie bloß schräg von der Seite anschaute. Damals gab es schließlich noch keine Pille, vielleicht wollte sie kein sechstes Kind und hat sich nach meiner Geburt im Bett verweigert?«

Ihre Schwester sagte bloß: »Hm, hm! Was weiß man schon von den Verhütungsmethoden der eigenen Eltern«, verabschiedete sich eilig und lief an die Haustür, um einen Besucher einzulassen.

Amalia rief ihrerseits ihre Schwester Clärchen an, die von der möglichen Existenz eines neuen Onkels geradezu begeistert war.

»Was hat er für ein Auto?«, fragte sie als Erstes.

»BMW mit Frankfurter Nummer, glaube ich, eher luxuriös, jedenfalls seriös, viertürig und dunkelblau. Als ich zur Klärung einen Gentest vorgeschlagen habe, war Gerd Dornfeld sofort einverstanden – aber Mama sperrte sich.«

»Wo ist das Problem? Dann gibst du eben selbst eine Speichelprobe ab, als Nichte und Onkel müsst ihr auf jeden Fall ein paar gemeinsame Gene haben.«

Danach sprachen die Schwestern noch ausführlich über ihre Freunde und die Männer im Allgemeinen.

»Wenn wir schon dabei sind, wie sieht unser neuer Onkel überhaupt aus?«, fragte Clärchen neugierig.

»Eigentlich recht gut, er gleicht aber weder Mama noch mir oder dir, hat ein englisches Pferdegesicht, nicht so dreieckig wie wir. Papa sagte ja manchmal *ihr Katzenköppe* zu uns! Am ehesten ist er ein Typ wie Onkel Matthias, der hat auch rötliche Haare und helle Augen.«

In diesem Moment wurden die beiden Schwestern in ihren Überlegungen von Uwe unterbrochen. Er wollte ins Kino gehen und vorher noch etwas Essbares vom Türken organisieren. »Döner macht schöner«, sagte er, weil Amalia sich schüttelte. Sie mochte die Fleischlappen noch weniger als die ewigen Quarkkeulchen.

Als die beiden aufbrachen, stand Großmutter Hildegard an der Gartenpforte, erwiderte Uwes *Hallo* mit einem akzentuierten *Guten Abend* und starrte böse auf Ohrring und Nasenstecker, mit denen sich der Freund ihrer Enkelin schmückte. »Wenn's Mode wird, hängt der sich auch einen Kuhschwanz um den Hals«, brummte sie.

Beim Abendessen waren Hildegard und Ellen allein.

»Jetzt habe ich leider zu viel gekocht«, sagte Hildegard zu ihrer Tochter. »Dein Kind beliebt ja auswärts zu grasen. Mein Essen schmeckt ihr wohl nicht.«

Es gab gebratenen Fleischkäse, Pellkartoffeln und grünen Salat aus dem Garten. Ellen seufzte. Ihre Töchter waren keine dankbaren Kostgänger. Clärchen war mit 18 Vegetarierin geworden und hatte ihre jüngere Schwester im Handumdrehen bekehrt. Während ihres Studiums in Köln entdeckte Clärchen allerdings die japanische Küche, fiel von ihrem Glauben ab und aß rohen Fisch, so oft sie es sich leisten konnte. Amalia wiederum konnte ihrer Schwester den Gesinnungswechsel nicht verzeihen und wurde aus Trotz Veganerin, verschmähte also sämtliche tierischen Produkte, trug nur Schuhe aus Kunstleder und Stricksachen aus Polyester. Aber auch diese Kinderkrankheit, wie es ihre Mutter nannte, wuchs sich allmählich aus. Inzwischen bezeichnete sich Amalia ihrem Uwe zuliebe als Flexarierin, denn er mochte jegliches Fleisch in möglichst großen Portionen. Zwar hielt sie sich bei Schweinesteak und Döner zurück, aber in seiner Gesellschaft aß sie immerhin Fisch und manchmal sogar Huhn.

Um auf ein anderes Thema zu kommen, fragte Ellen ihre Mutter nach den Eßgewohnheiten ihres früh verstorbenen Vaters. Nun seufzte Hildegard.

»Dein Papa war bei unseren Abendessen ein seltener Gast. Als ihr alle noch klein wart, hat er bis in die Nacht hinein gearbeitet. Kurz nach deiner Geburt konnte er die Firma zu sehr günstigen Bedingungen verkaufen, arbeitete daraufhin nur noch sporadisch als kaufmännischer Berater und hatte mehr Freizeit. Aber meine Hoffnung, dass er nun häufiger zu Hause bleiben würde, hat sich bald zerschlagen.«

Ellen fragte nach dem Grund und erfuhr, dass ihr Vater plötzlich zum Vereinsmeier mutierte.

»Er wurde der reinste Hansdampf in allen Gassen, engagierte sich im Gemeinderat, wurde Mitglied im Schützen- und Heimatverein, bei der Angelsportgruppe und im Gesangverein. Meistens hat er mit seinen Kumpeln in irgendeiner Wirtschaft gegessen. Damals haben wir uns oft gestritten, denn ich war mit den Kindern fast immer allein. Wir haben ja sehr früh geheiratet, und sofort stellte sich Nachwuchs ein; irgendwie fühlte ich mich als noch junge Frau wie auf einem Abstellgleis.«

Auf einmal erinnerte sich Ellen, dass es früher zur Entlastung der Mutter eine Hausangestellte gegeben hatte. War das nicht eine Chance, auch einmal an sich selbst zu denken?

»Ja gut, die Käthe half mir schon ein wenig«, sagte Hildegard, »aber ich hätte gern einen Beruf ausgeübt. Dein Vater war in diesem Punkt sehr konservativ. Schließlich sei genug Geld vorhanden, und eine Mutter gehöre ins Haus. Der Mann aufs Pferd, die Frau an den Herd, pflegte er zu sagen.«

Durch die Begegnung mit ihrem angeblichen Halbbruder war Ellen hellhörig geworden, schwang da nicht Kritik an ihrem vorbildlichen Vater mit? Zum ersten Mal war von Streit die Rede! Sie erinnerte sich an Sonntage, an denen die ganze Familie wandern ging und irgendwo in einem Landgasthaus einkehrte, wo es Kochkäse oder Schinkenbrote gab. Immer hatte sich der Vater als lustiger Entertainer erwiesen und seine fünf Kinder mit verrückten Einfällen zum Lachen gebracht. Alles nur Theater? Sonntagsinszenierungen? Keinerlei Alltagsbilder tauchten vor ihrem geistigen Auge auf. Hatte der Papa in Wirklichkeit Freundinnen gehabt, gab es Parallelwelten, weitere Kinder?

Doch jetzt war es Hildegard, die nach einer kleinen Denkpause Fragen stellte.

»Wovon lebt er überhaupt, dieser Mensch?«

Ellen sah fragend hoch.

»Na, das Friesengewächs, mit dem unsere Amalia geht.«

»Mutter, Uwe ist ein echter Odenwälder. Und er verdient sein Geld, indem er anderen Leuten den Computer repariert, programmiert oder ihnen hilft, wenn sie Mist gebaut haben. Leider hat er sein Studium geschmissen, ich glaube, es war Maschinenbau oder Elektrotechnik.«

Beide schabten etwas trübsinnig an den bräunlichen Kartoffelschalen herum, kratzten das letzte Restchen heraus und sagten nichts mehr. Hildegard ahnte, dass auch ihre Tochter über Amalias langen Uwe nicht gerade jubilierte. Und sie wusste inzwischen, dass es auch bei der älteren Tochter nicht gerade Grund zur Freude gab: Clärchens Partner war 20 Jahre älter als sie, noch nicht geschieden und hatte zwei Kinder im Teenageralter. Beide Männer entsprachen bestimmt nicht Ellens Vorstellung von einem idealen Schwiegersohn.

Der Montag war noch nie Amalias Ding gewesen. Sie hatte die halbe Nacht bei Uwe verbracht, der sie erst gegen drei Uhr ins Nonnenhaus zurückfuhr. Nun war sie müde, das Wartezimmer war überfüllt, die Chefin fluchte wie ein Landsknecht, eine hysterische Patientin hatte so schlechte Venen, dass die Blutentnahme erst nach mehrmaligem Stechen gelang. Amalia sehnte sich nach der Mittagspause und einem starken Kaffee. Meistens traf sie sich mit ihrer Schulfreundin Katja, die als pharmazeutisch-technische Assistentin in einer Apotheke arbeitete. Auch diesmal saßen sie nach dem Mittagessen bei einem Latte macchiato am Marktplatz und tauschten Neuigkeiten aus.

Obwohl es ja laut Ermahnung ihrer Mutter ein

Geheimnis bleiben sollte, vertraute Amalia ihrer besten Freundin alles über die spannende Begegnung mit ihrem neuen Onkel an.

»Ich möchte ja zu gern wissen, ob es stimmt«, sagte sie. »Aber meine Mutter will keinen Gentest machen lassen. Außerdem komme ich bei mir in der Praxis an keinen ran.«

Katja bot sich sofort als Komplizin an. Sie werde einfach ein Testset über die Apotheke bestellen, dann könne Amalia – ohne ihre Mutter einzuweihen – dem neuen Onkel das Überraschungsei zuschicken. »Der soll die Box mit seiner eigenen und deiner Probe an ein DNA-Labor weiterleiten und auch dafür bezahlen, denn das wird teuer. Schaden tun wir damit niemandem«, meinte Katja beschwichtigend.

Zwei Wochen später schritt Amalia zur Tat und kontaktierte ihren Halbonkel. Klingt fast wie Halbaffe, dachte sie. Einen längeren Brief wollte sie eigentlich nicht verfassen, also suchte sie eine schöne Postkarte aus der Region und schrieb in ihrer kindlichen, steilen Schrift:

Lieber Gerd,
meine Mutter ist beruflich sehr eingespannt, deswegen habe ich es übernommen, etwas Klarheit in unsere verwandtschaftlichen Beziehungen zu brin-

gen. Ich schicke Dir hiermit ein Safekit, also eine Box mit zwei sterilen Wattestäbchen für Dich selbst, zwei mit meiner Speichelprobe sowie einer Gebrauchsanweisung, wie Du weiter verfahren musst. Ich bin sehr gespannt auf das Ergebnis!
LG
Deine Nichte? Amalia

Nach einer Woche schaute sie täglich in den Briefkasten, ob Onkel Gerd vielleicht schon geantwortet hatte. Bestimmt hatte er das Päckchen sofort an das zuständige Genlabor geschickt.

Aber so war es nicht. Gerd las die Karte mit Erstaunen und machte sich seine Gedanken. Woher sollte er wissen, ob der Abstrich tatsächlich aus der Mundschleimhaut von Amalia entnommen war? Bei einem Abstammungsgutachten musste – zumindest nach seinem Wissensstand – jede Probeentnahme in Gegenwart einer unabhängigen Person erfolgen, damit die Identität der Beteiligten überprüft und bestätigt werden konnte. Mit großer Wahrscheinlichkeit hatte jemand aus Amalias Bekanntenkreis die Wattestäbchen in den Mund gesteckt, und seine mutmaßliche Schwester hoffte jetzt, jeden Verdacht an einer möglichen Verwandtschaft aus dem Weg räumen zu können. Bei seinem Besuch hatte vor allem Ellen sehr abweisend reagiert. Es gab wohl viele Töchter, die ihren Papa auf einen Sockel stellten und nichts von seinen Schattenseiten hören wollten. Amalia hatte bestimmt versucht, ihrer Mutter zu helfen.

Also schob Gerd Dornfeld die Box vorerst einmal ganz nach hinten in den Kühlschrank.

4

Ellens ältester Bruder Matthias Tunkel wohnte in der Fichardstraße im Frankfurter Westend. Eigentlich hatte er den wirren Anruf seiner Schwester schon fast vergessen, als er an einem sonnigen Samstag von seiner Frau aufgefordert wurde, eine Packung Aspirin zu besorgen und außerdem ihre Post einzuwerfen. Sie selbst mochte nicht mitkommen, weil sie stark erkältet war.

Matthias schnappte sich den Brief und ging los. Dabei kam ihm plötzlich der Gedanke, einen kleinen Umweg zu machen und sich das Haus anzuschauen, in dem sein angeblicher Bruder wohnte. Das Ziel war in zwanzig Minuten zu erreichen, das Wetter schön.

In der Apfelstraße gab es außer einigen Wohn- und Bürogebäuden aus den 70er Jahren nur gutbürgerliche Reihenhäuser aus der Gründerzeit, zumeist der gehobenen Kategorie. Matthias blieb auf der gegenüberliegenden Straßenseite stehen. An der Frontseite war ein Emailschild angebracht: Architekturbüro Junghahn, Schmitt und Dornfeld.

So, so, dachte Matthias, der Typ ist also Architekt. Immerhin gab es auch bei dieser Zunft – wie überall – gutverdienende und brotlose Vertreter. Das gesamte Ambiente sah jedoch gepflegt und ordentlich aus, das frisch verputzte Haus war für drei bis vier Parteien konzipiert, hatte einen kleinen Vorgarten und auf der Rückseite wahrscheinlich einen Hof oder Garten. Eine alte Kastanie auf der Straße machte durch Miniermottenbefall einen kränklichen Eindruck, wie es leider vielerorts und auch vor seiner eigenen Haustür der Fall war.

Ziemlich lange blieb Matthias stehen und machte mit dem Handy ein paar Fotos, die er seiner Schwester Ellen zeigen wollte. Gerade als er sich zum Gehen anschickte, ging die Haustür auf und ein Mann kam heraus. Kurzentschlossen trat Matthias näher, entschuldigte sich und fragte ihn, ob er vielleicht Gerd Dornfeld heiße.

Als der Fremde leicht verwundert bejahte, stellte sich Matthias Tunkel seinerseits vor, und die beiden Männer musterten sich sekundenlang mit gespannter Aufmerksamkeit.

»Kommen Sie doch rein«, sagte Gerd nach kurzem Zögern. »Sie wissen sicherlich, dass ich neulich Ihre Schwester besucht habe. Da sie sich nicht wieder gemeldet hatte, wollte ich nicht als aufdringlich gelten und die Sache vorläufig auf sich beruhen lassen.« Zu Amalias dubiosem Schreiben sagte er nichts.

Gerd schloss die Haustür wieder auf, Matthias folgte ihm durch einen langgestreckten Flur. Die achteckigen hellgrauen Steinzeugfliesen mit dunkelblauem Einleger in der Mitte waren zum Glück nicht durch eine modernere Version ersetzt worden.

»Im Erdgeschoss befinden sich die Büroräume, die Wohnung im ersten Stock habe ich vermietet«, sagte Gerd Dornfeld. »Leider haben wir keinen Lift, Sie müssen leider die vielen Treppen steigen. Als unsere Kinder noch hier waren, haben sie die oberste Ebene bewohnt, jetzt haben wir die Schlafzimmer in den zweiten Stock verlegt und das Wohnzimmer unters Dach.«

Also hat er eine Frau und Kinder, dachte Matthias, und arm wird er auch nicht gerade sein, das alles sieht nach gediegenem Wohlstand aus. Leicht schnaufend stapfte er hinter Gerd die endlosen Stufen hinauf, vor hundert Jahren hatte man noch hohe Geschosse. Auf jeder Etage wurde der Treppenabsatz von zwei schmalen Fenstern mit Bleiverglasung erhellt. Als Gerd schließlich die Messingklinke der obersten Tür herunterdrückte, standen die beiden Männer direkt vor einem hohen Spiegel und mussten unwillkürlich lachen. Beide hatten dünnes rötliches Haar und ein längliches Gesicht mit feinen Sommersprossen, beide gekleidet in ähnlichem Casual Look. Einzig im Gewicht unterschieden sie sich deutlich, der Architekt war um einiges schlanker. Im Grunde brauchte man kein Labor zu bemühen.

»Ich wohne ganz in Ihrer Nähe«, sagte Matthias. »Seltsam, dass wir uns noch nie begegnet sind. Aber Sie wollten gerade das Haus verlassen, ich hoffe, dass ich Sie nicht von Ihren Plänen abhalte...«

»Nicht der Rede wert«, sagte Gerd. »Ich wollte mir bloß eine Zeitung besorgen. Möchten Sie ein Glas Wein oder lieber einen Kaffee? Meine Frau Ortrud ist leider nicht zu Hause, sie hilft heute bei einem Wohltätigkeitsbasar – oder vornehm ausgedrückt: bei einem Charityprojekt.«

Während Gerd den Rotwein holte, sah sich Matthias neugierig um. Man hatte die ganze Etage von der Vorder- bis zur Rückwand in einen einzigen großen Raum verwandelt. Links gab es eine offene Küchenzeile, rechts eine Bibliothek. Auf der Straßenseite schaute man zwar in den kranken Baum, aber an der hinteren Front gab es einen spektakulären Wintergarten, der wohl erst nachträglich eingebaut worden war; von hier fiel der Blick in das lichte Grün eines verwilderten Gartens. Überall hingen Bilder ein und desselben Künstlers. »Tomi Ungerer«, erklärte Gerd und entkorkte die Flasche, »mein absoluter Lieblingsgraphiker. Seit Jahren sammle ich seine Farblithographien, für mich ist er der genialste und witzigste Zeichner unseres Jahrhunderts. – Aber kommen wir zur Sache! Ich hole jetzt die Tagebücher meiner Mutter und zeige Ihnen, was ich erst kürzlich entdeckt habe.«

Matthias las die verschiedenen Stellen, aus denen Gerd seinen Verdacht ableitete. Außerdem gab es da noch das Foto des gemeinsamen Vaters, das Ellen bereits gesehen hatte und das auch Matthias bekannt vorkam. Zweifel waren kaum mehr möglich. Die beiden Halbbrüder stießen an und gingen zum Du über.

»Meine Mutter war als junge Frau eine kesse Biene«, erzählte Gerd. »Es ist möglich, dass sie deinen oder besser gesagt unseren Vater beim gemeinsamen Chorsingen kennengelernt hat. Was meinst du, sollten wir trotz eindeutiger Hinweise noch einen Gentest machen lassen?«

»Auf jeden Fall«, sagte Matthias. »Man sollte Nägel mit Köpfen machen! Sonst würden meine misstrauischen Geschwister uns vielleicht gar nicht glauben. – Aber erzähl doch von dir, von deiner Jugend, deiner Familie!«

Sein Halbbruder konnte auf eine glückliche Kindheit zurückblicken. Der Mann, den er für seinen Vater gehalten hatte, war zehn Jahre älter als seine Mutter und ein liebevoller und stiller Mensch gewesen. Von ihm hatte Gerd sowohl dieses Haus geerbt als auch seinen berühmten Familiennamen erhalten, denn der Ahnherr seines Vaters war jener Immanuel Dornfeld, nach dem man eine Rebsorte getauft hatte. Seine Eltern hatten sich wohl weitere Kinder gewünscht, aber er war der Einzige geblieben. Nur gelegentlich hatte Gerd das Gefühl, dass mit seiner Herkunft etwas nicht stimmte. Seine Großeltern väterlicherseits hätten ihm wiederholt zu verstehen gegeben, er sei völlig aus der Art geschlagen, und das sei ja auch kein Wunder. Erst jetzt konnte er ihre verletzenden Worte, die er bis heute nicht vergessen hatte, richtig interpretieren. Schule, Studium, Beruf, Heirat, zwei Kinder – alles lief in Gerds Leben weitgehend normal und in der richtigen Reihenfolge. Matthias konnte eigentlich nichts an seinem zehn Jahre jüngeren Halbbruder aussetzen, ja er gefiel ihm auf Anhieb fast besser als die anderen Geschwister.

»Es tut mir leid«, meinte Gerd, »dass ich deine Schwester so überrumpelt habe. Aber ich war selbst sehr aufgewühlt, als ich endlich den Namen und die Adresse meines mutmaßlichen Vaters erfuhr. Wenn ich behutsamer vorgegangen wäre, hätte Ellen wohl weniger ablehnend reagiert. Mit Recht war sie äußerst skeptisch, es fehlte nicht viel und sie hätte mich rausgeschmissen.«

Inzwischen waren sie bei der zweiten Flasche Rotwein angekommen, beide mussten heute nicht mehr Auto fahren. Matthias rief seine verschnupfte Frau an und teilte ihr mit, dass er *einen Bekannten* getroffen hätte und es etwas später werde.

Die Brüder hatten sich viel zu erzählen und entdeckten weitere Gemeinsamkeiten, unter anderem einen fast neurotischen Zählzwang bis ins Teenageralter. Beim Schwadronieren gerieten sie richtig in Fahrt; Gerd wollte natürlich möglichst viel über seinen unbekannten Vater wissen. Demnächst müsse man ein Familientreffen organisieren, schlug Matthias vor, damit alle den neuen Bruder kennenlernten.

»Allerdings hat sich unser Clan über ganz Deutschland verteilt, unser Bruder Holger lebt sogar seit vielen Jahren in Schottland. Der würde dir sicher gefallen, sein Motto ist: *Enjoy the enjoyable!* Für einen so wichtigen Anlass wird man ihn und alle anderen sicherlich zusammentrommeln können.«

»Und eure Mutter?«, fragte Gerd. Früher oder später müsse sie wohl oder übel eingeweiht werden, fand Matthias. Aber man wolle es ihr möglichst schonend beibringen.

Gegen Abend kam die Dame des Hauses zurück, staunte über den neuen Schwager und die übermütige Stimmung der leicht bezechten Männer. Matthias glaubte, dass Ortrud die Hosen anhatte, obwohl sie in ihren eleganten Chiffonhüllen so zart und damenhaft wirkte. Da sie die Vorgeschichte ja kannte, hatte sie rasch begriffen, dass hier eine wortwörtliche Verbrüderung stattfand, und schlug vor, gemeinsam essen zu gehen. Bei diesen Worten besann sich Matthias, dass es jetzt wohl genug sei, sprach von seiner unpässlichen Frau und verabschiedete sich. Auf dem Heimweg fielen ihm der Brief und das Aspirin zwar noch ein, aber die Apotheke hatte längst geschlossen.

Seine Frau lag mit leidender Miene auf dem Sofa. »Na endlich!«, sagte sie und hielt die Hand auf. Matthias dachte, die Begegnung mit einem neuen Bruder sei Entschuldigung genug, aber sie sah das anders. Ärgerlich verzog er sich in sein Arbeitszimmer, um Ellen anzurufen, aber auch da stieß er auf keine Begeisterung.

»Was will er bloß von uns, dieser fremde Mensch?«, fragte sie. »Wir sind doch schon fünf, einen sechsten brauchen wir nicht.«

»Mein Gott, er ist als Einzelkind aufgewachsen! Würdest du es an seiner Stelle nicht auch als wunderbares Geschenk empfinden, wenn du sozusagen über Nacht Geschwister bekämest?«

»Ich wäre viel lieber ein Einzelkind«, behauptete Ellen. »Als Jüngste hat man doch immer das Nachsehen.« Sie legte verärgert den Hörer auf.

Sie ist immer noch so theatralisch wie als Teenager, dachte Matthias. Stets hat sie überreagiert und uns eine Szene gemacht. Die leidige Geschichte mit ihrem Ex, diesem unseligen Adam Szczepaniak, hat sie mit einer solchen Vehemenz beendet, dass der arme Kerl bis heute noch seine Wunden leckt. Als er daran dachte, wie Ellen die Brille ihres Mannes in den Vorgarten warf, so dass der spärlich bekleidete, halbblinde Adam mitten in einer eisigen Nacht nach draußen lief, sie dann die Tür versperrte und erst wieder öffnete, als die Polizei anrückte, musste er trotzdem ein wenig grinsen. Geschah ihm irgendwie recht, fand er, denn Adams Affäre mit seiner Tochter konnte auch Matthias nicht verzeihen.

Amalia war an einem Samstagabend natürlich nicht zu Hause, und mit ihrer Mutter konnte Ellen leider nicht über Gerd Dornfeld reden. Eigentlich hatte Matthias ja versprochen, den Seitensprung ihres Vaters als absurde Behauptung zu entkräften, nun hatte er genau das Gegenteil erreicht. Seiner Meinung nach ging es diesem Gerd nicht um Geld, sondern um eine freundschaftliche Beziehung zu seinen neuen Verwandten. War dieser Mann so einsam, dass er das nötig hatte? War es nicht am Ende eine besonders raffinierte Form für eine großangelegte Gaunerei?

Schlecht gelaunt ging Ellen in die Küche, machte sich über einen Rest kalter Quarkkeulchen her, die sie mit reichlich braunem Zucker bestreute, und verfluchte sich dafür. In ihrem Alter musste man höllisch aufpassen, dass man nicht über Nacht ein paar Pfunde mehr auf die Waage brachte. Allmählich werde ich zu einem ungerechten, klimakterischen alten Weib, dachte sie, denn eigentlich hat mir Gerd Dornfeld ja nichts getan, eigentlich war er weder unverschämt noch arrogant, vielleicht sogar ganz nett. Fast tat es ihr nun leid, dass sie sich bei seinem Besuch so ruppig aufgeführt und jetzt auch ihren Bruder brüskiert hatte.

Plötzlich stand ihre Mutter hinter ihr, die lautlos in Pantoffeln aus der oberen Wohnung heruntergekommen war. Ellen hasste dieses heimtückische Anschleichen.

»Ist das Kind noch nicht zu Hause?«, fragte sie, und Ellen ärgerte sich noch mehr.

»Mit 24 ist man kein Kind mehr«, antwortete sie. »In diesem Alter hattest du längst selber Kinder. Amalia ist seit sechs Jahren volljährig und kann tun und lassen, was sie will!«

»Ja, die Zeit vergeht«, sagte Hildegard. »Hoffentlich fällt sie nicht auf die Nase mit diesem unsäglichen Uwe.«

Jetzt wurde Ellens gereizter Ton fast aggressiv. »Du hast mir neulich selbst erzählt, dass du mit Papa auch nicht immer zufrieden warst«, sagte sie. »Aber immerhin hatte er Geld, das hat Uwe nicht. Doch abgesehen davon kann man nichts an dem Jungen aussetzen. Im Übrigen geht es dich gar nichts an, mit wem meine Tochter ihre Nächte verbringt. Nicht jeder kann das große Los ziehen, hast du etwa ständig nur Glück gehabt?«

»Ich weiß nicht, worauf du anspielst«, sagte ihre Mutter und verzog sich gekränkt.

Irgendwie kann ich es keinem recht machen, dachte Ellen, weder mit Mutter, noch mit meinen Geschwistern oder Töchtern erlebe ich viel Freude, mit Männern klappt es sowieso nicht. Und beruflich gab es auch nur Leerlauf und öde Routine. An-, Ab- und Ummeldungen, Pässe sowie Personalausweise ausstellen und die unerquicklichen Auseinandersetzungen mit Ausländern, die weder Deutsch noch Englisch sprachen. Neulich, als sie eine Aufenthaltsgenehmigung verweigern musste, bekam sie doch tatsächlich ein »Nazischwein« an den Kopf geworfen. Hatte sie sich das selbst zuzuschreiben, weil sie sich ungeduldig und gereizt mit dem armen Kerl auseinandergesetzt hatte? Doch sie musste sich schließlich an die Bestimmungen halten, auch wenn es ihr im Einzelfall selbst nicht besonders menschenfreundlich vorkam.

Ellen nahm drei Dragees Baldrian-Hopfen und legte sich ins Bett.

5

Ein ehemaliger Schulfreund von Matthias war leitender Laborarzt. Man hatte sich zwar ein wenig aus den Augen verloren, aber das war kein Grund, ihn nicht um eine Auskunft zu bitten. Natürlich mache er auch Gentests, versicherte der Arzt, neugierig geworden. Ob Matthias Ärger mit dem Jugendamt habe?

Es handele sich nicht um einen Vaterschaftstest, die Sache sei etwas komplizierter, erklärte Matthias, es gehe vielmehr um die Fragestellung, ob er einen Halbbruder habe.

Das dauere zwar etwas länger und werde teurer, sagte der Fachmann, sei aber durchaus möglich. Aus dem Ergebnis könne man mit großer Wahrscheinlichkeit ableiten, ob es sich um Halbgeschwister handele oder keine Verwandtschaft bestehe. Matthias sollte nach Absprache mit Gerd einen gemeinsamen Termin vereinbaren.

Wenige Tage später waren die beiden im Auto unterwegs, um sich beim DNA-Labor Proben der Mundschleimhaut entnehmen zu lassen.

»Du kennst Amalia doch sicher ganz gut«, begann Gerd. »Was hältst du von ihr?«

»So gut kenne ich meine Nichte auch wieder nicht; unsere eigene Tochter ist ein gutes Stück älter und hat sich nie für ihre kleinen Cousinen interessiert«, sagte Matthias. »Ich bin der Erstgeborene in unserer Familie, Ellen ist das Nesthäkchen und ganze elf Jahre jünger als ich. Als Kinder haben wir kaum miteinander gespielt, ich habe sie *die Pest* genannt, sie hielt mich für einen arroganten Schnösel. – Ihre Tochter Amalia ist ein hübsches Mädchen, mehr kann ich nicht sagen.«

»Ich frage deshalb, weil mir Amalia neulich einen Brief mit ihrer eigenen Speichelprobe geschickt hat«, sagte Gerd. »Spaßeshalber habe ich die Box heute mitgenommen, denn ich bin der festen Meinung, unsere Schöne will mich hinters Licht führen.«

Auch Matthias hielt das für wahrscheinlich. Im Übrigen gefiel ihm die Idee, Amalias Probe ebenfalls unter die Lupe nehmen zu lassen. Vielleicht konnte er seiner Schwester Ellen beweisen, dass auch ihre Tochter durchtrieben und kein Unschuldsengel war. Aber ob es überhaupt möglich war, einen Abstrich – ohne die erforderlichen Personalien – zu untersuchen und mit den anderen abzugleichen?

Der Arzt ließ sich von Matthias *den Fall Amalia* erklären und lächelte ein wenig. »Technisch ist das kein Problem, aber ein Gutachten kriegst du nicht von mir, und vor Gericht kann man das Resultat schon gar nicht verwerten. Weil du es bist, nehme ich für die dritte Probe keine Gebühren.«

Auf dem Heimweg rieben sich die Brüder schon im Voraus schadenfroh die Hände.

»Da wird Ellen aber Augen machen, wenn der Abstrich ihrer braven Tochter von einer völlig anderen Person stammt«, sagte Matthias.

»Es sei denn, Ellen steckt selbst dahinter«, meinte Gerd.

Noch am gleichen Abend rief Matthias seine Schwester an und erzählte, dass Gerd und er Speichelproben für einen Gentest abgegeben hatten. Ellen hatte sich inzwischen mit der Möglichkeit eines neuen Bruders abgefunden und reagierte relativ gelassen. »Wenn's denn deinem Seelenfrieden dient«, meinte sie nur.

Nach diesem Gespräch hatte Matthias das Gefühl, dass Ellen nichts von der eigenmächtigen Tat ihrer Tochter Amalia wusste.

Wegen des schlechten Wetters verbrachte Amalia wohl oder übel das halbe Wochenende mit ihrem Freund im Bett. Uwes Zimmer, in dem sich hauptsächlich Ersatzteile, Kabel und technisches Material angehäuft hatten, gefiel Amalia überhaupt nicht. Immer wieder überlegte sie, wie man es mit geringen Kosten, dafür aber viel Phantasie etwas aufpeppen könnte. Sie fühlte sich einfach nicht wohl hier, auch weil sie Uwes Vater nicht ausstehen konnte. Sobald das Paar in Uwes Zimmer verschwand, pflegte er in unverblümter Anzüglichkeit hinter ihnen herzubrüllen: »Uffpasse!«

Das Wohnzimmer, in dem Uwes Papa den Feierabend verbrachte, war ein Gesamtkunstwerk. Auf dem Sofa saßen hässlich glotzende Puppen aus den fünfziger Jahren und zwischen den gehäkelten Kissen konnte man kaum einen Sitzplatz finden. An den Wänden hingen zwei Thermometer, Dürers Hase, bemalte Holzteller, Hufeisen, gerahmte Trockenblumen, ausgeblasene Ostereier, schmiedeeiserne Kreuze, ein Wandteppich aus Lourdes und unsäglich viele Kitschpostkarten. Da Uwes Mutter schon vor vier Jahren gestorben war, hatte seitdem wohl niemand mehr Staub gewischt, so dass Amalia einen Niesanfall nach dem anderen bekam. Und egal, was sie den Alten auch fragte, er pflegte immer nur »Es kimmt druff aa...« zu antworten.

Um dem Scheusal heute nicht zu begegnen, blieb sie stur im *Kerker* liegen, wie sie Uwes Zimmer nannte, und ließ sich von ihrem Liebhaber das Essen ans Bett servieren. Einen Haufen Geld oder einen lukrativen Job müsste man haben, schoss es ihr nicht zum ersten Mal durch den Kopf.

»Wenn du dir einen Traumberuf aussuchen könntest, dann welchen?«, fragte sie, wickelte sich das verklumpte Federbett um den nackten Oberkörper und nahm die Kaffeetasse entgegen.

»Ich bin doch völlig zufrieden!«, sagte Uwe. »Was meinst du, wie sich die Leute über mich freuen, wenn sie stundenlang erfolglos mit ihrem Rechner gekämpft haben und ihn am liebsten zum Fenster rausschmeißen würden. Ich bin dann wie der rettende Engel. Und du? Was hast du für Träume?«

»Ich hätte gern studiert, aber dafür braucht man das Abitur. In der Schule hab ich mich nicht genug angestrengt, das finde ich jetzt schade. Zum Beispiel...«, sie ließ ihre Blicke missbilligend schweifen, »... wäre ich gern Innenarchitektin. Meine Mutter wollte am liebsten Schauspielerin werden, aber Oma hat es ihr ausgeredet.«

»Warum?«

»Vielleicht war es ja vernünftig. Als Verwaltungsangestellte verdient sie zwar nicht übermäßig viel Kohle, aber immerhin regelmäßig. Ob sie ein Superstar geworden wäre mit einer Supergage? Ist doch unwahrscheinlich.«

»So bleiben Träume auf der Strecke...«, philosophierte Uwe.

Vierzehn Tage nach seinem Besuch im Labor erhielt Matthias den Anruf des befreundeten Arztes. Gemeinsam mit Gerd machte er sich erneut auf den Weg.

»Na – und?«, fragte er gespannt. »Sind wir nun Halbbrüder?«

»*Mit an Sicherheit grenzender Wahrscheinlichkeit.* Bist du damit zufrieden?«

»Durchaus«, sagte Matthias. »Ich danke dir. Hast du denn auch das Material meiner Nichte analysiert?«

»Natürlich, sogar mehrmals, weil mich das Ergebnis nicht recht befriedigte. Aber ich kam immer wieder zum gleichen Schluss: Deine Nichte ist nicht mit deinem Halbbruder verwandt.«

»Aber genau das haben wir ja kommen sehen! Dieses Biest hat uns betrogen und nicht ihren eigenen Schleim abgeliefert!«, rief Matthias triumphierend.

»Wahrscheinlich doch. Denn mit dir lässt sich durchaus eine gewisse Verwandtschaft ableiten. Ich weiß selbst nicht genau, was das bedeuten soll. Aber es passiert immer wieder, dass bei derartigen Untersuchungen dunkle Familiengeheimnisse ans Licht kommen. Da müsst ihr nun selbst entscheiden, ob ihr noch weiterforschen wollt oder lieber nicht.«

»Selbstverständlich will ich!«, sagte Matthias.

»Das ist doch hochinteressant! Aber bist du ganz sicher, dass nicht ein technischer Fehler vorliegt?«

»Man könnte zur Absicherung von deiner Schwester – also der Mutter dieser jungen Frau – auch noch einen Abstrich machen. So würde ich jedenfalls verfahren.«

»Meine Schwester Ellen hat sich in dieser Angelegenheit wenig kooperativ verhalten, ich glaube kaum, dass ich sie hierherlotsen kann. Aber versuchsweise könntest du mir ein Testset mitgeben, vielleicht ergibt sich die Möglichkeit, bei ihr zu Hause einen Abstrich zu machen.«

Der Jugendfreund suchte gleich mehrere Boxen heraus und sagte: »Ehrlich gesagt, interessiert mich euer Problem jetzt selbst ein bisschen! Und selbstverständlich stehe ich jederzeit mit weiteren Tests oder guten Ratschlägen zu Diensten.« Er verneigte sich leicht ironisch.

Matthias bedankte sich und fuhr mit Gerd wieder davon. Unterwegs fing er an zu grübeln. Wenn sein Freund, der immerhin ein erfahrener und renommierter Spezialist war, zu diesem Ergebnis kam, dann musste etwas dran sein. Doch es brachte alle bisherigen Theorien ins Wanken. Da Amalia seine Nichte war, musste sie mit seinem Halbbruder Gerd doch ebenfalls verwandt sein, wenn auch prozentual etwas weniger. Der Arzt hatte ihm Zahlen genannt, die Matthias gleich wieder vergaß – war die Sache bloß eine Rechenaufgabe, die er nicht lösen konnte? Müssen nun alle meine Geschwister getestet werden?, fragte er sich, wurden einige von uns vielleicht adoptiert? Oder hat man eines von uns Kindern direkt nach der Geburt vertauscht? Er erinnerte sich allerdings noch ganz gut an die beiden letzten Schwangerschaften seiner Mutter und auch an die Taufe von Lydia, Holger und Ellen. Wenn man jeden mit jedem vergleichen will, könnten die vielen Laborrechnungen teuer werden, dachte er, aber bis auf Ellen sind wir keine armen Leute.

Gerd sah seinem Bruder die Sorgen an und sagte etwas bedrückt: »Schön, dass wir jetzt Klarheit haben, was uns beide betrifft. Es tut mir allerdings leid, wenn ich in ein Wespennest gestochen habe.«

Ja, dachte Matthias, da stimmt etwas nicht, ein Familiengeheimnis, hatte der Arzt gesagt. Allein die Existenz eines Halbbruders war schon eine große Überraschung, aber nun war noch eine weitere zu erwarten. Er beschloss, erst einmal seinen Bruder Holger und dann die beiden Schwestern Christa und Lydia anzurufen, um ihnen die Sachlage zu erklären. Ellen wollte er nicht schon wieder auf den Wecker fallen.

Der in Schottland lebende Bruder Holger war inzwischen aus dem Krankenhaus entlassen worden. Genau wie Matthias fand er es spannend, plötzlich einen weiteren Bruder zu haben. Matthias musste ihm genau berichten, wie *der Neue* aussah und ob er ihn sympathisch finde. Das Problem mit Amalia hielt er für sekundär. Es sei doch völlig egal, ob dieses Mädel ebenfalls mit Gerd verwandt sei oder nicht. Anders sah es die älteste Schwester Christa, die diverse abenteuerliche Theorien aufstellte, während Lydia kurz und bündig feststellte: »Man muss jetzt mit Mutter reden! Wenn ihr es nicht tut und zu feige seid, werde ich das übernehmen und sie heute noch anrufen!«

»Damit sollte man auf jeden Fall noch warten«, sagte Matthias. »Wir wollen ihr doch nicht weh tun! Kann ja sein, dass sie von Vaters Affären keine Ahnung hatte!«

»Wenn wir wirklich ein Familientreffen organisieren möchten, dann können wir sie doch nicht ausschließen! Und es geht einfach nicht, wenn wir erst beim gemeinsamen Mittagessen unseren frischgebackenen Halbbruder wie ein Kaninchen aus dem Zylinder ziehen. Also, was immer du vorhast, ich werde mich jetzt darum kümmern, Frauen können das sowieso besser.« Sie legte auf.

Es war immer das Gleiche: Seine drei Schwestern

liebten es leider, ein Gespräch vorzeitig und selbstherrlich zu beenden. Matthias war etwas verzagt bei Lydias Worten. Eigentlich war es doch Ellen, die Abend für Abend mit der Mutter beim Essen saß – war es nicht eher ihre Aufgabe, eine angemessene und behutsame Erklärung einzufädeln? Lydia nimmt kein Blatt vor den Mund, sie ist alles andere als eine Diplomatin.

Da gab es nur noch eine Möglichkeit: Ellen musste Lydia zuvorkommen. Aber er erreichte sie nicht, weder Amalia noch Ellen schienen zu Hause zu sein. Weiber, Weiber, seufzte Matthias und gab auf.

Hildegard Tunkel hörte nicht, dass ihr Telefon mehrfach läutete, denn sie war im Garten. In der abendlichen Dämmerung setzte sich auch Amalia gelegentlich zu ihrer Großmutter auf die morsche Holzbank. Dann wünschten sich beide, dass jetzt eine Nachtigall sänge, aber wenn es hoch kam, hörten sie noch die letzten Takte einer Amsel oder allzu laute Musik aus einem vorbeifahrenden Wagen. Hildegard wusste, dass der Duft einer Blüte intensiver ist, wenn sie von Nachtfaltern bestäubt wird. Da diese Blumen im Dunkeln nicht durch leuchtende Farben beeindrucken können, setzen sie ganz auf verführerische Düfte, um die zuständigen Schmetterlinge herbeizulocken. Es sind daher meistens weiße

Blüten, die erst in den Abendstunden ihren starken, schweren Duft verströmen. Hildegard hatte Nachtkerzen, Madonnenlilien und Ziertabak gepflanzt und hielt nun auch an diesem warmen Abend die Nase in die Luft und schnupperte mit Wohlbehagen.

So kam es, dass Lydia ihre Mutter erst erreichte, als beide eigentlich zu Bett gehen wollten. Hildegard musste sich anhören, dass ihr Mann einen außerehelichen Sohn hatte, der wiederum der Halbbruder ihrer Kinder war und den sie demnächst alle kennenlernen wollten. Die Äußerungen der alten Frau waren ziemlich wortkarg, sie murmelte nur gelegentlich *so, so* und am Ende: »Nun ist es aber genug, Lydia, ich bin sehr müde.«

Und nach einer kleinen Pause: »Bist du noch dran? Dann schau mal aus dem Fenster, wir haben bald Vollmond. Gute Nacht, meine Kleine.«

Als ihre *Kleine* bezeichnet sie sonst nur Ellen, dachte Lydia erschrocken, höchstens noch ihre Enkelinnen. War ihre Mutter so geschockt, dass sie die Tragweite gar nicht verstanden hatte? Lydia hatte auf einmal ein schlechtes Gewissen: Matthias als der vernünftige große Bruder hatte ihr geraten, nicht gleich mit der Tür ins Haus zu fallen.

Am nächsten Morgen rief Lydia schon gegen sieben Uhr morgens bei Ellen an. Ob ihre Mutter schon aufgestanden sei? Ellen hatte wenig Zeit, wollte gerade frühstücken, Zeitung lesen und zwischendurch Amalia zur Eile antreiben. Mit Staunen hörte sie, was Lydia am Abend zuvor angerichtet hatte.

»Sieh doch mal nach, ob Mutter schon wach ist«, bat Lydia. »Sie hat so seltsam reagiert, dass ich fürchte, sie hat sich etwas angetan.«

»Da kennst du sie schlecht«, sagte Ellen. »Mutter ist völlig unsentimental. Im Übrigen habe ich vorhin die Toilettenspülung gehört. Sie steht aber meistens erst auf, wenn wir weg sind. Lydia, ich rufe dich in der Mittagspause an, dann sehen wir weiter.« Und Ellen legte ebenso abrupt auf, wie ihre Schwestern es zu tun pflegten.

6

Seit kurzem wusste Ellen, wie man ihre Angst vor Mäusen in der Fachsprache nannte: Musophobie. Ihrer Mutter war es ein Rätsel, dass eines ihrer Kinder sich vor einem harmlosen Tierchen fürchtete, denn Hildegard konnte fast jede Kreatur ohne viel Federlesen anfassen, fangen, zähmen, füttern und notfalls auch töten. Von ihren fünf Kindern war es nur Ellen, die sich hysterisch aufführte, wenn ihr ein winziges Mäuschen über den Weg lief. Neulich hatte sie sogar einen grässlichen Schrei ausgestoßen, weil sie ein graues Bällchen aus Staub und Spinnweb unter dem Sofa entdeckte. Da war ihre Enkelin doch von anderem Schrot und Korn, die sogar die Schlange ihrer Freundin zwei Wochen lang in Pflege genommen hatte.

Die musophobische Ellen deutete es natürlich als schlechtes Omen, dass eine Kollegin an diesem Vormittag lang und breit erzählte, wie sie eine träge – wohl hochschwangere – Maus in ihrer Küche angetroffen und mit Hilfe einer Käseglocke dingfest gemacht hatte. In der Mittagspause mochte Ellen ihr fettiges Leberwurstbrot nicht anrühren, wählte das kleinere Übel und rief missgestimmt ihre Schwester an.

Von Lydia erfuhr sie erst, dass man auch eine Speichelprobe von Amalia untersucht habe. Ellen war ziemlich erbost, dass ihre Tochter sich wie eine Intrigantin verhalten und hinter ihrem Rücken mit Gerd Dornfeld Kontakt aufgenommen hatte.

»Kaum zu glauben, aber wahr«, sagte Lydia. »Unser schlauer Matthias hat diesen Herrn Dornfeld tatsächlich in ein Genlabor gelockt! Die DNA-Analyse ist glücklicherweise ein Quantensprung in der Wissenschaft, früher hätte man einen Verwandtschaftsgrad niemals verlässlich nachweisen können. Gerd ist wirklich unser Halbbruder, aber Amalia ist nicht seine Halbnichte. Verstehst du das?«

»Und mit solchem Humbug hast du unsere arme Mutter belämmert?«, schrie Ellen zornig. »Sag mal, bist du noch bei Trost?«

Nun war Lydia beleidigt. »In diesem Ton lasse ich nicht mit mir reden. Matthias war zu feige, um Mutter reinen Wein einzuschenken. Einer musste es schließlich tun, ihr solltet mir dankbar sein.«

»Dann also herzlichen Dank für deine Unverschämtheit«, sagte Ellen und legte auf. Sie biss nun doch in ihr Brot, brach in Tränen aus und verschluckte sich.

Bis zum Abend hatte sie sich wieder gefangen und beschloss, gute Miene zum bösen Spiel zu machen. Amalia war im Kino, Hildegard hatte gekocht und benahm sich nur insofern auffällig, als es keine Quarkkeulchen, sondern gefüllte Paprikaschoten mit Reis gab. Der uralte Küchentisch glänzte frisch geölt und duftete nach Olivenöl. Es schmeckte beiden sehr gut.

»Lydia hat dich also angerufen«, begann Ellen vorsichtig. Ihre Mutter kaute und nickte bloß.

»Was sagst du zu den Neuigkeiten?«, hakte Ellen nach und bekam plötzlich rote Flecken im Gesicht.

Hildegard schluckte den Bissen hinunter. »Reg dich nicht auf«, meinte sie gleichmütig. »Dieser junge Mann kann ja nichts dafür.«

»Mutter, der ist nicht mehr jung, der ist älter als ich!«

»Aber das weiß ich doch«, sagte Hildegard, »für mich bist du aber auch noch ein junges Ding.«

Schließlich gab sie zu, von Gerd Dornfelds Existenz schon immer gewusst zu haben. »Nachdem dein Vater die Fabrik verkauft hatte, war er eine Zeitlang wie ausgewechselt – als wollte er auf allen Hochzeiten gleichzeitig tanzen. Im Nachhinein denke ich manchmal, Rudolf hat seinen frühen Tod vorausgesehen und wollte noch etwas erleben. Aber er hat die peinliche Angelegenheit ja auf seine Art in Ordnung gebracht.«

Ellen verstand nicht ganz, wie das gemeint war. Nun erfuhr sie, dass ihr verstorbener Vater dafür gesorgt habe, dass seine schwangere Freundin einen anständigen Mann heiratete. Mit Geld könne man manches zum Guten wenden. Mehr wollte die alte Frau nicht verraten, aber sie schien weder verstört noch unglücklich zu sein.

»Das liegt lange zurück«, sagte sie. »Damals habe ich zwar sehr gelitten, aber inzwischen ist es längst abgehakt. Wenn ihr also ein Familientreffen plant, bin ich gern dabei. Ja, ich bin fast ein wenig neugierig auf diesen Bankert. Wie sieht er denn aus?«

»Vielleicht ein bisschen wie Matthias. Aber Mutter, warum hast du nie auch nur ein Wörtchen über Papas Affäre verloren?«

»Kinder müssen nicht alles über ihre Eltern wissen, sie ahnen ja sowieso, dass auch wir nur Menschen und keine Engel sind. Hast *du* etwa deinen Töchtern den ganzen Frust mit Adam erzählt?«

Eigentlich schon, dachte Ellen, so viel Contenance wie sie hätte ich nie aufgebracht. Sie machte den zaghaften Versuch, ihre Mutter zu umarmen und ließ es damit bewenden. Unser liebes Mütterchen wollte uns schonen und wir sie ebenfalls, dachte sie gerührt, legte sich aufs Sofa und schlief vor laufendem Fernseher ein. Als noch viel später die Haustür ging, beschloss sie, erst am nächsten Tag mit Amalia ein Hühnchen zu rupfen.

Auf dem Weg zur Arbeit begann Ellen mit ihrer Standpauke, wurde aber sofort von Amalia unterbrochen.

»Mama, du siehst das völlig falsch! Ich wollte doch nur beweisen, dass dieser Gerd Dornfeld ein Betrüger ist. Auf keinen Fall wollte ich dir in den Rücken fallen, sondern ganz im Gegenteil. Ich wusste genau, dass du ihm nicht geglaubt hast.«

»Dann wollen wir das mal gelten lassen«, seufzte Ellen. »Deine Oma weiß leider auch schon Bescheid, ich sehe nichts als Turbulenzen auf mich zukommen!«

Ihre Tochter lachte nur. Sie fand die ganze Sache spannend.

Die Turbulenzen ließen nicht lange auf sich warten. Ellens Geschwister riefen an diesem Abend einer nach dem anderen an. Der umständliche Holger erklärte, dass ein Familientreffen nur während seines Urlaubs stattfinden könne – also noch in diesem Monat. Matthias schlug vor, die jeweiligen Kinder erst einmal nicht einzubeziehen, sondern nur die fünf Geschwister nebst Partnern (soweit vorhanden), natürlich den neuen Bruder sowie die Mutter. Christa mit ihrer sozialen Ader wollte genau wissen, wie Hildegard reagiert habe. Nach drei ausführlichen Gesprächen mochte Ellen gar nicht mehr an den Apparat gehen, tat es aber doch und musste sich nun mit Lydia auseinandersetzen. Ihr ging es um rein praktische Fragen: Wo sollte die schicksalhafte Begegnung überhaupt stattfinden?

Da biete sich doch Matthias mit seiner großen Wohnung an, fand Ellen, außerdem habe er als Erster diese fragwürdige Zusammenkunft vorgeschlagen. Frankfurt sei für alle Teilnehmer gut zu erreichen, auch Holger könne vom Flughafen aus direkt ein Taxi nehmen.

»Das ist keine gute Idee, Mutter wird es immer schlecht im Auto«, sagte Lydia. »Die anderen finden auch, dass es bei euch in Mörlenbach über die Bühne gehen muss. Ein Treffen in unserem ehemaligen Elternhaus ist doch am stilvollsten.«

Und an wem dann die ganze Arbeit hängenbleibe? wollte Ellen wissen. Außerdem habe sie keine Gästezimmer. – Sie habe sich schon alles überlegt, behauptete Lydia. Von Frankfurt aus sei es ja nur eine Stunde bis in den Odenwald. Also könnten Holger und seine Frau Maureen bei Matthias wohnen, vielleicht auch Christa und ihr Mann Arno. Gerd würde sowieso am selben Abend wieder zurückfahren. Bliebe nur noch sie selbst, und für sie sei es kein großes Problem, bei Hildegard oder Ellen auf dem Sofa zu schlafen.

»Du musst also nicht befürchten, dass euer Girls Camp durch einen Mann entweiht wird«, schloss Lydia ihre Rede.

»Aber was ist mit deinem Manfred?«, fragte Ellen und bekam die Auskunft, dass der sich nichts aus der neurotischen Mischpoke seiner Partnerin mache und deswegen nicht mitkommen dürfe.

»Inzwischen bin ich fast so männerfeindlich wie du oder Mutter«, sagte Lydia, »aber im Gegensatz zu euch habe ich es immer wieder mit einem Kerl versucht.«

»Das habt ihr ja fein eingefädelt, ohne mich auch nur im Geringsten in eure Pläne einzubeziehen«, sagte Ellen und wurde plötzlich wütend. Beim letzten Gespräch dieses Abends war sie es, die zuerst das Handtuch beziehungsweise den Hörer hinwarf. Und auch Mutter wurde nicht gefragt, dachte sie aufgebracht. Wer muss schließlich für alle kochen? Wahrscheinlich doch wieder mal die alte Hildegard, und bei einem solchen Anlass ist es mit Erbsensuppe nicht getan. Ellen rechnete und kam auf zwölf Personen. Die nächste Generation sollte zwar nicht eingeladen werden, aber Amalia konnte man nicht gut ausschließen.

Mehr als über die anderen Geschwister ärgerte sich Ellen immer über Lydia. Als Kind hatte ihre Schwester nie mit Puppen, sondern nur mit Plüschtieren und Lego gespielt, woraus sie ihren Status als frühe Feministin ableitete. Später hatte sie ihre Freunde schlecht behandelt, und es war ein Wunder, dass es der momentane Partner schon seit vier Jahren mit ihr aushielt. Lydia war zwar die Zweitjüngste in der Familie, aber kein armes Sandwichkind, das zu wenig beachtet wurde. Als dominante Persönlichkeit sorgte sie unentwegt dafür, dass ihre Ansprüche durchgesetzt wurden. Ellen konnte nur durch dramatische Szenen, temperamentvolle Tiraden und Wutanfälle dagegen ankämpfen, hatte aber trotzdem das Gefühl, immer wieder das Nachsehen zu haben.

Alle hatten es zu Wohlstand gebracht. Als Wirtschaftsprüfer verdiente Matthias ausgezeichnet; Holger, der *German Lied* an der Royal Academy of Music in Glasgow unterrichtete, konnte zwar kaum davon leben, hatte aber eine reiche Frau geheiratet. Bei Christa verhielt es sich ähnlich – sie hatte ein wenig Psychologie studiert, aber schon bald einen erfolgreichen, stockkonservativen Unternehmer an Land gezogen; Lydia arbeitete zwar gelegentlich als Immobilienmaklerin, hatte das Geldverdienen aber nicht nötig, denn sie war durch zwei wohlhabende Exmänner finanziell gut abgesichert. Ellen hatte großes Mitleid mit sich selbst, weil es ihre Geschwister so viel besser getroffen hatten.

Schon am nächsten Abend rief Matthias wieder an. Er halte es für das Beste, wenn er am kommenden Wochenende mal vorbeischaue, er wolle mit seiner Frau sowieso eine Wanderung machen und könne doch bei dieser Gelegenheit Mutter und Schwester besuchen. Dann werde man in Ruhe alles bereden.

»Kuchen bringen wir mit«, sagte er. »Du brauchst dich um nichts zu kümmern, und wir bleiben bestimmt nicht lange. Ich freue mich auf ein Wiedersehen!«

Ellen konnte nicht gut nein sagen, zumal ihre Mutter immer ganz aus dem Häuschen geriet, wenn sie ihren Liebling – den wohlgeratenen, tüchtigen, herzensguten Matthias – umarmen konnte. Obwohl man ja räumlich nicht allzu weit auseinander wohnte, beschränkten sich die Besuche auf höchstens einen pro Jahr. Sie konnte es sich nicht verkneifen: »Na, da wird sich Mama ja überschlagen, wenn der Kronprinz kommt!«

Matthias lachte, schien aber ein wenig geschmeichelt.

Obwohl sie als Kind sehr eifersüchtig auf den großen Bruder war, mochte Ellen ihn heute am liebsten. Matthias hatte seine Geschwister stets beschützt und verteidigt, besonders als sie noch klein waren. In der Grundschule hatten sie alle ihre Spitznamen weg: Christa hieß *das schebbe Maul*, Holger *der Dabbes*, Matthias *der Dokder*, Lydia *die Krott* und Ellen *die Klaa*. Alle miteinander hießen sie die *Tunkel-Baggasch*. Zu Zeiten ihrer Vorfahren war da noch mehr Hochachtung gewesen, in der Textilfabrik des Großvaters arbeiteten zeitweise fünfzig Leute, man ehrte und schätzte die Familie – so lange, bis Rudolf Tunkel den Betrieb übernahm, modernisierte, Fachkräfte entließ, schließlich den ganzen Laden verkaufte und zu allem Überfluss auch noch starb. Von da an ging es bergab, die Villa wurde zum Nonnenhaus, über die Familie wurde gespöttelt. Nur Matthias verstand es, sich mit wenigen Worten Respekt zu verschaffen. Er wäre ein würdiger Nachfolger des Fabrikvorstands gewesen, da war man sich einig.

Wie Ellen erwartet hatte, blühte ihre Mutter auf, als sie vom baldigen Besuch ihres ältesten Sohnes hörte, und begann sofort, Familiensilber und Fenster zu putzen.

»Kommt Brigitte auch mit?«, fragte Hildegard hoffnungsvoll, denn die Frau ihres Ältesten war allgemein beliebt. Hildegard war keine böse Schwiegermutter und mochte fast alle angeheirateten Familienmitglieder, ausgenommen waren nur Ellens Ex und mehrere abgelegte Männer von Lydia. – Wohin denn die Wanderung gehe? – Das wusste Ellen nicht, ebenso ob es überhaupt so gedacht war, dass alle gemeinsam spazieren gingen.

»Wir könnten doch die Burg Windeck in Weinheim besuchen, da gibt es einen schönen Randweg an den Schrebergärten entlang. Außerdem möchte ich endlich einmal wieder in den Wald«, sagte Hildegard leicht anklagend. »Niemand denkt daran, dass ich seit Jahren nicht aus dem Garten herauskomme.«

»Wie ich Matthias und Brigitte kenne, wollen sie keinen gemütlichen Bummel machen, sondern stundenlang über Stock und Stein marschieren. Ob das noch das Richtige für dich ist?«

»Ich habe eine bessere Kondition als ihr alle zusammen«, behauptete Hildegard. »Wer ist denn zwölf Stunden am Tag auf den Beinen? Ich bin körperliche Arbeit gewohnt, meine fünf Kinder hocken doch alle nur vor ihren Bildschirmen und bewegen sich bloß, um mal aufs Klo zu gehen.«

Nachdenklich betrachtete Ellen ihre Mutter: winzig klein, ein krummer Rücken, runzelige Lederhaut, braune Altersflecken auf den Handoberflächen, abgebrochene Nägel und inmitten des Verfalls der leuchtend grüne Jadering am Mittelfinger. Schon lange hatte der Augenarzt eine Staroperation für nötig erachtet.

»Was guckst du so kritisch?«, fragte Hildegard. »Ich war auch mal jung und hübsch und keine Hutzel wie heute.«

Und wahrscheinlich auch nicht so männerfeindlich, moralinsauer und streng, dachte Ellen. Wie schon ein alter Spruch sagte: *Als David kam ins Alter, da sang er fromme Psalter.*

7

Amalia passte es zwar nicht, am Wochenende einen auf Familie zu machen, aber sie erklärte sich immerhin dazu bereit, Onkel und Tante zu begrüßen. Sie hatte sich ein preiswertes neues Sommerkleid gekauft, eigentlich nur ein verlängertes T-Shirt, das ihr aber mit seiner himmelblauen Farbe und kombiniert mit einem grün gepunkteten Schal gut zu Gesicht stand. Onkel Matthias und Tante Brigitte waren stets sportlich-lässig, aber teuer gekleidet: nobles Understatement, mit dem sie nicht mithalten konnte. Durch bunte Farben hob sie sich davon ab. Irgendwie wollte sie den städtischen Verwandten schon gefallen.

Leider hatten weder ihre Mutter noch die Oma ein Wort darüber verloren, dass auch Uwe willkommen sei. Amalia hatte sich mehr oder weniger damit abgefunden, dass er in diesem Haus als Persona non grata galt.

Seit langem sammelte sie Reliquien aus der Natur. In einer Glasvitrine, die sie ihrer Oma abgeschwatzt hatte, lagen gefällig angeordnete Schneckenhäuser unterschiedlicher Färbung, Steine aller

Art, alraunengleiche Wurzelstücke regionaler Weinstöcke, skelettierte Magnolien- und gepresste Ginkoblätter, verschrumpelte und fast erdfarbene Feigen aus dem Garten, eine riesengroße neben einer winzigen Nuss, vertrocknete Samenstände der Jungfer im Grünen, ein Amselnest mit einem aufgegebenen Gelege und ein mumifizierter Nashornkäfer. Amalia duldete nur Naturfarben in Mausgrau, Rinden-, Eierschalen- und Sandtönen. Ihrer Mutter war dieser *Schrein* ein Dorn im Auge, und sie betrat nur ungern das Zimmer ihrer Tochter. Inzwischen war die Sammlung noch um ein mickriges getrocknetes Chamäleon bereichert worden, das ihre Freundin Katja auf einem tunesischen Wochenmarkt erhandelt hatte. Ihre ältere Schwester Clärchen war begeistert, *nature morte in Reinkultur* sagte sie, fotografierte das Stillleben von allen Seiten und wollte davon Kunstpostkarten herstellen.

Uwe hatte zwar keine Probleme mit der Morbidität der Gegenstände, aber er verstand das Prinzip nicht wirklich. Gleich am Anfang ihrer Bekanntschaft überreichte er ihr feierlich das Glasauge seines verstorbenen Großvaters. Er hatte nicht begriffen, dass ein neuzeitliches Artefakt überhaupt nicht in eine Naturalienkollektion passte, so dass Amalia seine Gabe in einem Zahnputzglas auf der Waschkonsole im Badezimmer ablegte. An diesem Abend gellten die Schreie ihrer Mutter durch das ganze Haus, und Uwe hatte es mit Ellen verdorben. Und dennoch: In Gesprächen mit der Oma ergriff Ellen immer die Partei ihres Kindes und verteidigte den langen Uwe.

Gegen elf wurden die Gäste aus Frankfurt erwartet, man plante gemeinsam spazieren zu gehen, irgendwo in einem Landgasthaus einen Imbiss einzunehmen und schließlich zu Hause den mitgebrachten Kuchen zu essen. Es war ein heißer Tag, Amalia wollte mit Uwe schon früh zum Baggersee aufbrechen und nur zum Kaffeetrinken zurück sein. Hildegard hatte sich in Erwartung ihres Sohnes so schön wie möglich gemacht, kokettierte mit einem Strohhut und trug eine mit Blumen bestickte Trachtenbluse aus der Hinterlassenschaft ihrer donauschwäbischen Jugendfreundin.

Matthias fuhr einen großen Wagen und sehr schnell, weswegen er meistens zu spät startete. Auch diesmal wurde es zwölf, und Hildegard regte sich bereits auf.

»Du kennst ihn doch«, tröstete Ellen. »Brigitte würde anrufen, wenn irgendetwas passiert wäre.«

Als schließlich Hildegard und Ellen zu Matthias ins Auto stiegen, wollte man keine weiten Strecken mehr fahren und landete schon bald in einem Wirtshaus, wo man unter Bäumen saß und Weinschorle bestellte. Bis der gerühmte hiesige Kochkäse auf den Tisch kam, wollten alle noch ein paar Schritte zu einem nahe gelegenen Forellenteich gehen.

Matthias und Ellen hielten etwas Abstand zu ihrer Mutter und Brigitte.

»Was ist das wieder für ein Schmarren, dass Amalia mit Gerd nicht verwandt sein soll?«, flüsterte Ellen, der die mysteriöse Angelegenheit keine Ruhe gelassen hatte.

»Wahrscheinlich handelt es sich tatsächlich um eine Fehldiagnose«, sagte Matthias. »Der Laborarzt meint, wir sollten zur Sicherheit auch deine DNA mit der von Gerd abgleichen. Hast du mit Mutter und Amalia schon mal darüber gesprochen?«

»Warum soll ich die Pferde scheu machen, wenn doch alles nur Humbug ist«, sagte Ellen unwirsch. »Außerdem ist es mir völlig gleichgültig, ob Amalia und Gerd gemeinsame Gene haben. Falls du dir aber einbildest, du könntest mich auch in ein Labor lotsen, dann irrst du dich ganz gewaltig.«

»Das brauchst du auch nicht. Es kann relativ schnell geklärt werden, wenn ich meinem Freund einen Abstrich deiner Mundschleimhaut liefere. Sterile Wattestäbchen habe ich im Kofferraum.«

So kam es, dass Hildegard und Brigitte bereits im Garten des Wirtshauses saßen, während Matthias auf dem Parkplatz eine Testbox heraussuchte und schließlich in der Mundhöhle seiner Schwester herumstocherte. Eigentlich war das der wahre Grund seines Kommens. Nur aus Höflichkeit hatte er ihn als Besuch bei seiner Mutter getarnt.

»Wie ich sehe, ist es dir beim Autofahren gar nicht übel geworden«, sagte Ellen und setzte sich neben Hildegard auf einen leicht verbogenen Plastikstuhl. Sie hatte immer noch die vage Hoffnung, das Treffen nach Frankfurt verlegen zu können.

»Wenn Matthias fährt, ist mir noch nie schlecht geworden«, sagte Hildegard. Ein ungerechter Seitenhieb auf ihre Tochter, die stets treu und brav mit ihr zum Einkaufen fuhr.

Nach einer Weile meinte Brigitte: »Wir sollten bald aufbrechen, es gibt ein Gewitter.« Besorgt wies sie auf eine große dunkle Wolkenfront. »Eine Tasse Kaffee trinken wir doch noch bei euch? Wir haben Bienenstich und Frankfurter Kranz mitgebracht.«

Kaum saßen sie wieder im Wagen, begann es kurz und heftig zu hageln. Amalia wird doch bei diesem Unwetter nicht im See herumschwimmen, dachte Ellen, aber ihr Kind stand schon an der Haustür, hatte keinen Tropfen abgekriegt und bereits Kaffeewasser aufgesetzt. Matthias musterte seine Nichte und sagte charmant: »Mädchen, du wirst ja immer hübscher!«

Schließlich deckte Hildegard den Tisch mit einem übergroßen, vergilbten Tafeltuch aus Reinleinen, das noch aus Justus Willibald Tunkels Fabrik stammte. Sie wolle es sowieso waschen, erklärte sie, weil es für das geplante Familientreffen die richtigen Maße habe. Doch lohne es sich erst, wenn es vorher noch einmal schmutzig würde. Ein komplizierter Gedankengang, den aber alle Frauen verstanden. Außerdem war man hiermit beim Thema angelangt.

»Es werden gar nicht so viele kommen«, beruhigte Matthias seine Mutter. »Lydia will sich nicht mit ihrem Partner blamieren, und Holger meint, Maureen fühle sich nicht wohl, wenn alle deutsch sprächen und noch unbehaglicher, wenn alle meinten, englisch sprechen zu müssen.«

Hildegard begann zu zählen: Sie selbst, Ellen und Amalia, Matthias und Brigitte, Holger, Christa und Arno, Lydia und schließlich der Neue, dieser Gerd – sie kam auf zehn Personen und entspannte sich ein wenig.

»Elf«, sagte Matthias, »Gerd hat schließlich eine Frau.«

»Zum Glück nicht zwölf. Wenn nämlich ein Überraschungsgast auftauchen sollte, sind wir dreizehn Leute bei Tisch, und ich bin abergläubisch«, bemerkte Brigitte.

Angesichts dieser Schreckensvorstellung beschloss

Amalia, gar nicht erst über eine mögliche Anwesenheit ihres Liebsten zu debattieren. Ihre Schwester, die Cousins und Cousinen waren offensichtlich nicht eingeplant, eigentlich war auch ihre Anwesenheit nur geduldet und nicht erwünscht. »Mit mir braucht ihr nicht zu rechnen«, sagte sie, und vier Augenpaare starrten sie verwundert an, doch keiner sagte ein Wort. Wohl um die Situation zu entschärfen, wandte sich Ellen an Matthias: »Hast du Gerds Frau eigentlich kennengelernt?«

»Ganz kurz nur, sie heißt Ortrud und war sehr elegant angezogen, aber sie kam ja auch von einem gesellschaftlichen Anlass zurück. Übrigens war die ganze Wohnung originell, unprätentiös und intelligent eingerichtet, unser Halbbruder ist nämlich Architekt und seine Frau Innenarchitektin.«

»Das Interesse für Architektur habe ich also von meinem neuen Onkel geerbt«, murmelte Amalia, aber niemand hörte hin, denn Hildegard teilte den Kuchen aus, und man streckte ihr die Teller hin. Ellens Stück landete kurz vorm Ziel auf der Tischdecke – beinahe sah es wie Absicht aus.

»Hat er auch Kinder?«, fragte Ellen und kratzte Sahne von der Decke.

»Ja, da gibt es auch wieder eine Parallele«, sagte Matthias. »Genau wie wir haben sie zuerst einen Sohn, dann eine Tochter bekommen.«

Er erschrak über seine eigenen Worte, denn seine Tochter Nina war seit der Affäre mit ihrem Onkel Adam tabu – oder doch nicht? Immerhin war Hildegard nach wie vor ihre Großmutter. Tatsächlich fragte Hildegard auf einmal: »Besteht eine gewisse Chance, dass ich demnächst Urgroßmutter werde?«

»Eine Chance bestimmt, aber noch ist Nina mit ihrer Karriere beschäftigt und scheint der Meinung zu sein, sie habe noch viel Zeit mit dem Kinderkriegen. Außerdem ist ihr Freund nicht mit dem Studium fertig. Brigitte und ich werden leider alte Großeltern werden – wenn überhaupt.«

Ellen wollte »ich auch« sagen, verkniff es sich aber. Amalia beobachtete, dass ihre Mutter nervös war und völlig sinnlos die Tischdecke immer wieder glattstrich. Schließlich fragte Hildegard ihren Sohn etwas verlegen: »Wie sieht er eigentlich aus, dieser Gerd?«

»Na, ein bisschen wie ich oder wie Prince Charles.«

Vor dem Aufbruch legte man den Termin für das Familientreffen endgültig auf das übernächste Wochenende fest.

»Wir werden am späten Vormittag eintrudeln«, bestimmte Matthias. »Zum Mittagessen lade ich alle in die *Fuchs'sche Mühle* ein. Vielleicht ist Ellen so lieb und lässt einen Tisch reservieren? Ich denke, unser Treffen sollte ganz zwanglos und heiter über die Bühne gehen; auf keinen Fall soll Mutter denken, dass sie für uns kochen muss!«

Jahrelang habe sie für eine große Familie gekocht, meinte Hildegard, das sei überhaupt kein Problem. Matthias und Ellen blickten sich an und lächelten.

Um sechs Uhr fuhren die Gäste wieder nach Hause. Etwas ermattet fragte Ellen ihre Tochter: »Und – wie war's mit Onkel und Tante?«

»Der Matthias ist schon in Ordnung, der Kuchen war auch okay«, sagte Amalia, »aber dieses geplante Familientreffen finde ich ziemlich *strange*. Na ja, wie gesagt: ohne mich!«

Ellen schwieg und räumte den Tisch ab, Amalia rief ihren Uwe an und ließ sich abholen. Hildegard stellte den Besucherstrauß in eine andere Vase, spülte Tassen und weinte.

»Mütterchen, was ist denn los?«, fragte Ellen.

»Ich weiß auch nicht«, sagte ihre Mutter. »Ich hab' so eine schreckliche Ahnung, dass alles schiefgeht. Aber hör lieber nicht auf eine dumme, alte Frau! – Matthias sah gut aus, findest du nicht? Wie ein junger Gott!«

Ellen grinste, denn ihr Bruder würde in wenigen Jahren in Rente gehen und wirkte keinen Tag jünger. Der Vergleich mit Prince Charles war nur ein Scherz gewesen – bis auf die Gesichtsform konnte Ellen keine Ähnlichkeit feststellen. Sie suchte das Familienalbum aus dem Regal heraus, wünschte ihrer Mutter eine gute Nacht und verzog sich in die eigenen Gemächer.

Als Überraschung für das Fest wollte Ellen für alle Geschwister Kopien der wichtigsten Fotos machen lassen. Lange betrachtete sie das große Schwarzweißfoto, auf dem die Eltern und ihre vier Geschwister abgebildet waren. Christa verzog schon damals ihr Mäulchen zu einem schrägen Flunsch, weswegen man sie in der Grundschule *schepp Maul* nannte. Lydia war ein Baby, sie selbst noch nicht geboren. In dieser Zeit musste ihr Vater fremdgegangen sein und ein weiteres Kind mit einer anderen Frau gezeugt haben. Hildegard kam natürlich dahinter, es gab Streit. Damals besaß der Vater genügend Geld, um die Angelegenheit wenigstens finanziell zu regeln. Ellen forschte in den Zügen ihres Papas, ob man Zeichen seines Draufgängertums erkennen könne. Doch auf diesem Bild sah er genauso solide und treuherzig wie sein Sohn Matthias aus. Auch ihre Mutter wirkte so harmlos, als könne sie kein Wässerlein trüben, und doch wussten ihre Kinder, dass sie gelegentlich laut und jähzornig wurde. Jeder ihrer fünf Sprösslinge hatte sich schon einmal eine Ohrfeige eingefangen, doch man trug es ihr nicht lange nach. Es waren keine Züchtigungen aus kaltem pädagogischem Kalkül, sondern Affekthandlungen. Hinterher tat es Hildegard meistens leid, Jahre später entschuldigte sie es durch ihre ständige Überforderung. Fünf Kinder in relativ kurzer Zeit zu gebären und aufzuziehen, war keine leichte Übung, kein Wunder, wenn man gelegentlich ausflippte. Ob Ellen ein Kind des Waffenstillstands oder der endgültigen Versöhnung war? Oder doch eher eine Panne und kein Wunschkind? So etwas konnte man seine Eltern kaum fragen. Auch würden sie schwerlich mit der Wahrheit herausrücken.

Überdies waren die Affären ihres Vaters und ihres Exmannes nun wirklich nichts Besonderes; wo man hinsah, gab es ähnliche Geschichten, nur nicht immer mit den gleichen Konsequenzen. Sie hatte eine ehemalige Schulfreundin, die so lange auf die *offene Ehe* schwor, bis sich ihre eigenen Chancen drastisch verringerten, ihr Mann das Recht auf Seitensprünge jedoch weiterhin einforderte. Sie kannte auch Frauen, die stets Gleiches mit Gleichem vergalten oder ahnungslose Männer mit untreuen Gattinnen. Es war wohl gar nicht möglich, dass Paare ein Leben lang glücklich miteinander waren, die eigenen Eltern inbegriffen.

Vielleicht, dachte Ellen, hätte auch sie etwas mehr Geduld mit Adam haben sollen, anstatt bis heute unversöhnlich und aufs tiefste verletzt an die Jahre ihrer Ehe zurückzudenken. Ihre Mutter hatte das besser hingekriegt, sie hatte ihrem Rudolf längst vergeben, bevor er starb. Sowohl Clärchen als auch Amalia hatten sporadischen Kontakt mit ihrem Vater, aber sie sprachen nicht darüber. Ellen wusste, dass ihre Töchter ihrem Vater E-Mails schrieben und er sie an den Geburtstagen stets anrief.

Ellen litt sehr unter der Vorstellung, allein alt werden zu müssen. Hildegard würde sterben, die Töchter eigene Familien gründen. Und was wurde aus ihr? Sie war nicht dafür geschaffen, in diesem großen Haus ohne einen Partner zu versauern.

8

Natürlich freute sich Hildegard, demnächst alle fünf Kinder unter ihrem Dach versammelt zu haben, fast die gesamte Großfamilie. Nur ihr verstorbener Mann Rudolf konnte nicht mehr teilnehmen, aber sozusagen stellvertretend dessen Sohn. Sie war neugierig auf Gerd Dornfeld. Angeblich sollte er sowohl Matthias als auch seinem genetischen Vater gleichen, war also ein stattliches Mannsbild geworden.

Ein bisschen war ihr allerdings auch bange vor diesem Treffen. Unter ihren Kindern hatte es oft Streitereien und Rivalitäten gegeben, sie hoffte sehr, dass sie inzwischen vernünftig und erwachsen genug waren, um eingebildete Ungerechtigkeiten und aufgebauschte Lappalien nicht vor einem Fremden auszubreiten. In Gedanken knöpfte sie sich ihre Sprösslinge der Reihe nach vor.

Ihr Stolz war immer der älteste Sohn gewesen. Matthias stand seit seiner Geburt auf der Sonnenseite, hatte in allen Lebensbereichen Erfolg und war überaus beliebt. Auch an seiner Frau und seinen Kindern konnte man nichts aussetzen – bis auf den einen wunden Punkt, die Geschichte mit Nina. Völlig naiv und unschuldig war ihre Enkelin keineswegs gewesen, zu einem solchen Spiel gehören ja immer zwei.

Christa war wie Matthias ein Wunschkind. Ebenfalls eine gute Schülerin, hatte sie zudem eine ausgeprägte soziale Ader, gab hyperaktiven Kindern Nachhilfeunterricht und kümmerte sich liebevoll um die wilden kleinen Schwestern. Warum nur hatte sie ihr Studium abgebrochen? Durch ihre Heirat mit Arno war sie zwar gut versorgt, aber auch ein wenig langweilig geworden.

Holger war das Sorgenkind. Zu früh und mit einer mittelschweren Sehbehinderung auf die Welt gekommen, noch mit 16 nicht größer als die jüngeren Schwestern. Trotz hoher Intelligenz ein Schulversager. Das Abitur hatte er zum Glück geschafft und auch eine Ausbildung zum Gesangspädagogen. Der kleinwüchsige Holger, der in der Grundschule den Spitznamen *der Dabbes* erhielt, weil er noch nicht einmal eine Schleife binden, geschweige denn einen Nagel einschlagen konnte, erregte schnell Mitleid und Interesse bei den Frauen. Es war erstaunlich, wie viele weibliche Fans sich in seinen jungen Jahren um ihn scharten und dabei entdeckten, dass er hinreißend singen konnte. Obwohl er eine dicke Brille trug und vorzeitig eine Glatze bekam, konnte er doch wie Schubert oder gar Orpheus die Menschen und sicherlich auch die wilden Tiere verzaubern. In Maureen hatte er eine Partnerin gefunden, die ihn bewunderte und aufrichtig liebte, ihn auf dem Klavier begleitete und ihn selten spüren ließ, dass sie eine reiche Partie war.

Als viertes Kind kam Lydia mit ihren nicht enden wollenden Trotzattacken und Wutanfällen. Hier im Ort nannte man sie nur *die Krott* – die Kröte. Lydia ließ sich von keinem die Butter vom Brot nehmen. Wenn sie in späteren Jahren unzufrieden wurde, wechselte sie ihre Haarfarbe und ihre Partner ohne viel Federlesen; ihre ersten Männer waren stets wesentlich älter gewesen, der jetzige deutlich jünger. Doch alles in allem war Lydia eine durchsetzungsfähige Frau.

Zwei Jungen, zwei Mädchen – damit war die Familie eigentlich komplett. Nie wollte Hildegard ihre Jüngste spüren lassen, dass sie nicht einkalkuliert war; Kinder wurden früher sowieso nicht so exakt geplant wie heutzutage. Glücklicherweise war Ellen, ihr Küken und heimlicher Liebling, mit ihren Töchtern wieder ins elterliche Nest zurückgekehrt. Zwar war die eine Enkelin bereits ausgeflogen, die andere könnte bald folgen, aber Ellen wollte sicherlich bleiben. Sie sollte ja das Haus erben und würde wohl aus Dankbarkeit später einmal ihre Mutter pflegen. Auch die kleine Ellen konnte jähzornig werden und hatte sich als Kind häufig mit Lydia angelegt, ja sogar geprügelt. Seltsam, dachte Hildegard, unter meinen Buben gab es kaum Auseinandersetzungen, die waren offensichtlich friedlicher als die beiden kleinen Mädchen. Doch wahrscheinlich fand es Matthias unter seiner Würde, den jüngeren Holger zu verdreschen.

Hildegard überlegte lange, wie sie die Kaffeetafel schmücken wollte. Natürlich mussten Blumen aus dem eigenen Garten her, die sie nur für besondere Gelegenheiten pflückte. Diesmal sollten die schönsten daran glauben, ihr schwebte anfangs ein Strauß wie aus einem barocken Stillleben vor. Matthias hatte allerdings geäußert, der Familientag solle unverkrampft und heiter über die Bühne gehen. Deshalb durfte der Blumenschmuck vielleicht doch nicht so künstlich wie ein Gemälde wirken, ein duftiger Strauß aus rosa, weißen und roten Cosmeen oder Löwenmäulchen, wie zufällig zusammengestellt, war wohl besser geeignet.

Wenn sie schon nicht das Mittagessen kochen durfte, wollte Hildegard wenigstens einen Kuchen backen. Auch in diesem Fall sollte es besser keine bombastische Torte, sondern ein Hefekuchen vom Blech sein, der die Kinder an unbeschwerte Zeiten im Elternhaus erinnerte: mit Streuseln, Pflaumen oder Äpfeln belegt und mit steifgeschlagener Sahne serviert. Holger mochte allerdings am liebsten Schokoladenkuchen, Lydia Rüblitorte. Nun, man konnte es nicht allen recht machen, wer weiß das besser als eine Mutter von fünf Kindern.

Sie schlief schlecht in diesen Tagen und träumte absurdes Zeug, an das sie sich am nächsten Morgen nicht erinnern konnte. Einmal blieb immerhin ein surreales Bild in ihrem Gedächtnis haften: Alle vier Geschwister fielen über die kleinste Schwester her, die wie eine verlorene Lumpenpuppe auf dem Kiesweg lag. Sie rissen sie an den Haaren und versuchten, sie wie einen schlecht gestrickten Pullover aufzutrennen. Ob es ungerecht war, dass Ellen das elterliche Haus erbte?, fragte sie sich. Ob die Villa mehr wert war als die Summe, die jedes der vier anderen Kinder erhalten hatte?

Ellen hatte ganz andere Dinge im Kopf. Ihre Schwestern und Schwägerinnen waren alle erheblich besser angezogen als sie. Christa kompensierte ihr ein wenig schiefes Gesicht und eine allzu üppige Figur durch teure, sehr gepflegte Garderobe, die meistens von einer Schneiderin angefertigt wurde. Das pure Gegenteil war Lydia, die gern provozierte. Sie hatte einen durchaus eigenwilligen Stil, kombinierte Altes mit Neuem, erschien mal ganz in Schwarz mit einem Zylinder wie ein Schornsteinfeger, dann wieder als Papageno in schrillen Farben und mit einer Federboa. Lydia war stets für eine Überraschung gut, Ellen hatte sie noch nie im gleichen Outfit erlebt. Brigitte, die Frau von Matthias, war sportlich und edel angezogen. Von Ortrud – der Gattin des neuen Bruders – hatte sie bisher nur gehört, dass sie sehr damenhaft gekleidet war. Wie schäbig würden sich die Bewohnerinnen des Nonnenhauses mit ihren abgetragenen, billigen Kaufhausfähnchen dagegen ausnehmen! Was ihre Brüder anging, machte sich Ellen keine Gedanken. Erbarmungslos taxiert wurde man im Allgemeinen nur von anderen Frauen. Nach vielem Hin und Her überzog Ellen hemmungslos ihr Konto und ging einkaufen. Das Resultat waren violette Highheels und ein dazu passendes Hemdblusenkleid aus reiner Seide, außerdem ein sehr teures Parfüm. Für den Fall, dass nach dem Essen ein Spaziergang im Mühlental angesagt sein sollte, musste sie allerdings auch ihre Sneakers mitnehmen.

Amalia hatte zwar auf Wunsch der Großmutter ihr Zimmer aufgeräumt und sogar geputzt, aber endgültig beschlossen, am bewussten Wochenende ihre Schwester in Köln zu besuchen, und zwar mit Uwe im Schlepptau.

Zwei Wochen später war das Wetter am Samstag zwar nicht mehr ganz so strahlend wie in den vergangenen Wochen, aber schön genug, um sich vor der *Fuchs'schen Mühle* im Freien zu begrüßen, nach dem Essen spazieren zu gehen und den Nachmittagskaffee in Hildegards Garten einzunehmen. Erstaunlicherweise trafen die Gäste fast gleichzeitig in drei Autos ein. Matthias, Brigitte und Lydia hatten Holger am Flughafen abgeholt. Christa und Arno, Gerd und Ortrud kamen in getrennten Wagen. Es gab ein großes Hallo, Küsse und Rückenklopfen sowie von allen Seiten neugierige Blicke auf den fremden Bruder und dessen Frau. Nach einem Glas Sekt und einer kurzen Rede von Matthias duzte man sich mit Gerd – bis auf die unschlüssige Hildegard. Bis dahin ließ sich alles gut an, das Essen im Restaurant schmeckte vorzüglich, die allgemeine Aufregung verflog, es wurde viel gelacht, und die gute Laune der Großfamilie ließ nichts zu wünschen übrig. Als man endlich zum Spaziergang am Rande der träge fließenden Weschnitz aufbrach, ließ es sich Holger nicht nehmen, ein Lied aus der schönen Müllerin zum Besten zu geben: *Ich hört' ein Bächlein rauschen…*

»Ganz ohne Klavierbegleitung habe ich das noch nie gesungen«, sagte er stolz, und jetzt merkten die drei Schwestern erst, dass auch Holger ein wenig berauscht war. Wie ein kleiner Dackel wieselte er zwischen Gerd und Arno an der Spitze der Gruppe hin und her.

»So aufgedreht habe ich unsern Holger noch nie erlebt«, flüsterte Christa den neben ihr hergehenden Schwestern zu. »Aber er braucht ja heute zum Glück nicht Auto zu fahren.«

»Wie findet ihr diese Ortrud?«, fragte Ellen leise. »Dreht euch bitte jetzt nicht beide um, sie ist noch hinter Mama und Brigitte. Anscheinend hat sie sich unseren Matthias gekrallt.«

»Die säuft«, sagte Lydia, »das habe ich sofort gerochen. Ich mag sie nicht, die ist irgendwie falsch, unser netter neuer Bruder verdient etwas Besseres.«

»Wie kannst du gleich so etwas sagen«, zischte Christa. »Wir kennen sie noch gar nicht!«

Doch Ellen fand auch, dass Gerds Frau keine Sympathieträgerin war, wusste jedoch keine plausible Begründung. Immerhin hielt sie Ortruds Spazierstöckchen für ziemlich affig.

»Der Knauf ist ein Gänsekopf aus Elfenbein«, stellte sie fest.

»Vielleicht ist sie gehbehindert«, sagte Christa.

»Und wenn schon! Der ist doch alles in den Schoß gefallen«, sagte Lydia, »bestimmt nur dank Vitamin B. Wenn Gerd fette Bauaufträge an Land zieht, kann er seine Ortrud doch mühelos für die Inneneinrichtung ins Spiel bringen.«

Amalia wäre auch gern Innenarchitektin geworden, dachte Ellen, schade, dass sie nicht hier ist und ihre neue Tante ein wenig ausfragen kann. Außerdem hatte sie bemerkt, dass sich Hildegard bei ihrer Schwiegertochter Brigitte eingehakt hatte, was sie bei den eigenen Töchtern noch nie getan hatte.

»Früher brachte ich vom Spazierengehen immer einen Wiesenstrauß mit nach Hause«, klagte Christa. »Holger sollte mal singen: *Sag mir, wo die Blumen sind!*«

»Hier ist doch alles voller Hahnenfuß«, meinte Lydia. »Wahrscheinlich bist du zu anspruchsvoll.«

Auch Ellen ließ den Blick schweifen. Amalia hätte bestimmt viele winzige Blümchen entdeckt und ihre Namen gewusst sowie runde Steine und Federn für ihre Sammlung aufgelesen. Und vielleicht hätte sie sogar beim anschließenden Tischdecken im Garten geholfen. Später sollte Ellen allerdings froh sein, dass ihre beiden Töchter in Köln weilten.

Matthias und seine neue Schwägerin blieben immer weiter hinter den anderen zurück. Sie habe sich erst kürzlich ein neues Hüftgelenk einbauen lassen, gestand Ortrud, deswegen falle ihr das Laufen noch etwas schwer.

»Gerd muss sich immer an die Spitze setzen«, sagte sie. »Er fühlt sich als Leitwolf.«

»Ich eigentlich auch«, sagte Matthias, »aber in deiner Gesellschaft zügele ich meine wölfischen Triebe. Mein Schwager Arno – das ist der Mann unserer Schwester Christa – macht übrigens auch gern den Wanderführer. Holger ist da ganz anders, mich wundert es sowieso, dass er nicht der Letzte ist. Anscheinend hat er etwas zu viel Wein intus. Das ist er nicht gewohnt, seine Frau Maureen ist Antialkoholikerin. Nun wird er wohl übermütig! Wetten, dass wir noch weitere Beispiele seiner Sangeskunst zu hören bekommen.«

»Ich bin gespannt«, sagte Ortrud.

Nach etwa einer Stunde setzte man sich in Hildegards schönem Garten an die große Kaffeetafel, die mit dem frisch gewaschenen Tischtuch aus der ehemaligen Leinenfabrik gedeckt war. Christa und Brigitte verteilten unermüdlich Geschirr, Bestecke, Streusel- und Pflaumenkuchen, geschlagene Sahne und Papierservietten, bis alle versorgt waren. Ellen kochte in der Küche Tee für jene Gäste, die keinen Kaffee wollten, als plötzlich Gerd vor ihr stand.

»Die Toilette ist vom Flur aus rechts«, sagte sie. Er blieb jedoch stehen.

»Es tut mir wahnsinnig leid, dass ich dich damals so überfallen habe«, sagte er.

Sie sahen sich zwei Sekunden lang an, und Ellen spürte plötzlich eine Erschütterung wie von einem nahenden Erdbeben und vergoss vor Schreck etwas kochendes Wasser auf ihre neuen Schuhe.

9

»Sollten wir uns nicht lieber ins Haus setzen? Hier wimmelt es nur so von Wespen«, sagte Holger und wedelte mit der Serviette hysterisch über den Zwetschgenkuchen.

»Bist du allergisch gegen Insektenstiche?«, fragte Christa besorgt.

»Weiß ich nicht, aber es könnte ja sein«, sagte Holger.

»Immer noch der alte Hypochonder«, meinte Matthias. »Mutter hat den Tisch so liebevoll hier draußen hergerichtet. Im Garten erinnert mich alles an die fröhlichen, sommerlichen Sonntage unserer Kindheit.«

»Mich nicht«, sagte Lydia. »Papa war meistens unterwegs, Mama musste kochen, und wir haben uns gestritten. Einmal hatte Ellen eine Maus unterm Kirschbaum entdeckt und so gebrüllt, dass ich ihr einen Eimer Wasser überschütten musste.«

»Mein Gott«, seufzte Hildegard. »Mäuse, Spinnen, Wespen – das gehört schließlich zur Natur. Manchmal frage ich mich, warum ihr so zimperlich seid. Von mir habt ihr das nicht.«

»Könnte ich vielleicht ein bisschen Rum in den Kaffee kriegen?«, fragte Arno und hängte sein Sakko über die Stuhllehne. »Ich erinnere mich, dass es früher einen köstlichen *Pharisäer* bei euch gab, mit Sahnehäubchen natürlich.«

Ellen wollte sofort lospurten, wurde aber von Holger am Ärmel festgehalten. Er habe etwas Besseres mitgebracht, behauptete er, verlangte von Matthias den Autoschlüssel und holte seine Reisetasche aus dem Kofferraum. Alle schauten gebannt zu, wie er zwei rosa Hemden, einen ledernen Kulturbeutel und einen Schlafanzug mit aufgesticktem *I love you baby* auspackte und auf einem Gartenstuhl ablegte. Dabei fielen ihm mehrere Päckchen heraus und landeten auf dem Boden. »Ach so, stimmt ja, Maureen hat mir Geschenke für euch mitgegeben«, sagte er fast verwundert und verteilte Mintspezialitäten, Shortbread und für Hildegard ein mit Blumen bedrucktes Geschirrtuch mit der Inschrift: *Wild Flowers of Britain.* Zuunterst zog er triumphierend eine Flasche hervor, die er sorgfältig in einen Pullover eingewickelt hatte.

»Na, da guckt ihr!«, sagte er. »Scotch Single Malt Whisky vom Feinsten!«

»Den hat dir deine Puritanerin wohl kaum als Reiseproviant zugesteckt«, sagte Lydia, und die Eingeweihten lachten.

Kaum war die Flasche offen, hielten fast alle ihre Tassen hin, um sich einen ordentlichen Schuss in ihren Kaffee oder Tee gießen zu lassen.

»Viel zu schade zum Verdünnen«, sagte Holger, kippte den Kaffee auf den Rasen und füllte stattdessen Whisky in seine Tasse. »So etwas Gutes kriege ich zu Hause nie.«

»Ellen kann dir ein Glas holen«, sagte Hildegard ein wenig spitz.

»Ach was«, sagte Holger und nahm einen kräftigen Schluck. »Wir sind doch nicht bei der Royal Gardenparty im Buckingham Palace! Apropos Great Britain, wollt ihr mal ein schottisches Lied hören?«

»Bitte nicht Loch Lomond, dabei muss ich immer weinen«, sagte Lydia. Holger nickte, rutschte vom Stuhl herunter, wovon er allerdings auch nicht viel größer wurde und setzte an: »*My love is like a red, red rose.*«

»Robert Burns«, bemerkte Ortrud und streckte ihre leere Tasse in Richtung Whiskyflasche.

Als der letzte Ton verklungen war, klatschte man mehr oder weniger begeistert, und Lydia rief: »Bravo! Bravissimo! Hoch die Tassen, auf unseren begnadeten Sänger!«

Gerd Dornfeld meinte jedoch, mit Wein ließe sich besser anstoßen. Er habe eine ganze Kiste mitgebracht. Brigitte half, Gläser zu holen, und endlich trank man feierlich dem glücklichen Sänger zu.

Matthias rief: »Und natürlich stoßen wir auch auf den schönsten Garten dieser Welt und unsere liebe Mutter an! Hoch soll sie leben! Ohne sie gäbe es uns überhaupt nicht!«

»Und auf den Gentest!«, brüllte Lydia. »Sonst hätten wir ja keinen neuen Bruder und keinen Anlass zum Feiern!«

Auch der zurückhaltende Arno taute sichtlich auf und wollte nun genau wissen, wie man anhand der Laboruntersuchung dem Geheimnis auf die Spur gekommen war. Matthias und Gerd erzählten von ihrer ersten Begegnung und spontanen Sympathie, vom gemeinsamen Besuch beim Laborarzt und dem erfreulichen Resultat. Ellen sprach von ihrem anfänglichen Misstrauen und musste nun selbst lachen, dass ihre Tochter Gerd für einen Staubsaugervertreter gehalten hatte. Hildegard war auffallend still und blickte angespannt von einem ihrer Kinder zum anderen.

Da trompetete auch schon Lydia: »Aber wie sicher ist dieses Ergebnis überhaupt? Wie war das noch gleich mit Ellens Tochter? Matthias, du bist doch unser Schlaumeier. Hattest du nicht gesagt, bei Amalia hätte der Test versagt?«

»Stimmt, da ist irgendetwas nicht ganz plausibel«,

sagte Matthias und ließ ganz arglos eine Bombe hochgehen. »Amalia müsste ja wenigstens ein bisschen mit Gerd verwandt sein, aber so ist es seltsamerweise nicht. Deswegen haben wir Ellens Speichelprobe zur Absicherung noch hinterhergeschoben. Doch es kam wieder kein brauchbares Ergebnis heraus. Genau wie bei Amalia besteht auch bei Ellen angeblich keine genetische Übereinstimmung.«

Plötzlich herrschte Schweigen, und man schaute staunend, nachdenklich oder betreten auf die abgegrasten Kuchenteller. Ellen wurde blass, während sie leise sagte: »Ich hab's schon immer geahnt, ich bin ein Findelkind, ich wurde als Baby adoptiert.«

»Das kann gar nicht sein«, protestierte Christa. »Gerade du bist doch Mamas Ebenbild! Und ich weiß noch genau, wie sie mit dir schwanger war.«

Alle Blicke richteten sich jetzt auf Hildegard, die kreidebleich war. Lydia war die Erste, die es aussprach: »Ist Ellen etwa ein Kuckuckskind?«

»Es muss ein Fehler des Labors sein«, wiegelte Matthias ab.

»Nein«, sagte Hildegard, völlig in sich zusammengesunken. »Es stimmt! Ich hab gewusst, dass es irgendwann rauskommt! Ellen hat einen anderen Vater.« Sie ließ ihre Serviette zu Boden fallen, sprang auf und lief erstaunlich flink ins Haus. Ein paar Sekunden lang verharrten alle wie gelähmt, dann stürzte

Christa hinter ihrer Mutter her. Einzig Ortrud brach in schallendes Gelächter aus: »Es ist doch immer das Gleiche! Eine richtig feine Familie, die sich mein cleverer Göttergatte da ausgeguckt hat!«

Gerd warf ihr einen bitterbösen Blick zu und nahm ihr das Glas aus der Hand.

»Matthias, wie konntest du Mama so bloßstellen!«, sagte Holger. »Hättest du nur dein Maul gehalten, jetzt sieh mal zu, wie du das wieder geradebiegst!«

»Und ich?«, rief jetzt Ellen und heulte los. »Wer tröstet mich? Plötzlich gehöre ich nicht mehr dazu und bin bloß eure Halbschwester! Und wer soll denn nun mein Vater sein, wenn nicht Papa?«

Gerd stand auf, näherte sich Ellens Stuhllehne und legte zaghaft die Hand auf ihre Schulter.

»Das konnte ich nicht ahnen, das habe ich auf keinen Fall gewollt«, beteuerte er. »Ich weiß gar nicht, wie ich das wiedergutmachen kann.« Die völlig aufgelöste Ellen wusste es auch nicht. Hätte sie sich doch bei Gerds erstem Besuch nur nicht dem Gentest verweigert. Wenn man nur sie und nicht Matthias getestet hätte, wäre die Situation jetzt eine andere – Gerd wäre dann überzeugt, dass keine Verwandtschaft mit der Familie Tunkel bestünde, und ihre arme Mutter wäre nicht so aus dem Häuschen. Die anderen führten heftige Debatten und stellten waghalsige Vermutungen an, bis Christa wieder zurückkam.

»Mama dreht durch«, sagte sie. »Vielleicht sollte man einen Arzt rufen.«

Ellen wischte sich die Tränen ab. »Auf keinen Fall«, entschied sie. »Man muss sie einfach nur ein Weilchen in Ruhe lassen; Mama macht sich bestimmt bald einen Beruhigungstee und legt sich ein bisschen hin. Ich kenne sie schließlich am besten, in einer Stunde kommt sie wieder zu uns und tut so, als sei nichts gewesen.«

Holger war vor Schreck wieder stocknüchtern geworden. »Ich verstehe gar nichts mehr«, klagte er. »Erst müssen wir erfahren, dass unser Vater einen weiteren Sohn zeugte, nun hat auch unsere heilige Mama offenbar einen Lover gehabt – es ist einfach nicht zu fassen! Sie war doch immer nur zu Hause, ist kein einziges Mal ohne die Familie in Kur oder auf Reisen gegangen, und es gab nie einen Hausfreund, der uns besucht hätte! Oder seid ihr besser informiert?«

Christa und Matthias verneinten. Ellen stand auf und begann, den Tisch abzudecken, ihre Schwägerin Brigitte half und fragte in der Küche mitfühlend: »Sollen wir jetzt lieber gehen? Wahrscheinlich willst du mit deiner Mutter unter vier Augen reden.«

»Lieber nicht«, sagte Ellen. »Dazu ist sie jetzt nicht in der Lage. Abgesehen davon wolltet ihr ja sowieso gegen sechs alle aufbrechen, das heißt, Lydia will bei uns übernachten. Sie kann in Amalias Zimmer schlafen.«

»Matthias und Gerd sehen sich unglaublich ähnlich, findest du nicht?«, fragte Brigitte. »Und wenn jetzt ein paar lang verheimlichte Wahrheiten ans Licht kommen, ist das letzten Endes ganz heilsam. Auch du hast ein Recht darauf, über deinen leiblichen Vater Bescheid zu wissen, da geht es dir nicht anders als Gerd. Ich selbst habe meinen Papa früh verloren; als er starb, war ich erst vier. Natürlich wüsste ich gern, was er für ein Mensch war und inwieweit ich nach ihm geraten bin.«

Die beiden gingen wieder in den Garten, wo sich Lydia und Holger anscheinend in die Wolle gekriegt hatten. Matthias und Gerd liefen gestikulierend und mit langen Schritten zwischen den Beeten auf und ab. Die Tischordnung hatte sich völlig aufgelöst.

Christa und Arno hatten Ortrud ein wenig aus dem Verkehr gezogen und ihr somit das Rauchen in einer abgeschiedenen Ecke ermöglicht; um die Angetrunkene zu stabilisieren, versuchten sie es mit Smalltalk. Zufällig sah Ellen, wie Ortrud gerade eine Zigarettenkippe auf einer Untertasse ausdrückte. Allerdings stand auch kein einziger Aschenbecher bereit. Also holte Ellen einen Blumentopf aus dem Schuppen und knallte ihn Ortrud vor die Nase.

Allmählich hatte sie sich so weit gefangen, dass sie die Garderobe der weiblichen Gäste genauer unter die Lupe nehmen konnte und dabei feststellte, dass ihr eigenes neues Seidenkleid das schickste war. Vielleicht hatte sie ja einen hochadligen Vater und war eine verzauberte Prinzessin unter all diesen Kröten. Derart getröstet, gesellte sie sich zu Holger und Lydia, die jedoch sofort verstummten.

»Stör ich?«, fragte Ellen. Holger verneinte und sagte: »Armes Halbschwesterherz, du tust mir wirklich sehr leid. Seltsamerweise hatte ich schon immer das Gefühl, dass du etwas ganz Besonderes bist. Du solltest jetzt nicht allzu traurig sein, sondern dich auf einen eigenen Papa freuen – wir anderen haben ja keinen mehr.«

Doch Lydia meinte: »Wir wissen nicht, ob der große Unbekannte noch lebt. Und falls ja, ob er überhaupt Wert darauf legt, seine Tochter kennenzulernen.«

»Vielleicht ahnt er gar nichts von meiner Existenz«, befürchtete Ellen. Das Gespräch verstummte, als Ortrud sich plötzlich vor Holger aufbaute. »Gibst du mir noch ein Schlückchen von deinem Whisky?«, bat sie. »Der schmeckt mir sehr viel besser als unser hausbackener Dornfelder!«

Holger schenkte ein, sie trank zügig aus und hielt ihr Glas zum zweiten Mal hin.

Irgendwie hatte Gerd die Szene vom hintersten Tomatenbeet aus beobachtet, war im Nu bei seiner Frau und entriss ihr das Glas zum zweiten Mal. »Wir gehen jetzt lieber«, sagte er.

In diesem Moment fing Lydia an zu weinen. Alle würden bloß von ihren Problemen reden, schluchzte sie, dabei sei sie am härtesten vom Schicksal getroffen. Niemand habe nach ihrer Tochter gefragt und welche Sorgen sie als Mutter eines behinderten Kindes habe. Gerd sah Holger und Ellen ratlos an.

Noch vor halb sechs brach man auf. Holger und Arno überreichten Gerd ihre Visitenkarten, er verteilte seine. Hildegard hatte sich nicht mehr blicken lassen, weswegen Ellen beauftragt wurde, die Mutter herzlich zu grüßen und ihr zu danken. Die Geschwister versprachen, bald anzurufen. Als alle schon in den Autos saßen, und Lydia und Ellen mit dem Aufräumen begannen, stellte Gerd den laufenden Motor wieder ab und stieg noch einmal aus.

»Ich habe ein ganz, ganz schlechtes Gewissen, weil ich unbeabsichtigt eine Lawine losgetreten habe«, sagte er zu Ellen. »In den nächsten Tagen werde ich mich melden, im Augenblick weiß ich beim besten Willen keinen Rat.«

Er umarmte sie herzlich, und Ellen wurde es heiß. Eigentlich gut, dass er nicht mein Bruder ist, dachte sie, denn er hat wirklich eine Lawine losgetreten.

»Müssen wir alle Stühle ins Haus schleppen?«, fragte Lydia gähnend.

»Nur die Kissen, falls es heute Nacht regnet«, sagte Ellen. »Wir sollten aber erst einmal nach Mutter schauen!«

Hildegard lag angezogen auf ihrem Bett und stellte sich tot. Offensichtlich hatte sie keine Lust, mit ihren Kindern zu sprechen. Die Schwestern deckten sie gut zu und gingen in die Küche. Beim Einräumen der Spülmaschine war endlich Zeit, unter vier Augen über das brisante Thema, über die Geschwister sowie den neuen Bruder zu reden.

»Holger spinnt«, sagte Lydia. »Er will doch tatsächlich seine Familie verlassen und zurück nach Deutschland ziehen! Dabei dachten wir, er hätte mit seiner ebenso reichen wie ergebenen Maureen das große Los gezogen. Immerhin ahnt sie noch nichts von seinen Plänen, vielleicht war das Ganze nur Geschwätz aus den Abgründen einer Midlifecrisis.«

»Und was hältst du von Gerd?«, fragte Ellen.

»Der ist in Ordnung, außerdem ein attraktiver Mann. Wenn er nicht mein Bruder wäre, könnte ich mich glatt in ihn verlieben. Schade, dass er mit einer Schnapsdrossel verheiratet ist. Diese blöde Ortrud war kurz vor der Abfahrt auf dem Klo, hat dabei anscheinend noch rasch dein Schlafzimmer inspiziert und ziemlich laut beanstandet, das müsse man dringend renovieren.«

»Leider hat sie recht, aber es geht sie überhaupt nichts an, ob ich ein Doppelbett habe«, knurrte Ellen. »Und falls ich mal zu Geld komme, dann werde ich die saufende Innenarchitektin bestimmt nicht um Rat fragen.«

»Ist ja gut, Mädchen«, sagte Lydia. »In diesem Punkt sind wir uns einig. Zum Glück haben wir auch zwei Geschwister, über die man nicht viel meckern kann. Matthias und Christa sind so schön normal und bieder, dass sie uninteressant werden. Übrigens haben sie diesmal gar nicht mit ihren Wunderkindern angegeben. «

»Was mich jetzt mehr interessiert als Klatsch und Tratsch, ist die Frage nach der Ehe unserer Eltern und meinem leiblichen Vater«, sagte Ellen. »Wie kann es sein, dass Mutter uns all die Jahre keinen reinen Wein eingeschenkt hat? Warum leistet sich zuerst unser – vielmehr *euer* Vater – einen Seitensprung mit Folgen, dann zieht Mutter ein Jahr später nach? Aus purer Rache?«

»Möglicherweise war es sogar umgekehrt«, spekulierte Lydia. »Am Ende war unsere Mama ein echter Feger, und Papa hat sich bloß gerächt! Vielleicht hast nicht nur du einen anderen Vater, sondern jeder von uns!«

»Quatsch«, sagte Ellen. »Matthias sieht Papa so was von ähnlich; ihr drei anderen immerhin ein bisschen. Nur ich bin ein Kuckuckskind! Lydia, lass uns zu Bett gehen, wir werden dieses Rätsel heute nicht mehr lösen. Aber morgen knöpfe ich mir Mutter vor.«

10

Ellen legte sich viel zu früh ins Bett, weil ihr die überdrehte Schwester auf die Nerven fiel, konnte aber natürlich nicht einschlafen. Hatte ihr Vater – beziehungsweise der Vater ihrer Geschwister – geahnt, dass sie nicht seine Tochter war? Falls ja, dann hatte er das gut zu verbergen gewusst. Zwar war Lydia ihr immer als sein Liebling erschienen, aber wenn sie ehrlich war, hatte der Vater alle Kinder freundlich und weitgehend gerecht behandelt, falls er überhaupt anwesend war. Plötzlich überfiel sie eine neue Horrorvorstellung: Sollte ihre Mutter endlich mit der Wahrheit herausrücken, würden dann vielleicht außer einem neuen Vater auch weitere Halbgeschwister auftauchen, ganz ähnlich, wie es Gerd ergangen war? Kam zu Matthias, Christa, Holger und Lydia am Ende noch eine wildfremde Horde dazu?

Erst gegen Morgen schlief sie ein, wachte aber bereits um sieben wieder auf. Leise schlich sie die Treppe hinauf und schaute nach, ob Hildegard immer noch reglos auf dem Bett lag. Doch ihre Mutter hatte sich irgendwann die guten Sachen ausgezogen und bot ein friedliches Bild in ihrem blau geblümten Nachthemd. Auch sie hatte wohl wenig geschlafen, denn sie setzte sich sofort auf, als Ellen hereinkam.

»Guten Morgen, Mutter! Geht es dir ein bisschen besser?«

»Sind alle fort?«

»Lydia ist noch hier, aber sie will demnächst heimfahren. Ich bringe sie nachher nach Weinheim zur Bahn.«

Die alte Frau hustete mitleiderregend. – »Irgendwann musste es ja so kommen! Meine arme Kleine, ich weiß, dass du mit mir reden willst. Du hast ein Recht darauf, die Wahrheit zu erfahren. Wir warten nur noch, bis Lydia fort ist. Im Augenblick lass mich bitte allein, ich muss nachdenken.«

Hildegard drehte sich zur Wand, und Ellen verließ gehorsam das Schlafzimmer ihrer Mutter. Sie wusste nicht genau, wie lange Lydia zu ruhen beliebte und wann Amalia aus Köln zurückkam. Ob sie ihren Töchtern sofort erzählen sollte, dass sie überhaupt keine Tunkels und ihre Ahnen großväterlicherseits unbekannt waren? Dass die renommierten Tunkeltücher, auf die ihre Mädchen wohl insgeheim stolz waren, gar nicht von ihren Vorfahren hergestellt worden waren? Oder waren diese Neuigkeiten für die Enkelgeneration bei weitem nicht so verstörend wie für Ellen selbst?

Das Frühstück war längst fertig, als Lydia kurz vor elf aus den Federn kroch. »Warum hast du mich nicht geweckt?«, fragte sie. »Um zwölf geht mein Zug!«

»Den kriegen wir noch, wenn du dich beeilst«, sagte Ellen. »Mama will vorläufig nicht in Erscheinung treten, ich kann dir ja später berichten, was sie gebeichtet hat.«

Kurz nach eins war Ellen wieder vom Bahnhof zurück und servierte ihrer Mutter einen starken Kaffee.

»Kind, das ist zwar lieb gemeint, aber ich will mich zuerst anziehen und mir wenigstens die Zähne putzen«, sagte sie. Durch weitere Verzögerungstaktiken gelang es ihr, das klärende Gespräch möglichst lange hinauszuschieben, doch irgendwann konnte sie nicht mehr ausweichen.

»Lydia war noch ein Baby, als ich dahinterkam, dass Rudolf eine Geliebte hatte. Selbstverständlich gab es von da an heftige Auseinandersetzungen. Na, das kennst du ja aus eigener Erfahrung! Wir stritten uns täglich, allerdings ohne laut zu werden, schafften es also ganz gut, dass die Kinder nichts merkten. Rudolf behauptete, auch mir könne es jederzeit passieren, dass ich mich in einen anderen verliebte. In einem solchen Fall würde er es mir selbstverständlich verzeihen und vielleicht sogar billigen, dass ich schwach würde. – Das sei reine Theorie, widersprach ich, eine Mutter von vier kleinen Kindern werde fast nie heftig umworben und gerate gar nicht erst in Versuchung. Ganz abgesehen davon, dass kinderreiche Frauen fast nie berufstätig wären und gar keine Chance hätten, interessante Männer kennenzulernen. Und ich behauptete zudem, ich würde auch bei einem hinreißenden Verehrer meine Sehnsucht nach Erfüllung unterdrücken und auf keinen Fall meine Verantwortung als Ehefrau und Mutter vergessen.« – Hildegard stöhnte auf.

Ellen fixierte ihre Mutter unentwegt. Sie war bis zum Äußersten gespannt, wie es jetzt weiterging.

»Schließlich trug man mir zu, dass Rudolfs Freundin schwanger war. Ich wurde fast wahnsinnig bei diesem Gedanken und wollte mich scheiden lassen, was Rudolf aber ablehnte. Er wiederum warf mir vor, ich sei eine Heuchlerin und Scheinheilige. Kein Mann könne treu bleiben, wenn ihn ein schönes junges Mädchen in Versuchung führe. Sogar ich mit meinen spießigen Moralvorstellungen würde schwach, wenn sich bloß eine verlockende Gelegenheit ergäbe. Übrigens, Ellen, wenn du die ganze Wahrheit erfahren hast, wirst du begreifen, warum ich keine hohe Meinung von den Männern habe. –

Den Kaffee vertrage ich jetzt nicht, kannst du mir stattdessen einen Tee machen?«

Natürlich eilte Ellen sofort in die Küche. Immer noch hatte sie keine Ahnung, ob am Ende der Pfarrer, der Hausarzt oder ein Lehrer ihr Papa war.

Hildegard trank den Kräutertee in kleinen Schlucken. Schließlich ging es mit der Generalbeichte weiter.

»Eines Tages übergab mir Rudolf ein Theaterbillet. Leider müsse er am Wochenende zu einer Tagung, sagte er; ein befreundeter Journalist hätte ihm eine Pressekarte überlassen, und da habe er gleich an mich gedacht. Ich sei doch früher so gern ins Theater gegangen, und die Kinder seien jetzt alt genug, um an diesem Abend zwei Stunden allein zu bleiben. Matthias und Christa könnten sich – wenn nötig – um den unruhigen Holger kümmern. Lydia hatte sowieso einen gesunden, tiefen Schlaf.

Ehrlich gesagt, so richtig freuen konnte ich mich nicht. Wenn Rudolf verreisen wollte, dann sicherlich in Begleitung seiner schwangeren Freundin. Doch trotz meiner Bedenken ging ich ein paar Tage später in die Vorstellung, ja es machte mir sogar ein wenig Freude, endlich wieder ein schickes Kleid anzuziehen.

Man gab eine moderne Komödie, die ich nicht besonders lustig fand, die Schauspieler stammten auch nicht gerade vom Wiener Burgtheater. Allerdings war der Hauptdarsteller ein schöner Mann und der Einzige, der ein wenig komisch agierte. Ich muss gestehen, dass er mir auf Anhieb gefiel. Doch ich gehörte nun wirklich nicht mehr zu den Teenagern, die am Ende der Vorstellung für ein Autogramm Schlange stehen. Ich ließ mich allerdings dazu verleiten, im Foyer noch ein Glas Sekt mit dem Journalisten zu trinken, dem ich meine Eintrittskarte verdankte. Zu meiner Freude gesellte sich irgendwann der bewusste Schauspieler dazu, die beiden Männer kannten sich anscheinend, waren witzig, alberten, scherzten, machten mir Komplimente, und ich trank mehr als nur ein Glas. Schließlich sah ich auf die Uhr und wollte schleunigst den Bus nehmen, um nach Hause zu fahren, der Journalist hatte sich bereits verabschiedet.«

Ellen begann zu ahnen, dass ihr Vater ein Schmierenkomödiant war. Sie hielt fast den Atem an, als ihre Mutter tapfer weitererzählte.

»Selbstverständlich bringe er mich nach Hause, sagte der Schauspieler. Er nehme sowieso ein Taxi. Es gehe doch nicht an, dass eine schöne Frau ganz allein im Dunkeln unterwegs sei. Ich willigte ein, natürlich war es mir lieber, im Taxi vor die Haustür gefahren zu werden. Wahrscheinlich war mir auch der ungewohnte Sekt leicht zu Kopf gestiegen, denn wir sangen im Auto gemeinsam *Mein kleiner grüner Kaktus* und wurden immer ausgelassener. Ich fühlte mich jung und gar nicht mehr so müde wie sonst um diese Zeit. Vor unserem Haus bat der Schauspieler, ihm die Schallplatte der Comedian Harmonists vorzuspielen, er habe die Songs seit einer Ewigkeit nicht mehr gehört. Also schickte er das Taxi fort, wir schlichen hinein, um kein Kind aufzuwecken, tranken noch ein Gläschen Wein, hörten Musik und tanzten. Und schließlich küssten wir uns.«

»War das der Anfang einer großen Liebe?«, fragte Ellen.

»Ich muss dich enttäuschen«, sagte Hildegard trocken. »Es war bereits das Ende. Zwar landete er irgendwann in meinem Bett, aber nur für wenige Stunden. Dann musste er fort, denn er gehörte ja zum Ensemble eines Tourneetheaters, das am nächsten Tag in einer anderen Stadt spielen sollte. Hinterher erschien mir alles wie ein schöner Traum, aus dem es einige Zeit später ein jähes Erwachen gab.«

»Du warst schwanger«, rief Ellen, »und wusstest nicht genau, von wem.«

»Das war überhaupt keine Frage, denn mein Ehemann hatte mich ziemlich vernachlässigt. Ein viel größeres Problem war, dass ich eigentlich schon genug Kinder hatte. Aber da Rudolf gerade zum fünften Mal Vater wurde, entwickelte ich eine ausgeprägte Trotzhaltung. Wie du mir, so ich dir, dachte ich. Nach den ersten Schwangerschaftsmonaten spürte ich jedoch, dass ich dich genauso lieben würde wie deine Geschwister, ja sogar noch mehr.«

»Wie heißt denn der Schauspieler? Ist es am Ende ein Prominenter, der in jedem zweiten Fernsehfilm auftaucht?«, fragte Ellen aufgeregt.

»Er ist vor etwa einem Jahr gestorben, er war etwas älter als ich. Ich habe ihn nie wiedergesehen, aber seine Karriere in den Medien verfolgt. Leider ist er kein Star geworden, aber hin und wieder entdeckte ich ihn in einer Nebenrolle auf dem Bildschirm. Du kannst ja mal im Internet seinen Namen eingeben, ich verstehe davon nichts.«

Hildegard öffnete eine Kommodenschublade und fand auf Anhieb, was sie suchte: eine Mappe mit Zeitungsausschnitten und einer Künstlerpostkarte, die sie ihrer Tochter überreichte. Ellen betrachtete ratlos ein jugendliches Männerporträt und las: *Carl Siegfried Andersen*. Der Name sagte ihr nichts, das Gesicht war ihr völlig fremd. Doch auf einmal wurde ihr klar, warum sie den Drang verspürt hatte, als Heldin auf einer Bühne zu stehen. Und warum ihre Mutter ihr das so vehement ausgeredet hatte.

Plötzlich hörte sie auf der Straße einen Wagen, schaute zum Fenster hinaus und sah Amalia aus Uwes Auto steigen. Allerdings schnappte ihre Tochter sich bloß den Rucksack und knallte die Autotür zu, ohne sich von Uwe mit dem üblichen Kuss zu verabschieden. Ellen bat ihre Mutter um eine Unterbrechung und lief die Treppe hinunter.

»Ich habe dich erst am Abend erwartet«, sagte sie. »Ist was passiert?«

»Der Uwe spinnt doch!«, sagte Amalia gereizt.

Zum Glück war noch etwas von Hildegards Tee übrig, den Ellen ihrer Tochter vorsetzen konnte. Nach und nach erfuhr sie, dass es bei Clärchen eine sehr lustige Party gegeben habe.

»Fast nur Künstler«, sagte Amalia. »Irgendwie passe ich besser zu denen als zu den stoffeligen Typen aus unserem Kaff...«

»Und Uwe passt natürlich nicht«, sagte Ellen.

»Der ist so was von eifersüchtig! In Köln gab es überhaupt keinen Grund für seine peinliche Szene. Am liebsten hätte ich ihn sofort nach Hause geschickt.«

Amalia fing an zu heulen. Mit ihr kann ich heute kein vernünftiges Wort reden, dachte Ellen. Bestimmt hat sie heftig mit einem dieser Künstler geflirtet, und Uwe fühlte sich als Underdog. Der Arme tat ihr etwas leid, denn auf seine Art war er ein guter

Junge. Wohin man schaute – Liebesleid und Ehebruch, Lügen und Intrigen, Sodom und Gomorrha, sagte sie sich und legte den Arm um ihre weinende Tochter.

»Uwe ist völlig ausgeflippt, er hat sogar Clärchens Lieblingseierbecher an die Wand geknallt«, schluchzte Amalia. »Mit dem Hochzeitsbild von Lady Di! Den hatte sie vor vielen Jahren auf dem Londoner Flohmarkt gekauft!«

Sanft streichelte Ellen über das Haar ihrer Tochter. Sie ist noch ein Kind, fand sie, ich muss sie beschützen; so hat es auch meine Mutter immer gehalten.

»Hast du Hunger, Schätzchen?«, fragte sie. »Es ist noch viel Kuchen von gestern übrig.«

»Mit Streusel? Dann schon. Wie war es überhaupt hier bei euch?«, fragte Amalia und wischte sich die Tränen ab.

Ellen zuckte mit den Schultern. »Das erzähle ich dir ein andermal«, sagte sie. »Ich bin froh, dass sie alle wieder fort sind, es war ziemlich strapaziös.«

»Klar«, sagte Amalia. »Familie ist immer anstrengend! Ich lege mich jetzt in die Badewanne, und danach muss ich unbedingt Clärchen anrufen.«

Ellen häufte ein paar Kuchenstücke auf eine Platte und ging damit hoch zu ihrer Mutter. War jetzt eigentlich alles gesagt, oder gab es noch weitere Überraschungen? Als Erstes fragte sie: »Wusste Papa, dass ich nicht sein Kind war?«

»Ich denke schon, wenn auch nie darüber gesprochen wurde. Rudolf wagte kaum, meine zunehmende Rundlichkeit anzusprechen. Er hat dich aber ohne mit der Wimper zu zucken als sein Kind akzeptiert und sicherlich auch geliebt. Übrigens kam die ganze Wahrheit sowieso nicht sofort ans Licht.«

»Um Gottes willen, Mama! Was willst du damit andeuten?«

»Kurz vor deiner Geburt lagen wir uns wieder einmal in den Haaren. Es ging darum, dass Rudolf Geld an einen Unbekannten überwiesen hatte. Heimlich hatte ich seine Kontoauszüge und Banktransaktionen kontrolliert, um die Höhe der Alimente festzustellen, die er zahlen musste. Dabei stolperte ich über eine einmalige Riesensumme und forderte Auskunft. Mein Mann war zwar wütend über meine Schnüffelei, gestand jedoch, dass es sich um einen ehemaligen Schulkameraden handelte. Dieser Mensch war für eine saftige Zahlung dazu bereit, Rudolfs Geliebte zu heiraten und den kleinen Gerd als seinen Sohn anzuerkennen. Über dieses Arrangement unter feinen Herren war ich geradezu entsetzt und habe harte Worte gefunden. Im Laufe unserer Auseinandersetzungen kam aber noch viel Schlimmeres zu Tage…«

Hildegard stockte und griff vorbeugend zum Taschentuch; Ellen wollte gar nichts mehr von weiteren Skandalen hören, blieb aber trotzdem wie versteinert sitzen.

»Ich kann es dir nicht ersparen«, fuhr ihre Mutter fort, »aber als ich Rudolf vorwarf, dass man nicht alles auf der Welt mit Geld regeln könnte, lachte er nur. Das sei doch die einzig vernünftige Art, Probleme aus der Welt zu schaffen, höhnte er. Auch der Schauspieler, mit dem ich ja offensichtlich ins Bett gegangen sei, habe für diesen Dienst ein hübsches Sümmchen kassiert. Ich erfuhr, dass Rudolf mit dem Journalisten gewettet hatte, dass ich unter gewissen Umständen den Verführungskünsten eines Casanovas erliegen würde. Der Schauspieler, der gerade Spielschulden hatte, willigte in die Intrige ein. Die Rolle des Faust sei ihm bisher versagt gewesen, sagte er, umso mehr freue er sich auf eine lebensechte Inszenierung als Mephisto.

Übrigens muss ich zur Ehrenrettung deines Vaters sagen, dass er nach vollbrachter Tat auf das Geld verzichtet hat. Als Rudolf mir das erzählte und ich merkte, wie sehr mich mein eigener Mann gedemütigt hatte, hätte ich dich fast verloren und kam ins Krankenhaus. Zum Glück kam es aber nicht zu einer Frühgeburt, ein paar Wochen später wurdest du geboren, gesund und munter. Seitdem hatte ich immer das Gefühl, dass ich ganz allein für dich verantwortlich bin. Du warst und bleibst mein liebstes Kind, obwohl das eine Mutter niemals offen zugeben sollte.«

Hildegard weinte und war völlig erschöpft, Ellen ebenfalls.

11

Am späten Sonntagabend hatte Ellen endlich Zeit, um den Namen *Carl Siegfried Andersen* in die Suchmaschine einzugeben. Bei Wikipedia gab es nur wenige Zeilen zu lesen: Ihr zweimal geschiedener Vater wurde in München als Sohn eines Taxifahrers geboren, verließ das Gymnasium ohne Abschluss, bestand aber die Aufnahmeprüfung für die Schauspielschule. In jungen Jahren spielte er Liebhaberrollen an unbedeutenden Theatern, später waren es leider nur noch Nebenrollen, im höheren Alter trat er gelegentlich im Fernsehen auf. Jedenfalls entwickelte sich seine Karriere wohl nicht so wie anfangs zu erwarten war. Vor etwa elf Jahren erkrankte Andersen an Leukämie und starb zehn Jahre später in Bad Salzuflen; über seine Familie war nichts vermerkt. Es fand sich außerdem ein Foto, auf dem ein älterer, glatzköpfiger Mann als Bösewicht posierte.

Jetzt bin ich auch nicht viel klüger als zuvor, dachte Ellen. Am wenigsten gefiel ihr die Todesursache. Gleich morgen wollte sie sich von Amalia einen Termin für eine Vorsorgeuntersuchung geben lassen; vielleicht konnte ihre Chefin beurteilen, ob durch die erbliche Belastung ein erhöhtes Risiko bestünde.

Ihre Tochter sah sie an diesem Tag gar nicht mehr. Amalia hatte sich lange im Badezimmer und dann im Bett verschanzt, wo sie stundenlang mit ihrer Schwester und ihren Freundinnen telefonierte. Auch Hildegard wollte nur noch ihre Ruhe haben, hatte das Licht ausgeschaltet, saß am offenen Fenster und betrachtete andächtig den hauchzarten Halbmond.

Ellen überlegte, ob sie bereits heute noch mit den Geschwistern sprechen sollte, hatte aber keine Kraft, geschweige denn Lust dazu; vorerst wollte sie sich ein eigenes Urteil über die Enthüllungen ihrer Mutter bilden und ein wenig zu sich selbst finden. Abgesehen davon konnten ja die anderen zuerst anrufen.

Eine halbe Woche verstrich, ohne dass sich die Brüder oder Schwestern bei ihr meldeten; Ellen war es recht so. Als das Telefon endlich läutete, nahm sie nur zögernd ab. Die Handynummer war ihr unbekannt.

»Hallo, hier ist Gerd. Du wirst dich fragen, warum ich jetzt erst anrufe, aber ich hatte viel um die Ohren und wollte außerdem über unsere gemeinsamen Verwandten nachdenken. Ellen, es tut mir unendlich leid, dass ich derartig viel Staub aufgewirbelt habe. Ich habe nicht ahnen können, was ich da heraufbeschwöre, und auf keinen Fall wollte ich dir und deiner Mutter wehtun!«

»Ist ja gut«, sagte Ellen. »Du kannst am wenigsten etwas dafür! Niemand nimmt es dir krumm, dass du etwas über deine Abstammung erfahren wolltest. Mir geht es jetzt genauso, aber auch mein Papa ist tot. Ob er weitere Kinder hatte, weiß ich nicht. Für eine Detektei fehlt mir im Gegensatz zu dir das nötige Kleingeld.«

Gerd schwieg betreten. Dann setzte er erneut an.

»Mir ist heute eine Idee gekommen, wie ich euch ein klein wenig entschädigen kann. Keine Angst, bestimmt nicht mit einem Barscheck!«

Nun grinste Ellen ein wenig, denn es wäre schon kurios gewesen, wenn Gerd Dornfeld genau wie sein Erzeuger anstehende Probleme finanziell geregelt und ihr am Ende einen Detektiv spendiert hätte. Aber von dieser Eigenschaft seines Vaters konnte er ja bis jetzt nichts wissen.

»Schieß los«, sagte sie. Gerd hatte eine angenehme Stimme, und sie war gespannt, was er ihr anbieten wollte.

»Gleich nach unserem Treffen gab es auch für Ortrud und mich große Aufregungen innerhalb der Familie«, sagte er. »Ich will gar nicht erst um den heißen Brei herumreden, aber unser Sohn macht uns plötzlich Sorgen. In der letzten Zeit hatten wir fast jedes Jahr eine Kreuzfahrt unternommen, aber diesmal wollten wir nicht zu zweit, sondern zu vier Personen starten. Es sollte eine Überraschung und Belohnung für den Jungen werden, denn er hat kürzlich sein Examen mit Glanz und Gloria bestanden.«

»Das wundert mich ein wenig«, sagte Ellen. »Meine Töchter hätten absolut keine Lust, mit mir in den Urlaub zu fahren.«

»Prinzipiell trifft das wohl für die meisten erwachsenen Kinder zu«, sagte Gerd. »Aber Ortrud hat so oft von der letzten Reise geschwärmt, dass Ben meinte, er würde alles dafür geben, wenn er auch einmal einen derartigen Luxus erleben könnte. Nun ja, die Reise ist bereits gebucht und bezahlt, doch plötzlich hat ihm seine Freundin den Laufpass gegeben.«

»Such is life«, sagte Ellen, die von solchen Geschichten kaum zu erschüttern war.

»Der Junge war völlig verstört, so wie wir ihn noch nie erlebt haben, und ist Hals über Kopf nach L.A. geflogen, wo er bei seinem besten Freund Trost sucht. Also, um endlich zur Sache zu kommen: Ich möchte dich und deine Mutter bitten, uns auf der Reise durchs Mittelmeer zu begleiten, die MS RENA ist ein richtig nobles Schiff, und die Kabine ist ja bereits bezahlt. Ich würde euch gern näher kennenlernen, aber meine Einladung ist mir jetzt fast etwas peinlich, zumal sie so kurzfristig ist.«

»Braucht es nicht zu sein, in einem solchen Fall bin ich gern der Lückenbüßer«, sagte Ellen, ohne zu zögern. »Aber ich weiß nicht recht, was Mutter davon hält! – Kriegt man das Geld denn nicht zurück, wenn man die Reise storniert?«

»Bei der Vorlage eines ärztlichen Attests würde eine Reiserücktrittsversicherung sicherlich einspringen, aber damit können wir ja nicht dienen. Also, wie ist es mit euch?«

Ellen versprach, mit Hildegard zu reden und noch im Laufe des Abends zurückzurufen. Am liebsten würde ich eigentlich nur mit Gerd, aber ohne meine alte Mutter verreisen, dachte sie, da bin ich meinen Töchtern nicht unähnlich.

»Was soll der Unsinn«, sagte Hildegard entrüstet. »Auf ein Schiff bringen mich keine zehn Pferde! Der Mensch ist nicht dafür geschaffen, sich auf dem Wasser, in der Luft, im ewigen Eis oder der Wüste herumzutreiben. Außerdem werde ich seekrank, ich habe keine vornehmen Kleider und im September ist die Holundermarmelade an der Reihe. Du kannst dir den Mund fusselig reden, ich bleibe, wo ich bin, und damit basta. Nimm doch das Kind mit, wenn das zweite Bett nicht leerstehen soll!«

Amalia hörte sich den Vorschlag von Mutter und Großmutter äußerst skeptisch an. Sie hatte gerade Zoff mit Uwe und wollte ihm gern eins auswischen – ein Urlaub ohne ihn wäre allerdings eine harte Strafe. Andererseits konnte sie sich in diesem Jahr überhaupt keine Reise leisten, die Gelegenheit für eine kostenlose und überaus komfortable Kreuzfahrt käme wohl niemals wieder.

»Wissen die denn schon, dass Oma nicht mitkommt? Vielleicht wollen die mich gar nicht dabeihaben, schließlich bin ich keine feine Lady!«

Darüber hatte Ellen noch nicht nachgedacht. Die Einladung galt wohl hauptsächlich der alten Hildegard, war es nicht etwas frech, wenn sie stattdessen ihr Küken ins Spiel brachte?

»Ich rufe einfach mal an, dann werden wir ja sehen...«, sagte sie etwas verunsichert.

Gerd Dornfeld war tatsächlich überrascht, aber viel zu höflich, um die neue Variante einfach abzulehnen. Natürlich bedauerte er, dass Hildegard nicht mit von der Partie sein wolle, aber er könne es verstehen. Und selbstverständlich sei auch Amalia herzlich willkommen, behauptete er, es freue ihn sehr, dass sie mit einer so viel älteren Gruppe übers Meer schippern wolle. Allerdings müsse die junge Dame davon ausgehen, dass auch die anderen Passagiere eher im Rentenalter seien und das gesamte Programm darauf abgestellt sei. Insgeheim wunderte er sich, denn Ellen hatte ja erst kürzlich behauptet, dass ihre Töchter unter keinen Umständen mit ihrer Mutter Urlaub machen wollten.

Amalia musste das Ganze erst einmal auf die Reihe bekommen. Die Reise begann bereits am dritten September mit einem Flug nach Lissabon, ob sie so kurzfristig überhaupt Urlaub bekam? Und was zog man an, wenn man mit reichen alten Knackern unterwegs war? Doch angesichts der Aussicht auf einen Liegestuhl an Deck, wo man dank Sonne und Wind appetitlich braun wurde, ließ sie ihre Bedenken über Bord gehen. Als sie etwas später mit Katja telefonierte, war ihre Freundin Feuer und Flamme. An Bord eines schwimmenden Fünfsternehotels würden sich sicherlich Millionäre tummeln, die nach einer wesentlich jüngeren Ehefrau Ausschau hielten.

»Auf einen Sugar Daddy bin ich nicht scharf«, sagte Amalia. »Außerdem habe ich den Verdacht, dass die große Masse aus Ehepaaren besteht, die ihre diamantene Hochzeit in Rollstühlen feiern. Wir sind aber fast jeden Tag irgendwo an Land, dann mögen die Senioren in Kunst und Architektur schwelgen, so viel sie wollen, ich bin dann mal weg und auf eigene Faust unterwegs. Außerdem soll das Essen große Klasse sein – was will ich mehr?«

»Der Sex wird dir fehlen«, bemerkte Katja trocken.

»Auf einem Schiff gibt es jede Menge geile Matrosen ... oder wer weiß, vielleicht werde ich von einem heißen Piraten entführt?«, bemerkte Amalia, und sie kicherten beide wie Teenager.

Inzwischen hatte Ellen erst ihre Geschwister, dann ihre beiden Töchter über die überraschende Beichte ihrer Großmutter informiert.

»Unsere Oma – und ein One-Night-Stand! Ist doch nicht zu fassen!«, sagte Clärchen empört. Vor allem Amalia nahm es gelassen hin, dass sie keine *echten* Tunkels waren und stattdessen einen Schauspieler zum Großvater hatten; ein Künstler unter den Vorfahren war letztlich interessanter als ein Fabrikant.

»Jetzt erst verstehe ich, warum unsere Mutter keine gute Meinung von den Männern hat«, meinte Christa. »Aber an ihrem Ältesten hat sie sich dafür desto mehr festgehalten. Lydia hat mir übrigens gesteckt, dass es auch bei Holger kriselt. Er will seine fürsorgliche Maureen verlassen – das sollte man unserer Mama aber erst sagen, wenn es tatsächlich so weit ist.«

Die mitfühlende Christa fragte auch als Einzige, in welcher Verfassung sich die Mutter jetzt befinde –

ob ihr eine Last von der Seele genommen oder eher das Gegenteil der Fall sei? Ellen wusste es auch nicht, berichtete aber, dass Hildegard sich von heute auf morgen das Seufzen und Stöhnen angewöhnt habe.

»Immer wenn sie im Garten oder in der Küche arbeitet, geht es los. Ich weiß nicht genau, ob ihr wirklich alles zu viel wird, ob sie sich plötzlich als Greisin fühlt oder bloß mein Mitleid erwecken will. Jedenfalls geht mir dieser wehleidige oder anklagende Ton durch Mark und Bein.«

Die Vorbereitungen für die Kreuzfahrt ließen sich gut an. Alles schien zu klappen, sowohl Ellen als auch Amalia konnten sich für 14 Tage freinehmen – gegen das Versprechen, im nächsten Jahr etwas früher zu planen. Täglich beredeten sie die nötige Garderobe, aber sowohl Mutter als auch Tochter konnten sich keine neuen Sachen leisten. Amalia besaß zwar eine Fülle an billigen Sommerfähnchen und modischen Eintagsfliegen, doch alles passte eher in die Disko als auf eine Reise mit gesetzten Wohlstandsbürgern. Deswegen kam sie auf die geniale Idee, ihre Freundinnen um Leihgaben anzuschnorren. Die meisten konnten diesbezüglich nicht viel bieten, einzig Katja hatte wohlhabende Eltern.

»Meine Alten sind genau in dieser Zeit mit *Studiosus* unterwegs. Natürlich nimmt meine Mutter dafür keine stinkfeinen Sachen mit, sie wird es also gar nicht merken, wenn ihre Roben wieder gebügelt im Schrank hängen. Außerdem hat sie Größe 38, müsste dir passen.«

Ellen hatte ebenfalls Glück; ihre Schwägerin Brigitte konnte mit einer großen Auswahl an guten Stücken dienen und half gern aus.

Ein weiteres Problem bestand darin, dass es Hildegard nicht mehr gewohnt war, längere Zeit allein zu bleiben. Auf jeden Fall wollte Ellen dafür sorgen, dass sowohl die Tiefkühltruhe als auch der Vorratsschrank gut gefüllt waren. Am liebsten wäre es ihr zwar gewesen, wenn ihre Mutter in der bewussten Zeitspanne bei ihrem Lieblingssohn Quartier bezogen hätte, aber Hildegard weigerte sich standhaft. In ihrem Alter sollten die Kinder gefälligst ihre Mutter besuchen und nicht umgekehrt. Zum Glück versprach Matthias, täglich bei der Mama anzurufen und sie im Notfall sofort abzuholen.

Am Wochenende wollte Ellen eigentlich allerhand erledigen – einiges musste nachgeholt, anderes im Voraus getan werden. Sie saß jedoch tatenlos im Garten, betrachtete die unterschiedliche Färbung der sommerlichen Vegetation und fühlte sich beinahe jung und ein bisschen glücklich. Fast immer war sie rastlos tätig gewesen, ihrer Mutter nicht unähnlich, auch im Urlaub war sie seit Jahren damit beschäftigt, liegengebliebene Aufgaben aufzuarbeiten. Auf einmal winkten zwei entspannte Ferienwochen, und sie begann schon jetzt, sich zu freuen. Wie lange hatte sie ihr latentes Fernweh verdrängen müssen, vor allem, wenn ihre Geschwister von interessanten Reisen berichteten. Noch nicht einmal für den eigenen Garten in seinem sommerlichen Liebreiz hatte sie Zeit und Muße gefunden. Wie prächtig leuchteten die gelben und orangefarbenen Blüten der Kapuzinerkresse, wie edel geformt waren ihre achteckigen Blätter, die je nach Sonneneinfall bläulich oder hellgrün schimmerten! Hellrosa Hortensien, samtrote Rosen, dunkelblauer Eisenhut blühten neben Tomatenpflanzen und Salat. Hildegard war im Grunde eine verkannte Künstlerin, die allerdings in diesem Moment Ellens meditative Stimmung durch ein markerschütterndes Stöhnen unterbrach.

»Mutter, was ist los? Tut dir etwas weh?«

»Wieso? Weil ich mal einen Laut von mir gebe? Leider werde ich es nicht mehr erleben, dass du als alte Frau im Gebüsch herumkriechst und die Brennnesseln ausrottest. Von oben werde ich aber hören, wie kläglich du dann herumjaulst!«

Ein Hilferuf? Ein Vorwurf? Ellen erhob sich träge.

»Setz dich mal in den Schatten, Mama. Und keine Angst, ich kann Kornblumen von Giersch, Quecken und Disteln unterscheiden, wenn ich dich jetzt mal ablöse.«

Mutter und Tochter tauschten die Plätze, und Ellen ertappte sich, dass ihr ebenfalls ein mitleiderregendes *Autsch* entfuhr, als sie versehentlich den Zweig einer wildwuchernden Heckenrose in die Finger bekam.

»Keine Rose ohne Dornen«, murmelte ihre liebe Mutter mit sichtlicher Schadenfreude und bettete die dünnen Beine auf einen zweiten Stuhl. »Das tut ja so gut, sich mal einen Moment auszuruhen. Könntest du so nett sein, und mir einen Eiskaffee bringen?«

Jetzt war es Ellen, die – allerdings nur leise – seufzte.

12

Obwohl er tief verletzt war, ließ es sich Uwe nicht nehmen, Amalia und Ellen zum Frankfurter Flughafen zu fahren. Nicht nur, dass seine Freundin ohne ihn verreisen wollte, die ganze Idee mit der geschenkten Kreuzfahrt war ihm ein Dorn im Auge. Unterwegs versuchte Ellen aus Höflichkeit, sich ein wenig mit ihm zu unterhalten, aber vergeblich – er ließ demonstrativ eine uralte CD auf voller Lautstärke laufen. Es war ein Lied, das Amalia nicht ausstehen konnte: *Die Dinosaurier werden immer trauriger*. Schade, dachte Ellen, dass er so gekränkt ist und meine Mutter ihn nicht mag; es wäre doch praktisch gewesen, wenn Uwe hin und wieder nach Hildegard geschaut hätte, für ihn ist das nur ein Katzensprung, und er hat sowieso nicht viel zu tun. Gern hätte sie dem schweigsamen Fahrer wenigstens das Benzingeld erstattet, aber sie wollte seinen Stolz nicht noch mehr verletzen. Wir sollten unterwegs nach einem schönen Mitbringsel Ausschau halten, beschloss sie. Ihre Mutter hatte ihr netterweise schnell noch 200 Euro zugesteckt, die sie weiß Gott für welchen Zweck zusammengespart hatte. »Für

Nebenkosten, damit du dich nicht aushalten lassen musst.«

Am Terminal angekommen, suchte Uwe zwar noch nach einer Parklücke, half auch beim Abladen der Koffer, verließ aber die beiden Frauen, ohne sie in die Halle zu begleiten. Amalia hatte ein schlechtes Gewissen, wollte ihren Freund wenigstens noch einmal umarmen, aber er stieg sofort wieder in seinen zerbeulten Wagen, gab Gas und nur ein kurzes Tschüs von sich.

Kurz danach stand Ellen vor der großen Abflugtafel und studierte etwas hilflos die Anzeigen mit zahlreichen Verspätungen. Das letzte Mal war sie vor zwanzig Jahren mit Mann und Töchtern nach Spanien geflogen, sie hatte wenig Erfahrung und war froh, als Gerd und Ortrud vor ihr auftauchten. Man begrüßte sich, Gerd stellte Amalia seiner Frau vor und sagte: »Beinahe wäre sie unsere Nichte, schade, nicht wahr?«

Mit einem Blick auf den vollen Gepäckwagen meinte Ortrud: »Offenbar habt ihr noch keine Boarding Card. Wenn ihr fertig seid, können wir ja noch einen Prosecco bei Harrods zusammen trinken.«

Sie bestimmt anscheinend, wo's langgeht, dachte Ellen enttäuscht. Eigentlich hatte sie gehofft, dass man ihr mit dem elektronischen Ticket und beim Check-in ein wenig helfen würde.

»Seht mal die dort!«, sagte Gerd. »Ist das nicht wie ein Woody-Allen-Film?« Er wies mit einer kurzen Kopfbewegung auf eine Gruppe orthodoxer Juden, die alle die Kippa auf dem Kopf und ein noch aufgeblasenes lila Nackenhörnchen um den Hals hatten und in großer Eile von Halle A nach B strebten. Ellen gaffte mit offenem Mund und kam sich wie ein Landei vor. Verlegen wandte sie sich wieder Gerd und seiner Frau zu. Ortrud trug für die Reise eine leichte Leinenjacke, bequeme helle Hosen und lederne Sneakers. Bis auf den schwarzgemusterten Schal alles in Rentnerbeige. Da kommen wir durchaus noch mit, dachte Ellen erleichtert und reihte sich nun endlich in die Warteschlange ein. Als sie ihren Reisepass herauskramte, überfiel sie doch noch ein Gefühl grenzenloser Unterlegenheit, denn an eine schicke Handtasche hatte sie nicht gedacht. Das schwarze Leder ihrer Tasche war völlig abgegriffen, der Reißverschluss klemmte. Amalia trug Katjas knallroten Rucksack, den sie lässig über eine Schulter gehängt hatte.

Im Flugzeug mussten Ellen und Amalia an Gerd und Ortrud vorbeiziehen, denn sie hatten ihre Plätze im hintersten Bereich. Natürlich schielte Ellen auf die jeweilige Lektüre des Paares – er las die *Süddeutsche*, sie eine Hochglanzillustrierte, in der es offenbar um Haus und Garten ging. Na klar, die ist schließlich Innenarchitektin, dachte Ellen, ich muss das Amalia stecken. Vielleicht gibt es für sie noch eine Chance, auf einen halbwegs künstlerischen Beruf umzusteigen. Dabei fiel ihr ein, wie Amalia bereits als Kind ihr Zimmer mit originellen Ideen verschönert hatte. Im Winter hatte sie ein hohes Fenster mit blauer Deckfarbe angestrichen und mit zerzupften Wattebällchen beklebt, so dass sich der graue Tag in einen Sommermorgen verwandelte.

Ellen hatte Amalia den Fensterplatz abgetreten, wobei sich diese Großzügigkeit nicht auszahlte, denn ihre undankbare Tochter schlief bald ein. Lustlos las Ellen die Überschriften der *Bildzeitung*, die ihr Nachbar gerade aufblätterte, und ließ den Blick auch sonst überallhin schweifen. Vor ihr saßen zwei junge Frauen, die sich pausenlos unterhielten; die eine war gut im Profil zu sehen, ihre riesige Nase zierte ein Piercing. Wie kann man einen solchen Zinken auch noch dekorieren!, dachte Ellen, doch die andere war auch nicht besser, denn aus ihrem tiefen Rückenausschnitt wuchs ein tätowierter Kaktus. Gut, dass Amalia diese Mode nicht mitmachte.

Schließlich nickte sie auch ein und wurde erst kurz vor der Landung wieder wach. Mit dem Bus ging es nun vom Flugplatz zum Hafen. Netterweise überließen Gerd und Ortrud ihren Gästen die Fensterplätze, sie seien schon oft in der portugiesischen

Hauptstadt gewesen, diese Fahrt sei nichts Neues für sie.

»Du darfst es mir nicht krummnehmen«, flüsterte Gerd Ellen zu, »dass wir im Gegensatz zu euch eine Suite mit Balkon auf dem obersten Deck haben. Da Ortrud das Rauchen nicht lassen will, kann sie so noch im Nachthemd draußen qualmen.«

Als sie endlich ihr Ziel erreicht hatten, lauerte ein Fotograf vor der Gangway, und besonders die weiblichen Gäste verfluchten den Wind wegen ihrer Frisur. Kaum waren alle Passagiere zu ihren Kabinen geleitet worden, ertönte aus dem Lautsprecher der Alarm für die obligaten Sicherheitsübungen. Noch bevor sie ihre Koffer ausgepackt hatten, mussten Ellen und Amalia die orangeroten Schwimmwesten anlegen und sich mit den andern Passagieren bei den Rettungsbooten versammeln. Danach fanden sie auf dem Schreibtisch ein Programm für den nächsten Tag und eine Kleiderempfehlung für den heutigen Abend. Zum Glück brauchte man am Beginn der Reise nicht gleich in Abendroben zu erscheinen.

Beim Essen saß man an einem Vierertisch zusammen, Gerd bestellte zwar eine Flasche Wein, trank aber selbst fast nur Mineralwasser. Erst als es dunkel wurde, legte das Schiff ab. Zu viert standen sie erwartungsvoll an der Reling, als nach dreimaligem, mächtigem Tuten die Leinen gelöst wurden, eine Blaskapelle spielte und die Fahrt begann. Sanft glitt das Schiff unter der Riesenbrücke hindurch über den breiten Tejo, vorbei am Belem-Turm und dem Kolumbus-Denkmal, bis es das offene Meer erreichte. Amalia war hingerissen, Ellen so überwältigt von Schönheit, Kitsch, Klischee und Glück, dass sie Gerd mit Tränen in den Augen um den Hals fiel.

»Danke, danke, danke!«, flüsterte sie. »Das ist ja schöner als im Fernsehen!«

Gerd lächelte gerührt und erfreut, dass er bei ihr etwas wiedergutmachen konnte.

Der nächste Tag bot reichlich Gelegenheit, das Schiff zu erkunden, denn es wurde kein Hafen angelaufen. Bereits beim Frühstück versuchte Amalia, möglichst viele Passagiere unter die Lupe zu nehmen, ob nicht vielleicht doch jemand ihres Alters dabei war. Jungen Menschen begegnete sie zwar auf Schritt und Tritt, aber sie gehörten stets zum Personal. Schließlich entdeckte sie doch noch eine Viererbande, die ganz anders wirkte – jung, schön, lustig und sehr locker. Es dauerte nicht lange, bis sie herausgefunden hatte, dass es sich um spanische Tänzer handelte, die noch am selben Abend einen Auftritt haben würden.

Auch Ellen hielt Ausschau. Sie hatte mit Gerd und Ortrud vereinbart, nicht unbedingt gemeinsam zu frühstücken, damit alle nach Belieben ausschlafen konnten. Doch Ellen hatte zu große Angst, etwas zu verpassen. Sie hatte gerade ihre letzte Tasse Kaffee möglichst langsam ausgetrunken, als die Reisekameraden erschienen. Ortrud im maritimen Outfit, Gerd in Jeans und olivgrünem Pullover.

Offenbar hatte sich das Ehepaar gestritten. Ellen bemerkte sofort, dass sie sich weder ansahen, noch miteinander sprachen. Schon nach wenigen Minuten stand Ortrud wieder auf und ging nach draußen an die frische Luft. Offenbar wollte sie nicht zu deren Verbesserung beitragen.

»Als erste Tat am frühen Morgen muss sie leider rauchen«, sagte Gerd entschuldigend. Ellen fragte ihn nach früheren Kreuzfahrten, und er erzählte gern, in welchen Ländern sie schon gewesen waren.

»Von mir aus müsste es kein Schiff sein«, meinte er, »aber Ortrud setzt sich meistens durch. Sie liebt die noble Atmosphäre, sie lernt auch jedes Mal Leute kennen, mit denen sie sich ausgezeichnet versteht. Vielleicht erhofft sie sich sogar neue Kunden.«

»Und du?«, fragte Ellen.

»Ich? Eher nicht, ich will meist nur meine Ruhe. Sieh mal, da hinten steht unser Kapitän!«

»Woran erkennst du ihn?«, fragte Ellen.

»Ich habe schon auf früheren Reisen mit ihm getafelt, außerdem hat er vier goldene Streifen am Ärmel. Ein netter Typ, Ortrud himmelt ihn an. Da kommt sie ja schon.«

Doch Gerds Frau trank nur ihren Tee aus und erklärte, sie habe schlecht geschlafen und müsse sich noch ein wenig hinlegen; von Amalia fehlte jede Spur. Also schlug Gerd vor, mit Ellen einen Rundgang zu machen und den Fremdenführer zu spielen. Er zeigte den großen Saal, in dem die Aufführungen stattfanden und getanzt wurde, die Bibliothek, Bars, Clubräume und den Pool. Ellen erfuhr von einem geübten Kreuzfahrer eine ganze Menge über Schiffe und die Seefahrt.

»Früher glaubte man, Katzen an Bord brächten Glück, Frauen dagegen Unglück. Keine Ahnung, wieso, denn die Galionsfiguren waren ja oft weiblich und die meisten Schiffe tragen Frauennamen wie unsere MS RENA. Das Heck heißt in der Seemannssprache *Achtersteven*, wie man im Plattdeutschen ein rundliches Hinterteil nennt. Die Sehnsucht nach einer Frau war natürlich immer groß, und man hat sie durch abergläubische Vorstellungen zu unterdrücken gewusst. Übrigens – eh ich es vergesse –, ihr müsst die Bordkarte immer bei euch tragen, wenn ihr das Schiff verlasst«, belehrte er sie zum Abschluss.

Schließlich lagen beide auf Deckchairs und schauten aufs graugrüne Wasser hinaus. Es war etwas kühl und windig, und das war wohl der Grund, warum die Liegestühle neben ihnen unbesetzt blieben. Hin und wieder ging ein Filipino auf leisen Sohlen mit einem Putzeimer vorbei.

»Wenn wir Gibraltar hinter uns gelassen haben, soll es wärmer werden«, meinte Gerd.

»Schön wäre es, wenn jetzt ein paar Delphine auftauchten«, sagte Ellen träumerisch. Sie hatte auf einmal das Bedürfnis, Gerd wie zufällig zu berühren, wagte aber keine derart plumpe Annäherung. Wir sind zwar keine Geschwister, dachte sie, aber irgendwie doch so nah und vertraut, als würden wir uns schon lange kennen.

Als hätte er ihre Gedanken gelesen, sagte Gerd: »Immer wieder muss ich darüber nachdenken, wie seltsam uns das Schicksal mitgespielt hat. Ich habe dir sozusagen deinen bisherigen Vater weggenommen und ihn für mich reklamiert. Wir sind beide mit einem Papa aufgewachsen, der nicht unser leiblicher Vater war, haben es aber zu dessen Lebzeiten nie in Frage gestellt. Ist das nicht höchst merkwürdig, fast wie eine griechische Tragödie?«

»Und ob«, sagte Ellen. Plötzlich konnte sie sich nicht mehr zurückhalten, ergriff Gerds herunterhängende Hand und erzählte die Geschichte ihrer

Mutter: dass Gerds Vater, der lange auch als der ihre galt – Rudolf Tunkel –, einen gewissen Herrn Dornfeld mit viel Geld bestochen habe, seine schwangere Freundin zu heiraten. Beide Männer hatten sich dabei kein Ruhmesblatt erworben, und Gerd hörte sich den Deal fassungslos an.

»Jetzt verstehe ich erst, woher meine Eltern die Mittel hatten, sich ein Haus im Frankfurter Westend zu kaufen«, sagte er.

»Die Villa Tunkel werde ich erben«, sagte Ellen. »Meine Mutter will demnächst beim Notar die Schenkung amtlich machen. Ausgerechnet ich, die ich keine *echte Tunkel* bin! Verrückt, nicht wahr?«

Beide schwiegen eine Weile und hingen ihren Gedanken nach. Plötzlich hörten sie es trapsen, und Amalia in Begleitung von vier drahtigen Joggern rannte an ihnen vorbei. Ellen musste lachen, weil ihre Tochter beim Vorüberhuschen noch Zeit fand, ihr eine lange Nase zu drehen.

»Das ist die Flamenco-Truppe«, sagte Gerd, der schon über alles und jeden Bescheid wusste. »Soviel mir der Bordpianist verraten hat, sprechen sie kein Deutsch und kaum Englisch, doch Amalia wird sich auch nonverbal mit ihnen verständigen!«

»Geht es deiner Frau nicht gut?«, fragte Ellen.

»Sie sollte auf jeden Fall etwas weniger trinken«, sagte Gerd und stand auf, seine gute Laune schien plötzlich verflogen. »Hast du vielleicht Interesse an einem Vortrag über die Blütezeit der arabischen Kultur in Andalusien?«

Ellen wollte gerade sagen: *Wo du hingehst, da gehe ich auch hin*. Aber diese Worte kamen ihr wie ein biblisches Eheversprechen vor und sie sagte einfach nur: »Nein!«

Gerd grinste. »Eine ehrliche Antwort. Früher habe ich mir alles angehört, was die Lektoren auf ihr Programm setzten, aber inzwischen könnte ich selbst ein Referat über die Alhambra halten.«

Das Mittagessen fiel vergleichsweise frugal aus. Ellen bediente sich am Grill, ihre Tochter am Salatbuffet, danach schwirrte Amalia davon. Die ungewohnte Seeluft und die Strapazen der gestrigen Reise hatten Ellen müde gemacht. Zufrieden legte sie sich ins Bett, sie hatte Urlaub und konnte sich den Luxus einer Siesta leisten. Heute Abend wollte sie sich schick machen und den schwingenden schwarzen Stufenrock ihrer Schwägerin tragen, dazu eine altrosa Seidenjacke, die aufwendig mit einem Paillettenband besetzt war. Gerd sollte sie voller Bewunderung betrachten, und zwar nicht als Beinahe-Halbschwester und Reisekumpel, sondern als schöne Frau. Mit seiner eigenen stand er offenbar auf Kriegsfuß, aber man wusste bei Paaren ja nie, ob das ein Dauerzustand oder nur eine Gewitterwolke war. Ob Matthias seinem neuen Bruder viel über sie erzählt hatte? Am Ende auch von ihrer gescheiterten Ehe? Wohl kaum, denn er würde nur ungern das Gespräch auf die unrühmliche Rolle seiner Tochter bringen.

Amalia soll mir nachher die Haare machen, war ihr letzter Gedanke, bevor sie einschlief.

13

Als Ellen aufwachte, war es bereits vier Uhr nachmittags. Einen Moment lang wusste sie nicht, wo sie sich befand, dann sprang sie mit einem Satz aus dem Bett, zog sich Jeans und einen rotweiß geringelten Baumwollpullover an und ging auf die Suche nach den Dornfelds und Amalia.

Nahe am Pool saßen ihre Tochter und Ortrud an einem Bistrotischchen, wo sie die wenigen Schwimmer gut im Blick hatten.

»Hallo, Mama!«, rief Amalia, »das musst du dir unbedingt auch bestellen!«

Vor ihr stand ein appetitliches Stillleben: eine dicke, frisch gebackene Waffel, eingemachte Kirschen, Vanilleeis, Schlagsahne sowie ein Becher Kakao. Ortrud trank Campari Orange. Ellen setzte sich zu ihnen, ließ sich einen Café Crème bringen und naschte ein wenig von den Köstlichkeiten ihrer Tochter.

»Und wo ist Gerd?«, fragte sie.

Ortrud wusste es nicht genau, wahrscheinlich in der Bibliothek, meinte sie. Ellen hatte große Lust, sich mit ihrer Tasse in der Hand dorthin zu begeben, aber es erschien ihr doch zu aufdringlich. Immer noch hatte sie das Gebot ihrer Mutter im Ohr: *Man läuft keinem Mann hinterher.*

»Deine Tochter scheint sich sehr für meinen Beruf zu interessieren«, sagte Ortrud. »Ich könnte ihr stundenlang erzählen, wie man für andere Leute Möbel aussucht.«

»Ich höre dir auch gern zu«, sagte Ellen etwas gedehnt, Amalia schien dagegen Feuer und Flamme zu sein.

»Die meisten machen sich falsche Vorstellungen von unserer Arbeit. Der Traum eines jeden Innenarchitekten ist es natürlich, einem stinkreichen Kunden die Wohnung einzurichten, der nur die große Linie vorgibt – avantgardistisch, repräsentativ, kreativ oder verrückt –, ansonsten hat man freie Hand. In Amerika soll es angeblich noch neureiche Fabrikanten und ordinäre Filmstars geben, die unseren Traum Wirklichkeit werden lassen. Falls es solche Kundschaft in Mitteleuropa gibt, dann ist es unwahrscheinlich, dass gerade ich einen solchen Auftrag an Land ziehe. Ganz abgesehen davon – meine Kragenweite sind sie natürlich nicht, diese Menschen ohne eigenen Geschmack. Und mir gefallen individuelle und sogar leicht kitschige Einrichtungen erheblich besser als ein nachgeäffter modischer Trend.«

Anscheinend imponierten Amalia ihre Worte, sie blickte fast andächtig zu Ortrud auf. Ihre Mutter hörte nur mit halbem Ohr hin, musterte dagegen mit kritischem Blick die rasierten Beine ihres Gegenübers. Zu knochig und zu käsig, stellte sie fest, Ortrud sollte lieber keine Bermudas tragen.

»Eigentlich brauche ich noch einen Drink«, sagte Ortrud, »aber in diesem Punkt ist mein lieber Gerd ein bisschen spießig, er darf mich nicht erwischen. – Also, wo war ich stehengeblieben?«

»Wie hast du dir das nötige Know-how erworben?«, fragte Amalia. »Welche Ausbildung ist vorgeschrieben?«

»Als junge Frau arbeitete ich in einem Kölner Möbelhaus als Einkäuferin, außerdem habe ich die Schaufensterdekorationen entworfen, wurde gelegentlich auch bei schwierigen Kunden als Beraterin hinzugezogen. In dieser Eigenschaft hatte ich mitunter Gelegenheit, einem betuchten, aber blöden Käufer etwas aufzuschwatzen, was er weder brauchte noch mochte: asketisches Design oder prächtigen Landhausstil, unbequeme Stühle oder eine überflüssige Antiquität. Im Grunde sind wir Deutschen sowohl konservativ als auch latent unzufrieden – Möbel sollen zwar gemütlich und dauerhaft sein, aber auch etwas hermachen und sich durch einen höheren Preis von der Ausstattung unserer Bekannten abheben. In jungen Jahren war ich ein wenig durchtrieben. Heute würde ich niemals einem unsicheren Kandidaten meine Vorstellungen aufnötigen.«

Ortrud zündete sich eine Zigarette an und fuhr fort: »Nach der Heirat habe ich meinen Beruf leider aufgegeben. Doch als die Kinder selbständig wurden, habe ich einem von Gerds Bauherrn ein wenig geholfen, sein neues Haus optimal einzurichten, was mir zu seiner vollen Zufriedenheit gelang. Er empfahl mich weiter, und bald hatte ich eine Handvoll Kunden.«

»Und jetzt?«, fragte Ellen.

»Nun, wir sind älter geworden. Gerd arbeitet nicht mehr rund um die Uhr und ich natürlich auch nicht. Doch wir haben immer noch zu tun, von faulem Rentnerdasein kann noch lange nicht die Rede sein.«

»Mein Traumberuf!«, sagte Amalia. »Leider habe ich das nicht rechtzeitig begriffen.«

»Aber Mädchen, in deinem Alter ist es doch nicht zu spät, noch einmal etwas Neues zu beginnen! Möchtest du vielleicht ein Praktikum bei mir machen?«

»Sehr gern, doch ich habe eine volle Stelle als Arzthelferin. Ich kann mich nicht für längere Zeit beurlauben lassen.«

Gott sei Dank, sie ist vernünftiger, als ich zu hoffen wagte, dachte Ellen.

Endlich ließ sich jetzt die Sonne blicken, und es wurde mit einem Schlag recht warm. Wie gemächliche Seekühe entstiegen zwei Senioren dem Pool. Das Paar trocknete sich nur oberflächlich ab, hüllte sich fast synchron in weiße Bademäntel, ließ sich auf Liegestühlen nieder und wendete sich euphorisch der Sonne zu. Es dauerte nicht lange, da nahten die vier Spanier in knapper Badekleidung und ölten ihre schönen Körper ein. Der jüngere Adonis drückte seiner Partnerin noch schnell zwei Pickel am Rücken aus, dann aalten sie sich wohlig auf ihren Handtüchern. Alle wollen sie ganz schnell braun werden, dachte Ellen. Und Amalia wird in spätestens fünf Minuten neben ihnen liegen – womit sie recht hatte.

Ortrud stand auf. Sie wolle jetzt in ihre Suite gehen, denn bald schon müsse man sich für den heutigen Galaabend feinmachen. Erst als sie allein war, traute sich Ellen in die Bibliothek, wo sie allerdings nur wildfremde Menschen antraf.

So hatte sie ihre Tochter noch nie gesehen: Amalia steckte in einem kurzärmeligen Kostüm von Katjas Mutter, in dem sie sehr erwachsen, ja gediegen wirkte. Türkis stand ihr gut, die edle Dupionseide changierte ein wenig. Ellen staunte über ihr Kind. Beide traten vor den Spiegel und fanden sich wunderschön und äußerst fremdartig.

»Fast wie Aliens! Verkleiden macht wahnsinnigen Spaß«, sagte Amalia. Ellen nickte: Das war sicherlich das Schauspielerblut, das sich bemerkbar machte.

Auch Ortrud hatte sich herausgeputzt. Sie steckte in einem silbergrauen Hosenanzug, das Top tief dekolletiert, am Hals funkelte eine Kette aus ovalen Amethysten.

»Donnerwetter«, sagte Gerd, der sich in einem dunklen Anzug dazugesellte. »Was habe ich doch für ein Glück, von drei Grazien umrahmt zu werden!«

»Verschwende deinen Charme nicht zu früh«, sagte Ortrud. »Der Galaabend hat noch nicht begonnen. Außerdem solltest du doch das Dinnerjacket anziehen, wo bleibt die Fliege?«

»Ich wollte dich nicht mit einem Smoking an das Raucherzimmer erinnern.«

»Wenn du das witzig findest! Ich finde es zum Mondanheulen.«

Amalia und Ellen waren peinlich berührt, dass Ortrud den Esstisch abrupt verließ. Erst als die anderen ihre Vorspeise bereits aufgegessen hatten, kam sie wieder herein.

»Wir sollten nicht zu sehr trödeln«, mahnte Amalia. »Um zehn fängt der Flamenco an.«

Man beeilte sich also und war schon um halb zehn

im großen Saal, wo Tanzmusik zu hören war. Einige Paare drehten sich nach allen Regeln der Kunst. Amalia staunte. Sie wusste zwar, dass es hier anders zuging als in einer Disko, aber sie hatte bisher nur im Film gesehen, wie man sich schwungvoll im Wiener Walzer wiegte.

Ortrud suchte die Plätze aus, ein Kellner nahm Bestellungen auf. Ellen entging nicht, dass Gerd seine Frau mahnend fixierte, als sie einen Bourbon Sour orderte. Punkt zehn begann das Programm, die einzelnen Künstler wurden vorgestellt, der Kapitän hielt eine Rede, der Pianist spielte Albéniz und de Falla, um auf den morgigen Tag in Málaga einzustimmen. Schließlich traten die Spanier auf, zwei Männer und eine Frau tanzten Flamenco, eine andere sang. Amalia geriet fast in Ekstase, rief *olé, olé* und klatschte, bis ihr die Hände weh taten. Um zwölf war das Programm zu Ende.

Trotz ihrer ausgiebigen Siesta fühlte sich Ellen todmüde und wollte so schnell wie möglich zu Bett.

»Jetzt brauche ich dringend einen Absacker«, meinte Ortrud. »Wer kommt mit in die Bar?«

Gerd schüttelte sofort den Kopf, auch Ellen verneinte. Anscheinend dachte Amalia, dass es ihre Pflicht sei, die bewunderte Innenarchitektin zu begleiten. Die beiden stiegen in den Lift, während Gerd und Ellen den Kabinen zustrebten.

»Ich bringe dich noch vor die Haustür«, sagte Gerd. »Wie alt ist deine Tochter eigentlich? Sie wirkt so herrlich jung...«

»Amalia ist 24, aber manchmal noch wie ein Kind.«

»Ich hoffe, es ist dir recht, dass Ortrud dieses Kind abgeschleppt hat.«

»Nun ja«, sagte Ellen gedehnt. »Amalia interessiert sich sehr für ihren Beruf. Deine Frau hat ihr freundlicherweise ein Praktikum angeboten.«

Sie waren fast am Ziel. Gerd schüttelte verwundert den Kopf. »Wie soll das gehen? Ortrud hat seit fünf Jahren keinen Auftrag mehr erhalten. So, da sind wir. Ich wünsche eine gute Nacht.«

Er hielt ihr die Hand hin; nach sekundenlangem Zögern umarmte ihn Ellen, aber diese Geste der Zuneigung wurde nicht ganz so herzlich erwidert, wie sie es sich gewünscht hätte.

Amalia erkannte bald, warum Ortrud die Bar aufgesucht hatte, denn hier war eine der wenigen Örtlichkeiten, wo man qualmen durfte. Draußen war es kühl geworden, drinnen war es warm und verräuchert. Eigentlich war Amalia mit Leib und Seele eine Anhängerin von frischer Luft, aber man musste ja alles einmal kennenlernen. Ortrud bestellte für beide einen exotischen Drink, dessen Namen sich Amalia nicht merken konnte.

Nach einem tiefen Zug und großen Schluck begann Ortrud: »Also, wo waren wir stehengeblieben?«

»Weiß ich nicht«, sagte Amalia.

»Sicher denkst du, dass bei uns zu Hause alles perfekt eingerichtet ist. Aber ich hänge zum Beispiel an meinem ersten selbstverdienten Schreibtisch, obwohl er unpraktisch ist und wackelt. Die Vitrine meiner Oma hielt ich lange Zeit für echtes Biedermeier, bis mir ein Fachmann sagte, dass es eine italienische Fälschung aus den fünfziger Jahren ist; sie bleibt aber trotzdem im Schlafzimmer stehen. Bei Gerd waren die Geschmacksverirrungen allerdings schlimmer, ich habe die Entgleisungen seiner Studentenzeit nach und nach entsorgt.«

»Mein Onkel Matthias war ganz begeistert von eurer Wohnung«, sagte Amalia.

»Vor vielen Jahren«, fuhr Ortrud fort, »beriet ich eine Zahnarztgattin, die ihr neues Haus einrichten wollte. Geld war da, auch die Einsicht, dass Plüschsofas und Palisanderschrankwände nicht mehr schick waren. Die kleine dicke Frau lebte im Konsumrausch der Wechseljahre; ihr Mann ging in Beruf und Hobbys auf, die Kinder waren ausgezogen. Sie entschädigte sich auf materieller Basis, wer könnte das besser verstehen als ich.

Mir tat diese nette Frau ein wenig leid, ich wollte

ihr nichts andrehen, woran sie zwei Jahre später keine Freude mehr hatte. Ich wollte auch nicht ganz gegen ihre romantische Mädchenseele ankämpfen, die nach getrockneten Rosen und Beethovenbüsten dürstete. Wir gaben uns beide viel Mühe, ein behagliches und teures Heim zu gestalten, ohne dass es provinziell oder protzig geriet. Der Ehemann interessierte sich nicht für dieses Projekt. Er verdiente hauptsächlich Geld, saß in einigen Ausschüssen, spielte Golf und hatte eine Geliebte. Ich konnte es kaum glauben, aber er sprach seine Frau tatsächlich mit *Mutti* an.«

Amalia hörte höflich zu und musste plötzlich an Uwe denken. Das war nicht seine Welt, was wusste er schon über das Mobiliar reicher Zahnarztgattinnen! Das Höchste, was ihn an einem solchen Haushalt interessieren würde, wäre wohl ein defekter Computer.

Ortrud zündete sich die nächste Zigarette an und bestellte ein weiteres Getränk. Sie verträgt eine Menge, dachte Amalia, das ist kein gutes Zeichen.

»Hast du eigentlich einen Freund?«

»Natürlich«, antwortete Amalia.

»Klar, du bist ja auch eine kesse Biene. – Wo war ich stehengeblieben?«, fragte Ortrud.

»Bei den reichen Zahnärzten«, antwortete Amalia, schon etwas weniger fasziniert. Und beim Stichwort *reich* stellte sie fest: »Du hast eine tolle Kette an!«

»Gefällt dir mein Collier? Es stammt von Gerds Mutter, aber ich mag es nicht. Weißt du was, ich schenke es dir, das wird ihn ärgern.«

Amalia erschrak. Sie wollte nichts geschenkt bekommen – die Luxusreise war schon mehr als genug. Auch wollte sie Gerd nicht ärgern, und außerdem passte solcher Schmuck überhaupt nicht zu ihrem Stil. Oder war es nur funkelndes Glas?

»Nett gemeint«, sagte sie steif, »aber ich kann das beim besten Willen nicht annehmen. Erzähl doch weiter…«

»Ich lege dir mein Collier jetzt um, du musst dich mal im Spiegel betrachten, dann änderst du sofort deine Meinung. Übrigens sah ich dir sehr ähnlich in meiner Jugend, wirklich – du könntest meine Tochter sein.«

Was soll das nun wieder?, fragte sich Amalia und hätte am liebsten die Flucht ergriffen.

Aber Ortrud hatte den Schmuck bereits wieder vergessen und sagte: »Ich wollte doch die Geschichte vom Zahnarzt zu Ende erzählen. Zu der Housewarming Party wurde ich natürlich eingeladen, Gerd hatte keine Zeit. Die Gäste waren fast alle etwas älter als ich und hatten es im Leben zu etwas gebracht. Der Hausherr legte den Arm um meine Schulter – was er nur tat, weil ich jünger und schlanker war als seine Frau, nicht etwa aus Sympathie – und stellte mich verschiedenen Leuten vor. Mit leichter Ironie gab er bekannt, dass er mir die ganze Pracht der neuen Einrichtung zu verdanken habe. Irgendwie distanzierte er sich vom Geschmack seiner Frau, ohne allerdings eigene Vorstellungen zu haben. Wir beide sollten uns jetzt ein bisschen über die Preise unterhalten, meinte er und zog mich ins Schlafzimmer. Was ich mir bei diesen harten Futonbetten gedacht hätte, fragte er, stieß mich unsanft auf die Matratze und wollte mir an die Wäsche. Im Nebenzimmer dreißig Gäste und seine Ehefrau! Amalia, davon weiß Gerd zum Glück nichts, ich vertraue dir das nur zur Warnung an, damit du die Schattenseiten meines Berufs kennenlernst.«

»Schon gut«, sagte Amalia, »nun bin ich im Bilde. Ich bleibe also Arzthelferin und lege mich jetzt aufs Ohr!«

»Das ist recht, mein Schatz. Ich werde auch bald aufbrechen. Vorher werde ich mir aber noch ein klitzekleines Betthupferl genehmigen.«

Ohne noch eine Sekunde zu zögern, stand Amalia auf und überließ die Zechschwester ihrem Schicksal.

14

Ellen schlief wie ein satter Säugling in der Wiege, das leise Schaukeln und das monotone Motorengeräusch hatten sie eingelullt. Früh am Morgen hatte dieser gemütliche Zustand ein Ende. Leise, um Amalia nicht zu wecken, schlüpfte sie aus dem Doppelbett und schlich ans Fenster. Anscheinend lag die MS RENA bereits vor Anker, denn sie schaute auf den Hafen und ein riesiges Containerschiff, das gerade beladen wurde, auf blaue und rote Kräne, Laufkatzen, die sich ständig bewegten, und den leuchtend klaren Himmel des Südens. Málaga – wie schön war bereits dieses Wort, es erinnerte an Dessertwein, an Rosinen, an Eis.

Ihre Tochter schlief noch fest; Ellen ging ins Bad, duschte und zog sich an. Dieser heitere Morgen war zu schade, um ihn im Bett zu verbringen. Aber sollte sie ganz allein frühstücken? Bei ihrem Inspektionsgang entdeckte sie Gerd, der an der Reling stand und das Treiben am Hafen beobachtete. Ein Hauch von würzigem Aftershave stieg ihr in die Nase.

»Guten Morgen, unsere beiden Damen schlafen

wohl noch«, sagte er. »Hast du schon Kaffeedurst, oder sollen wir warten?«

Ellen bestellte sich ein Käseomelett, Gerd ein weich gekochtes Ei, beide tranken frisch gepressten Orangensaft und waren sich einig, dass Lachs am frühen Morgen nicht nach ihrem Gusto war. Im Hause Tunkel wurden gekochte Eier stets geköpft, nun beobachtete Ellen fasziniert, wie Gerd die Schale behutsam aufklopfte und die einzelnen Mosaikstückchen sorgfältig abzupfte.

»Wie habt ihr den Tag heute geplant?«, fragte Ellen. »Amalia will mit dem Flamenco-Ensemble an Land gehen. Die Sängerin scheint als Einzige etwas Englisch zu sprechen, na ja – junge Leute verständigen sich schon irgendwie.«

»Ortrud hat sich eigentlich für den Ausflug nach Marbella angemeldet, aber dafür ist es schon fast zu spät – der Bus geht in zehn Minuten, und sie liegt noch in den Federn. Aber ich werde den Teufel tun und sie aufwecken…«

»Und was hast du vor?«, fragte Ellen.

»Ich wollte ein wenig durch Málaga streifen, ohne Führung und ohne festen Plan«, sagte Gerd. »Wenn du möchtest, können wir gemeinsam auf Entdeckungsreise gehen.«

Ellen beeilte sich mit dem Frühstück. Da Ortrud den Bus verpasst hatte, würde sie sich bestimmt an ihren Mann klammern und mit ihm an Land wollen. Also machte sich Ellen lieber schleunigst startbereit.

»Mittags wird es sicherlich sehr heiß«, sagte sie. »Wir sollten den nächsten Shuttle in die Stadt nehmen.«

Zuerst besichtigten sie wie brave Touristen die mächtige Kathedrale, wo Gerd das schöne Chorgestühl bewunderte, während Ellen die subtropische Vegetation vor der Kirche bestaunte. Sie saßen auf einer niedrigen Mauer, der kleine Platz wurde von hohen Orangenbäumen beschattet. Gerd notierte auf einem kleinen Block, dass die Bauphase 254 Jahre gedauert hatte. Als er hochsah, fiel sein Blick auf einen Bettler.

»Findest du nicht auch, dass der arme Kerl aussieht wie von Picasso gezeichnet?«

Ellen gab dem bärtigen Mann, der auf Krücken herumhinkte, einen Euro, den sie immer für den Einkaufswagen in der Tasche hatte. Kurz darauf erspähte sie eine lebende Statue. Der ganz in Schwarz gekleidete Engel verneigte sich huldvoll, als sie eine weitere Münze herauskramte.

»*Living dolls*«, sagte Gerd. »Wir werden noch viele davon antreffen – silberne Nixen, blaue Gnome, steinerne Ritter und Marsmenschen –, da kannst du schnell arm werden.«

Sie ließen sich treiben und kamen an einem kleinen Markt vorbei.

»Was ist deine Lieblingsblume?«, fragte Gerd.

»Rittersporn. Die blaue Blume der Sehnsucht«, sagte Ellen.

Er sah sich suchend um, nichts Blaues weit und breit. Ganz spontan griff er in einen Eimer mit scharlachfarbenen Rosen, denn der Blumenstand hatte sonst nur eingefärbte Chrysanthemen zu bieten. Er wollte eine einzelne, voll erblühte Rose und die Brieftasche herausziehen, aber Ellen hinderte ihn daran.

»Ist doch Quatsch«, sagte sie und wurde ein bisschen verlegen. »Bis wir wieder an Bord sind, ist sie hinüber. Essen wir lieber ein Málaga-Eis, das muss jetzt sein!«

Noch nie hatte sie ein besseres Eis gegessen, aber vielleicht lag es auch an Gerds Gesellschaft.

Er konnte ihr viel erzählen, zum Beispiel, dass Málaga die sechstgrößte Stadt Spaniens und der Hafen einer der ältesten am Mittelmeer war.

Plötzlich wechselte er das Thema und fragte: »Wann ist Amalia eigentlich aus der Bar zurückgekommen?«

Ellen wusste es nicht, sie war ja bereits eingeschlafen. Gerd mochte es ebenso ergangen sein, doch im Gegensatz zu ihr schien er sich Sorgen zu machen.

»Gibt es da ein ernsthaftes Problem?«, fragte sie vorsichtig und erfuhr, dass Ortrud zwar schon immer gern tief ins Glas geschaut habe, seit dem Tod ihrer Zwillingsschwester vor drei Jahren aber eine hemmungslose Trinkerin geworden sei.

»Ich hatte die Hoffnung, dass ihr ein Tapetenwechsel guttut, schließlich fühlte sie sich an Bord immer besonders wohl. Sie hatte auch fest versprochen, sich in Gegenwart unseres Sohnes und seiner Freundin zurückzuhalten. Nicht bedacht habe ich, dass sie hier zu jeder Tages- und Nachtzeit Zugang zu Alkoholika hat und das leider auch auskostet. Und mir persönlich geht es gegen den Strich, ständig den Aufpasser zu spielen und ihr – womöglich noch vor Publikum – das Glas wegzunehmen.«

»O je«, sagte Ellen, »es tut mir leid, dass unsere Gegenwart keinen positiven Effekt hat. Wie können wir dir helfen?«

»Vielleicht war es gar nicht so falsch, dass Amalia mit ihr in die Bar ging. Ortrud sucht sich nämlich im Handumdrehen einen zweiten Schluckspecht, der auch kein Ende finden kann. Leider sträubt sie sich hartnäckig gegen einen Entzug und sieht nicht ein, dass es eine Krankheit ist.«

Ellen sah ihn mitleidig an und kam zu dem Schluss, dass ihn seine Frau zwar nervte, Gerd aber trotzdem zu ihr stand und sich verantwortlich fühlte.

»Beruflich läuft bei ihr schon lange nichts mehr«, klagte er. »Egal, wie erfolgreich oder auch anstrengend der jeweilige Auftrag war, sie hat sich während der Arbeit stets zusammengenommen und keinen Tropfen angerührt. Dieses Regulativ fehlt jetzt.«

»Amalia glaubt, Innenarchitektin sei der schönste Beruf der Welt«, sagte Ellen. »Aber ich kann mir denken, dass man viele Kompromisse eingehen muss.«

»Wenn es nur darum ginge – es ist heutzutage verdammt schwer, in einem kreativen Beruf ausreichend zu verdienen. Es gibt so viele junge Leute mit gutem Abitur, Studium und zahlreichen Praktika, die noch lange vom Geldbeutel ihrer Eltern abhängig sind. Ein Realschulabschluss und eine Lehre sind heutzutage keine schlechte Voraussetzung für eine gesicherte Anstellung. Amalia sollte sich das gut überlegen.«

»Manchmal bin ich ja selbst ganz froh, dass ich keine arbeitslose Schauspielerin bin«, sagte Ellen. »Aber deine Frau hat es doch geschafft, sie hat sicherlich tolle Ideen!«

»In ihrer Glanzzeit hatte Ortrud großartige Visionen. Einmal sollte sie für einen berühmten Regisseur ein charmantes, aber in die Jahre gekommenes Landhaus einrichten. Sie stellte sich das so vor: alte Fliesen aus Neapel, bleiverglaste Scheiben aus Zürich, antike Möbel aus England, weißlackierte

Wandvertäfelungen aus einem toskanischen Haus – du würdest es kaum glauben, wie originell und edel ihre Skizzen aussahen. Aber im letzten Augenblick wurde das Projekt abgeblasen, weil der gute Mann sein ganzes Geld in den Sand gesetzt hatte.«

»Wie schade«, sagte Ellen.

»Mein Gott, Arbeit besteht nicht nur aus Sternstunden«, sagte Gerd. »Leider hält es Ortrud nicht für nötig, sich mit den tollen Möglichkeiten von Computerprogrammen auseinanderzusetzen. Auch ich habe die schönsten Pläne für Niedrigenergiehäuser in der Schublade – Biotop auf dem Dach, hauseigener Strom, recyceltes Regenwasser –, und letztlich baue ich meistens Betonklötze.«

Am frühen und ungewohnt heißen Nachmittag überfiel Ellen eine bleierne Müdigkeit. Sie hatte eigentlich vor, sich jetzt täglich eine ausgiebige Siesta zu gönnen. Gerd sah es ihr an, geleitete sie zum Terminal des Shuttles und verabschiedete sich. Er wollte trotz der Hitze zu den Gartenanlagen der maurischen Festung Alcazaba hinaufsteigen. Wahrscheinlich hatte er keine große Lust, an Bord auf seine verkaterte Frau zu treffen.

Als Ellen am Nachmittag den Pool aufsuchte, lag Amalia bereits in der Sonne, allerdings ohne ihre Eskorte.

»Na, wie geht's dir nach der langen Nacht? Wie war es mit den Spaniern? Als Einzige hattest du vier *Natives* als Fremdenführer, beneidenswert!«

Amalia meinte, es sei nicht besonders toll gewesen. Man sei zwar erst gemeinsam losgezogen, aber dann hätten die Spanier frühere Kollegen besucht und ihr bedeutet, dass man dort kein Englisch spreche. Mit anderen Worten, man habe sie abgehängt.

»Das jüngere Paar ist total verliebt, die haben nur Augen füreinander. Die Sängerin, sie heißt übrigens Ana mit einem N, hat zu Hause einen Mann und einen kleinen Sohn. Der andere Typ ist schwul, wie Ana mir sagte. Außerdem verlassen sie in Barcelona das Schiff, aber bis dahin haben sie noch ein paar Auftritte.«

Das war also nichts, dachte Ellen. Und wie verlief der gestrige Abend mit Ortrud? Amalia wurde jetzt gesprächiger und berichtete ausführlich über die peinliche Situation mit der Kette. Sie sei schon um ein Uhr in ihrer Koje gewesen, aber ihre Mutter hätte bereits geschnarcht.

»Mama, du magst sie nicht, das war mir von Anfang an klar. Dafür hast du Gerd umso tiefer ins Herz geschlossen.«

»Unsinn«, sagte Ellen heftig.

Amalia lachte. »Außerdem habe ich den Verdacht,

dass Gerds Einladung gar nicht so großzügig ist, wie wir annehmen. Zwei Wochen lang nur mit Ortrud, das wäre kaum auszuhalten.«

Ihre Mutter griff schleunigst ein anderes Thema auf. »Ich habe schon mehrmals versucht, Oma zu erreichen, aber sie hört das Telefon nicht, wenn sie im Garten ist. Ich werde es am Abend wieder versuchen.«

»Ach Mama, wir sind keine zwei Tage unterwegs, warum willst du dich unbedingt jetzt schon aufregen! Oma ist auch sonst immer allein, wenn wir arbeiten.«

Sie lagen nebeneinander und unterhielten sich leise. Fleißige junge Männer in Siebenachtelhosen, sommerlichen Hemden und Sandalen rückten Liegestühle zurecht, servierten Eistee, breiteten Handtücher aus und spannten Schirme auf. Plötzlich stand Gerd in einem brandneuen Borsalino-Panamahut vor ihnen und erkundigte sich, ob sie Ortrud gesehen hätten; beide bedauerten heuchlerisch. Er wandte sich Richtung Ausgang, um anhand der Bordkartenregistrierung zu erfahren, ob seine Frau das Schiff verlassen habe. Nach einiger Zeit kam er zurück und berichtete aufgebracht, Ortrud sei angeblich mit einem Taxi nach Granada gefahren.

»Das sind mindestens hundert Kilometer!«, wetterte er. »Ganz abgesehen vom Geld, das das kostet, ist es doch wieder mal eine typische Schnapsidee! Um 18 Uhr legt das Schiff ab, was soll ich machen, wenn sie nicht zurück ist! Und was will sie dort überhaupt, die Alhambra haben wir bereits zweimal besichtigt!«

Er lief wieder davon, und Amalia grinste.

»Das käme dir doch sehr gelegen, wenn wir ohne Ortrud weiterschippern ...«

»Halt den Mund«, sagte Ellen. »Der arme Gerd hat wirklich nichts zu lachen!«

Kurz vor sechs standen die Passagiere erwartungsvoll an der Reling, um das immer wieder spannende Ritual *Leinen los!* zu verfolgen. Der rote Teppich war bereits wieder eingerollt, und die Lorbeerbäumchen, die man vor der Gangway aufgestellt hatte, waren schon längst wieder an Bord gebracht worden, die Hafenarbeiter lungerten gelangweilt neben den Pollern herum und warteten auf einen endgültigen Befehl. Ellen war nervös und schaute dauernd auf die Uhr, von Gerd oder Ortrud keine Spur. Zur Verwunderung der Passagiere ertönte plötzlich eine Durchsage, dass noch nicht alle Gäste an Bord seien und die Abfahrt sich etwas verzögere. Amalia und Ellen liefen jetzt zur Heckseite, von wo man die Uferstraße besser im Blick hatte. Erst nach zwanzig Minuten stoppte ein Taxi direkt vor dem Anlegeplatz, Ortrud zahlte und stieg aus, winkte den Gaffern majestätisch zu und kletterte in gemessenem Tempo die Hängetreppe hinauf. Kaum war sie oben angelangt, als die Filipinos schleunigst die Gangway hochzogen.

Man konnte leider nicht sehen, wie Gerd seine Frau in Empfang nahm, obwohl es sich Ellen genüsslich ausmalte. Auch Amalia murmelte schadenfroh: »Das wird wohl Zoff geben!«

Beim Abendessen blieben Gerd und seine Frau weitgehend stumm. Ortrud trank nur ein halbes Glas Wein und eine Tasse Bouillon. Auf Ellens leicht maliziöse Frage, wie der Ausflug gewesen sei, kam nur eine einsilbige Antwort. Nach fünf Minuten bequemte sie sich jedoch zu einer trotzigen Auskunft: »Ich musste unbedingt nach Granada, weil wir dort vor Jahren einmal glücklich waren.«

Amalia blickte Ellen vielsagend an, was Ortrud jedoch nicht entging. Sie stand auf, behauptete, stundenlang gewandert und müde zu sein, und verschwand.

Nach dem Essen gab es ein A-cappella-Konzert im großen Saal. Gerd trottete hinter Ellen und Amalia her, weil er offenbar nicht wusste, was er sonst machen sollte. Das Vokalensemble bestand aus fünf Männern in schneeweißen Anzügen und Schirmmützen, die alte Schlager und Evergreens vortrugen. Zum Auftakt sangen sie passend zum heutigen Landgang in Málaga:

> *Schöne Isabella von Kastilien,*
> *pack deine ganzen Utensilien,*
> *und komm zurück zu mir nach Spanien!*

»Das kenne ich«, stellte Amalia erfreut fest. »Oma hat mir dieses Lied vorgesungen, außerdem noch andere Songs der Comedian Harmonists, zum Beispiel *Mein kleiner grüner Kaktus*.«

Ellen überlegte, dass ihre Mutter eigentlich eine angenehme Erinnerung an jene verhängnisvolle Nacht haben musste, wenn sie genau dieses Lied ihrer Enkelin vorsang.

»Im Grunde verdanke ich dem grünen Kaktus meine Existenz«, flüsterte sie, doch weder Amalia noch Gerd verstanden die Anspielung. In der Pause erzählte sie ihnen, dass ihre Mutter und der unbekannte Erzeuger sich beim übermütigen Singen nähergekommen waren. Amalia gefiel diese Vorstellung so gut, dass sie sich sofort hinter die Bühne schlich und die Sänger darum bat, als Nächstes das bewusste Lied zu singen. Und kurz darauf hörte man:

> *Was brauch' ich rote Rosen, was brauch' ich roten*

Mohn... Nachdem die heitere Melodie verklungen war, sagte Gerd so leise, dass es nur Ellen hören konnte: »Das nächste Mal versuche ich es nicht durch die Blume, sondern mit einem kleinen grünen Kaktus! Hollari, hollari, hollaro!«

Ellen errötete wie eine Vierzehnjährige, bei diesem zweiten Anlauf. Aber was sollte aus so einer Ferienromanze werden? Sie bekam Herzklopfen und wagte nicht, diesem wunderbaren Mann in die Augen zu sehen.

15

Wie schon am Tag zuvor wurde Ellen früh wach und schaute lange aus dem Fenster aufs Meer hinaus. Um acht Uhr sollte Cartagena erreicht werden, bis dahin war noch etwas Zeit, doch das Lotsenboot näherte sich bereits dem Schiff. Kurz vor dem Ziel passierten sie einen Marinestützpunkt, wo Schiffe von hässlich grauer Tarnfarbe vor Anker lagen.

Die Durchsage des Kapitäns holte alle, die den Lautsprecher in ihrer Kabine nicht abgestellt hatten, aus den Federn. Er versprach schönes Wetter für den ganzen Tag, der Hafen werde pünktlich erreicht. Ellen war gutgelaunt, sie trug heute eine ihrer schönsten Leihgaben: eine luftige Tunika mit einem floralen Muster in Lila, Türkis und Weiß. Gerade als sie zur Tür hinausschlüpfen wollte – Amalia hatte die schläfrigen Augen nach der Ansage wieder zugeklappt –, klingelte das Telefon.

Gerd wünschte noch nicht einmal *Guten Morgen*, sondern kam gleich zur Sache. Ob sie oder Amalia wüssten, wo seine Frau sein könnte. Verblüfft erfuhr Ellen, dass Ortrud zwar gestern Abend brav in der Kiste lag, aber wohl irgendwann im Morgengrauen ihr Bett verlassen haben müsse. Gerade sei ein Anruf von der Rezeption gekommen, ein Passagier habe auf einer Treppe ihren Bordausweis gefunden.

Ellen lief sofort hinaus und half Gerd bei der Suche, wobei sie jeden – egal ob Fahrgast oder Mitglied der Crew – nach Ortruds Verbleib befragten. Gerd fluchte vor sich hin, schien sich aber eher zu ärgern, als Angst zu haben. »Wenn sie sich in irgendeinem Zodiac versteckt hat, um mich an der Nase herumzuführen und zu demütigen, dann werde ich sie eigenhändig erwürgen oder kurzerhand ins Wasser schmeißen. Im Übrigen hätte ich das schon längst machen sollen!«, schimpfte Gerd.

Anscheinend nahm man die Angelegenheit in gewisser Weise ernst, denn die Geschwindigkeit wurde spürbar gedrosselt, ein Krisenstab der leitenden Crew trat zusammen, während das abkömmliche Personal in allen Tenderbooten, Boutiquen, Teaktruhen, unter Esstischen, hinter gestapelten Liegestühlen, in Fitnessräumen, Auditorien, in der Bar und sogar im Maschinenraum suchte. Es dauerte eine halbe Stunde, bis man Ortrud fand.

Da die Kreuzfahrt nicht in den Schulferien stattfand, waren keine Kinder an Bord. Es gab jedoch ein Spielzimmer, das man versehentlich nicht abgeschlossen hatte. Für jedes Alter standen dort Bücher zur Verfügung, natürlich auch Ritterburgen, Wikinger- oder Seeräuberschiffe, Puzzles, Legosteine, Puppen nebst Zubehör und ein weiches Matratzenlager mit kleinen und großen Kuscheltieren. Genau dort, unter einem riesigen Teddybären, lag Ortrud und schlief, neben ihr – in einer Pfanne aus der Puppenküche – ein Berg Kippen und eine leere Flasche Gin; Gerd schämte sich in Grund und Boden. Seine Frau war nach einigen mehr oder weniger groben Klapsen durchaus ansprechbar, wurde jedoch vorsichtshalber zum Schiffsarzt ins Hospital gebracht.

»Am liebsten würde ich auf der Stelle nach Hause fliegen«, sagte Gerd. Als er aber Ellens unglückliches Gesicht sah, schlug er vor, erst einmal zu frühstücken. Ortrud solle ihren Rausch ausschlafen, er habe keine Lust, sich jetzt um sie zu kümmern.

»Wie hat sie denn ihre Eskapade erklärt?«, fragte Ellen.

»Angeblich hatte sie nachts Wadenkrämpfe, wollte mich nicht wecken und sich an Deck die Beine vertreten. Dabei habe sie ihre Bordkarte verloren, und ich hätte nach ihrer Rückkehr das Klopfen an der Tür nicht gehört. Ich bin also schuld, dass sie nicht wieder in die Kabine konnte! Aber ich bitte dich, um sich die Beine zu vertreten, braucht man doch keine Schnapsflasche mitzunehmen! Außerdem muss sie sich den Gin vorsätzlich in Granada besorgt haben.«

Insgeheim war Ellen sehr froh, dass Ortrud auch heute kampffähig war. Inzwischen war auch die ahnungslose Amalia am Frühstückstisch erschienen und erzählte, dass sie mit drei der A-cappella-Sänger nach Murcia fahren wolle: »Sie haben im Taxi noch einen freien Platz, weil die anderen zwei proben müssen. Sind zwar nicht gerade in meinem Alter, aber immer noch weit unterm Durchschnitt. Und ein Sprachproblem gibt's diesmal auch nicht.«

Die Sänger mochten so um die vierzig sein, für Amalia wahrscheinlich Greise, dachte Ellen. Aber sie freute sich für ihr Kind und natürlich im eigenen Interesse, weil sie, genau wie gestern, mit Gerd allein herumstreifen konnte.

Und genau wie gestern hatte sich Gerd akribisch vorbereitet und konnte ausgiebig über die Geschichte Cartagenas referieren – von der Gründung durch die Punier bis zum heutigen Tag. Ellen hörte aufmerksam zu, obwohl es ihr im Grunde völlig egal war, dass Sir Francis Drake die Stadt 1588 plündern ließ. Sie musste sogar ein wenig lächeln, weil Gerd ganz im Gegensatz zu ihr ein Zahlenmensch war.

Nur wenig später brachen sie auf. Am Hafen war eines der ersten U-Boote ausgestellt, dessen Erfinder aus Cartagena stammte, kurz darauf erreichten sie die breite Calle mayor, die mit edlen Steinen gepflastert war. Ellen wäre am liebsten Hand in Hand mit ihrem Begleiter herumgeschlendert, aber er schien begreiflicherweise nicht in Stimmung zu sein. Viele Touristen und Einheimische waren jetzt am Morgen unterwegs, Schüler mit Rucksäcken, Mütter mit Kinderwagen. Sowohl schöne alte Häuser mit verglasten Balkonen als auch hässliche Neubauten wurden von Gerd fachmännisch begutachtet, aber alles in allem hielt er die Stadt für nicht besonders attraktiv und wollte bald wieder aufs Schiff zurück. Auch Ellen war es recht, denn es drohte brütend heiß zu werden.

»Deine Sommersprossen haben Junge bekommen! Wo hast du deinen neuen Strohhut gelassen?«, fragte sie.

»Sie hat ihn zum Kotzen benutzt«, sagte Gerd.

Den Nachmittag verbrachte Gerd in der Bibliothek, Ortrud im Ausnüchterungsarrest, Amalia unterwegs. Nach einem wohltuenden Schläfchen hatte Ellen ihre Mutter erreicht und war beruhigt. Hildegard schien es gutzugehen, wenn sie auch aus Gewohnheit ein paar Seufzer ausstieß. Nach dieser erfreulichen Nachricht war Ellen wild entschlossen, die Reise in vollen Zügen zu genießen. Beim Kaffeetrinken am Pool lernte sie ein exzentrisches Paar kennen, das ihr schon mehrmals aufgefallen war. Er hatte straff nach hinten gelegte, fast grünliche Haare und neben seinem Liegestuhl einen Pilotenkoffer, den er oft wie zufällig berührte. Mit leicht übertriebener Höflichkeit stellte er sich als Ansgar Braun, seine Frau als Valerie Braun-Schweiger vor und bot Ellen fast im gleichen Atemzug das Du an, da der Familienname *Braun* doch gar zu langweilig sei. Die Frau mit dem imposanten Namen trug ein Bikinioberteil, einen Pareo um die Hüften und rosa Schleifchen in den Locken. Ohne gefragt zu werden, erzählte sie von ihren russischen Vorfahren, die Wolgatreidler waren. Auch über ihren gemeinsamen Beruf wusste sie Merkwürdiges zu berichten, denn beide behandelten depressive Haustiere, vor allem Hunde. Er hatte Veterinärmedizin studiert, sie war Psychologin. Ihrerseits erkundigten sie sich nach Ortrud, denn die große Suchaktion hatte sich herumgesprochen.

Aus Solidarität mit Gerd verschwieg Ellen, in welchem Zustand man seine Frau entdeckt hatte. Überhaupt waren ihre Gefühle verworren und ambivalent: Zwar wünschte sie Ortrud zur Hölle und rieb sich innerlich die Hände, dass sie sich so unerhört schlecht benahm, doch gleichzeitig litt sie mit Gerd und hatte den Eindruck, dass er leider in Gedanken nur noch bei seiner schrecklichen Frau war und überhaupt keine Freude mehr an der Reise fand. Sie murmelte etwas über Ortruds nächtliche Unpässlichkeit.

»Tut mir leid, dass es Frau Dornfeld nicht gutgeht«, sagte Valerie. »So eine sympathische und gebildete Dame! Sie hat uns und alle anderen neulich aufs Beste unterhalten.«

Ihr Mann fuhr fort: »Eine der wenigen Frauen, die in der Bar intelligente Witze erzählen. Sie hat mich zum Beispiel gefragt, was Chuzpe ist. Na?«

Ellen zuckte mit den Schultern. Sie hasste rhetorische Fragen.

»Chuzpe ist, wenn jemand seine Eltern umbringt und vor Gericht auf mildernde Umstände pocht, weil er Vollwaise sei!«

Valerie und Ansgar lachten laut, Ellen aus Höflichkeit. Doch es war immerhin auffallend, dass etwas Positives über Ortrud gesagt wurde. Sympathisch, intelligent, gebildet! Nun gut, es musste ja einen Grund gegeben haben, dass Gerd sie geheiratet hatte. Andererseits erschienen ihr die neuen Bekannten nicht ganz glaubwürdig, es konnte sein, dass auch sie gerne tief ins Glas guckten. Die zwei schrägen Tierpsychiater fielen sowieso gänzlich aus dem Rahmen – die artenreiche Fauna der Passagiere bestand zumeist aus zurückhaltenden, distinguierten Leuten, edel gekleidet, aber niemals overdressed; reich, aber nicht protzig. Man lernte sich nicht gleich zu Beginn der Reise kennen, sondern beschnupperte sich erst einmal aus gebührendem Abstand.

Weil ihre neuen Bekannten so zutraulich und gesprächig waren, traute sich Ellen aus purer Neugier nach dem Inhalt des schwarzen Koffers zu fragen.

Die Antwort ließ ein wenig auf sich warten, das Ehepaar tauschte Blicke. Dann meinte Ansgar: »Fällt wohl sehr auf, einen Business Trolley mit an den Pool zu nehmen! Jeder denkt gleich an gestohlene Juwelen, Schmiergeld oder Stasiakten! Genau genommen handelt es sich aber um ein Grab, denn innen befindet sich eine Urne.«

Schließlich erfuhr Ellen, dass es sich um die Asche eines Hundes handele, den sie jahrelang therapiert hatten. Sein betagter Besitzer hätte sich für die sterblichen Überreste seines Lieblings eine Seebestattung gewünscht und auch die Koordinaten, beziehungsweise den ungefähren Ort der Beisetzung angegeben, nämlich zehn Seemeilen von Cartagena entfernt, also etwa 18 Kilometer weiter nördlich. Nur zu diesem Zweck hätten sie die Kreuzfahrt gebucht, die ihnen vom Herrchen des Verblichenen bezahlt werde. Ellen konnte jetzt ihr brachliegendes schauspielerisches Talent einsetzen und tiefes Mitgefühl heucheln, ja sie bat sogar darum, als Trauergast an der Zeremonie teilnehmen zu dürfen.

Amalia kam strahlend und pünktlich von ihrem Ausflug zurück, anscheinend hatte sie mehr Glück mit den Sängern als mit den Tänzern. Ihre Mutter erzählte ihr vom Inhalt des Pilotenkoffers, auch Amalia amüsierte sich und ging sofort auf die Suche nach ein paar Blumen für die Bestattung. In den Foyers gab es prächtige Bouquets in chinesischen Vasen, aus denen sie einige besonders schöne Exemplare für das Seemannsgrab herausfischte.

Als das Schiff ablegte, gesellte sich auch Gerd zu Ellen und Amalia. Er habe in der Bücherei alles, was er über Valencia finden konnte, eingehend studiert. Schließlich wolle er auch morgen nicht uninformiert zur Stadtbesichtigung aufbrechen. Leise, damit es niemand sonst hören konnte, flüsterte er Ellen zu, dass er Ortrud in die Sauna geschickt habe. Sie habe versprochen, am Abendessen wieder in manierlichem Zustand teilzunehmen. Anschließend wurde er seinerseits von der grinsenden Ellen eingeweiht, dass demnächst eine hündische Seebestattung stattfände. Amalia hatte die Blumen vorläufig in ein Handtuch gewickelt, denn man war sich einig, dass der Kreis der Hinterbliebenen klein bleiben sollte. Sie wussten alle nicht genau, ob es sich um eine kriminelle Tat handelte. Nach grob geschätzten zwanzig Kilometern begaben sie sich an die Leeseite, Valerie ließ die Urne ins Meer plumpsen, Amalia warf fünf rosa Nelken hinterher. Ansgar wünschte: »Ruhe sanft, Bonzo«, und meinte, er kenne zwar das *Hundegebet* von Reinhard Mey, könne es aber leider nicht singen.

Später, als er mit Ellen allein war, meinte Gerd: »Das sind doch offensichtlich Betrüger! Therapieren jahrelang den Köter eines reichen Hundebesitzers, nehmen den einsamen alten Mann aus wie eine Weihnachtsgans und lassen sich zu guter Letzt noch eine Kreuzfahrt bezahlen!«

»Nein«, sagte Ellen. »Das sehe ich anders. Das Herrchen hätte natürlich selbst eine Therapie gebraucht, der Hund war nur Stellvertreter und hat seine Sache gut gemacht. Er soll aus einer Kreuzung eines Labradorvaters mit einer gelben Ibizamutter stammen und das Meer geliebt haben...«

Zum Essen erschien Madame Doornkaat (wie sie heimlich von Amalia genannt wurde) in einer Wolke aus Organza und tat so, als sei nichts gewesen. Aus reiner Verlegenheit erzählte Ellen auch ihr die Geschichte vom gemütskranken Hund und dessen Seebestattung, und selbst Ortrud war fasziniert. »So wünsche ich mir einmal meine letzte Ruhestätte«, behauptete sie ganz ernsthaft. »Genau so!«

Gerd sah Ellen kurz in die Augen, sie verstanden sich auch ohne Worte.

Der Rest des Abends verlief relativ unspektakulär. Amalia ging mit zwei Sängern tanzen, die anderen hörten sich ein klassisches Klavierkonzert an. Danach zog sich jeder in seine Kabine zurück.

Am nächsten Morgen sah Ellen zum ersten Mal, wie der Lotse vom Schiff aus auf ein Schnellboot sprang, das sofort abdrehte. Heute stand Valencia auf dem Programm, das heißt, sie wusste von den Plänen der anderen bisher noch nichts. Beim Frühstück erfuhr sie immerhin, dass Amalia sich selbständig machen wollte, um in der Kaufhauskette Corte Inglés nach Herzenslust zu stöbern.

»Schau doch mal, ob du noch handrollierte Taschentücher siehst«, sagte Ellen. »In Deutschland gibt es kaum mehr welche, und irgendetwas Nettes sollten wir Oma mitbringen, sie hasst Papiertücher. Außerdem findest du vielleicht etwas für Uwe.«

»Aye, aye, Sir«, sagte Amalia und legte die Handkante an die Stirn. Sie sah nach diesen wenigen Tagen hübscher aus als je zuvor, braungebrannt und bereits bestens erholt. Man nahm gar nicht wahr, dass ihr Jeansjäckchen reichlich abgewetzt und die Schuhe ungeputzt waren, der Charme der Jugend machte alles wett.

Gerd und Ortrud hatten sich für eine Stadtrundfahrt angemeldet, im Bus war kein weiterer Platz frei, und Ellen musste sehen, wo sie blieb. Gerd bemerkte ihre Enttäuschung. Er bot an, seinerseits auf die Besichtigung zu verzichten und ihr seinen Sitz zu überlassen. Doch sie lehnte dankend ab.

16

Obwohl Ellen in ihrem Leben schon viele Möwen gesehen hatte, war sie immer wieder erstaunt, wie klein diese Vögel von weitem und wie groß sie aus der Nähe aussahen. Manchmal schwammen sie wie harmlose Entchen im Wasser, dann wieder stürzten sie sich adlergleich aus beachtlicher Höhe herab, um nach Nahrung zu tauchen, oder schwebten schwerelos wie Engel im Aufwind. Da sich die MS RENA nie weit von der Küste entfernte, konnte Ellen täglich die grauweißen Segler beobachten und ihre durchdringenden Schreie hören. Ob Vögel Vermittler zwischen Himmel und Erde waren?

Bruchstückartig kam ihr der absurde Traum der letzten Nacht in den Sinn: Sie hatte sich eine Möwe geschnappt und ihr – wie die Blütenblätter einer Margarite – die Federn ausgerupft: *Er liebt mich, er liebt mich nicht, er liebt mich.* Was für ein Traum! Ellen war zwar entflammt wie ein Teenager, aber längst in einem Alter, wo man die Vernunft nicht völlig beiseiteschiebt. Sie sah nicht mehr in jedem Vogel, jeder Wolke oder Blume ein Liebesorakel, sie wusste genau, dass Gerd ein verheirateter Mann war.

Vom Deck aus schaute sie zu, wie das Ehepaar Dornfeld die Gangway hinunterschritt. Kaum hatte Ortrud festen Boden unter den Füßen, hakte sie sich auch schon für den kurzen Weg zum Bus bei Gerd unter. Diese vertrauliche Geste versetzte Ellen einen schmerzhaften Stich. Dieses Weib demonstrierte versöhnliche Nähe! An Gerds Stelle würde ich Distanz wahren und Ortrud mit Verachtung strafen, dachte Ellen zornig, strich mit dem Zeigefinger über das hölzerne Geländer und leckte gedankenverloren an der hellgrauen Schicht. Es schmeckte wie pures Salz.

»*Buenos días*, junge Frau! Sind wir in Fadostimmung?«, fragte es hinter ihr. Dort standen ihre neuen »Freunde« und lächelten amüsiert. Ellen zuckte zusammen, weil man in einigen Regionen Deutschlands erst dann mit *junge Frau* angesprochen wurde, wenn man den Zenit bereits überschritten hatte.

»Der Fado gehört nicht nach Spanien, den haben wir bereits in Lissabon hinter uns gelassen«, bemerkte sie kühl.

»Wo ist denn das schöne Fräulein Tochter abgeblieben?«, fragte Valerie.

»Sie will sich ein bisschen in der Stadt umsehen«, antwortete Ellen. »Vielleicht mache ich das auch, aber wir haben unterschiedliche Interessen.«

»Wir würden uns glücklich preisen, wenn du uns begleitest«, sagte Ansgar. »Ich denke, wir drei sind hundertprozentig kompatibel.«

Obwohl Ellen ihre Zweifel hatte, schloss sie sich dem schrulligen Paar an, auch weil sie ihre Antipathie aus Höflichkeit verbergen wollte und keine einleuchtende Ausrede parat hatte. Zudem sollte Gerd nicht glauben, sie gehe ohne ihn überhaupt nicht vor die Tür. Bald schon landeten sie in einem Straßencafé.

»*Tres jugos de naranja natural*«, bestellte Valerie, und der Kellner antwortete: »Sehr gern!«

In Ermanglung eines anderen Themas fragte Ellen, wie man sich eine Hunde-Therapiestunde vorzustellen habe.

»Nun, auf der Couch liegen unsere depressiven Patienten zwar besonders gern, aber das sollen sie ja eher nicht! Mit einer Stunde pro Woche wie bei einem menschlichen Klienten ist es natürlich nicht getan, wir nehmen den Hund stationär in unserer Psychiatrischen Tierklinik *Mundus Canis* auf. Dann bieten wir ihm erst einmal alles an, was einem Vierbeiner guttut und schauen, ob er davon zufriedener wirkt. Wir haben über unsere Forschungsergebnisse auch ein Buch geschrieben und verschiedene Artikel online veröffentlicht. Das ist selbstverständlich etwas ganz anderes, als wenn ein Hundeflüsterer oder -trainer einem Haustier Manieren beibringen soll! Bei einer Langzeitbeobachtung sind Empathie und Erfahrung nötig, aber darüber verfügen wir hundertprozentig.«

Schon wieder hundertprozentig, dachte Ellen misstrauisch und fragte: »Wie erkennt ihr denn überhaupt, ob ein Tier depressiv ist?«

»Bei einem Hund ist das kein Problem: Er wedelt nicht mehr mit dem Schwanz. Selbst dann nicht, wenn er Gassi gehen darf, ein Lieblingsleckerli kriegt oder seine Besitzer von der Arbeit nach Hause kommen«, erklärte Ansgar.

»Vielleicht ist er einfach krank und hat Rheuma oder so...«, sagte Ellen.

»In manchen Fällen schon, aber dann kann man den Hund ja medikamentös behandeln«, sagte Ansgar. »Bei chronischen Schmerzen würde auch ich hundertprozentig nicht mehr mit dem Schwanz wedeln!«

»Auch ohne Wehwehchen ist dein bestes Stück hundertprozentig lahm geworden!«, bemerkte Valerie mit einer höhnischen Lache.

Zu Ellens Entsetzen sprang Ansgar auf und verpasste seiner Frau eine Ohrfeige. Daraufhin hielt es sie auch nicht mehr auf ihrem Stuhl; beim Hochschnellen fegte sie den Saft vom Tisch und sprudelte einen Schwall unverständlicher Schimpfwörter hervor. Das Einzige, was Ellen halbwegs verstand, war: *Brutalsky*.

Nach wenigen Sekunden hatte sich Ansgar jedoch beruhigt und versuchte, die Szene durch Ironie zu verharmlosen.

»Sie kann kein Wort Russisch, aber wenn sie wütend wird, redet sie in fremden Zungen!«, spöttelte er.

Wie bei einem perfekt geprobten Spiel hatte sich auch Valerie sofort wieder im Griff, wischte den klebrigen Orangensaft mit Papierservietten von ihrem Leopardenkleid und meinte lächelnd, nach diesem bühnenreifen Intermezzo sollte man jetzt endlich bezahlen, aufbrechen und einen riesigen Serranoschinken kaufen. Ob Ansgar auch wirklich den Kühlschrank in der Kabine ausgemessen habe?

Ellen überlegte, wie sie dem Horrorpaar geschickt entkommen konnte. Sollte sie auf die Toilette gehen und sich durch den Hinterausgang davonschleichen?

Nicht viel später saßen sie an der langgestreckten Plaza del Ayuntamiento im nächsten Café und tranken Horchata, eine Art Mandelmilch. Ellen entdeckte auch hier einen Blumenmarkt, aber keiner war an ihrer Seite, der nach einer roten Rose griff. Eigentlich wollte sie wenigstens den von Gerd empfohlenen Mercado Central besuchen, denn die berühmte Markthalle sollte reich mit Azulejos geschmückt sein. Dort würde Valerie auch mit Sicherheit den besten Serrano finden. Aber offenkundig saßen die Hundetherapeuten am liebsten unter einem Sonnenschirm und ließen das pralle Leben an sich vorbeiziehen.

»Alles, was im Baedeker steht, vergisst man rasch«, sagte Ansgar. »Vor allem die Zahlen: Wie viele Meter misst das Längsschiff einer Kirche, wie hoch ist der Glockenturm, wie lange hat man daran gebaut. Viel interessanter ist es, die Spanier im Umgang mit ihren Hunden zu beobachten.«

Ellen sah keinen einzigen Vierbeiner auf der Plaza. »Hat euch Ortrud eigentlich etwas Privates erzählt?«, fragte sie unvermittelt, denn das war das Einzige, was sie wirklich interessierte.

Valerie überlegte. »Natürlich, sie war recht unglücklich, dass ihr geliebter Sohn nicht mit auf die Reise kommen konnte. Es lag ihr wohl sehr viel an seiner Gesellschaft.«

Und an mir und Amalia liegt ihr gar nichts, dachte Ellen, aber das ist gegenseitig. Im Übrigen haben die Dornfelds auch eine Tochter, warum haben sie die nicht eingeladen?

Nach einer längeren Pause fragte Ellen ihre Begleiter, ob sie auch Menschen mit krankhafter Angst vor Tieren behandeln könnten.

»Aha«, sagte Ansgar. »Kannst du den Namen der Monster in den Mund nehmen? Lass mich raten: Spinnen? Schlangen?«

»Die auch«, sagte Ellen. »Aber am schlimmsten sind die kleinen grauen Nager... Der wissenschaftliche Name ist Musophobie.«

Nun war Valerie in ihrem Element: »Am besten hilft eine Verhaltenstherapie. Man konfrontiert den Patienten mit dem Objekt seiner Angst. Wir sollten auf der Stelle eine Tierhandlung aufsuchen! Wahrscheinlich verkaufen sie auch in Spanien die beliebten mongolischen Rennmäuse, die du anfassen und streicheln solltest. Vielleicht bist du schon nach einem Mal geheilt und musst nie mehr hysterisch schreien und die Flucht ergreifen!«

»Nein, danke!«, sagte Ellen. »Meinen Tag in Valencia möchte ich lieber nicht in Gesellschaft von Mäusen verbringen.« Und in eurer auch nicht, dachte sie, stand auf und verabschiedete sich. Beim Weiterschlendern kaufte sie Postkarten für Clärchen, Hildegard und ihre Geschwister. Als sie an ihren Clan dachte, fiel ihr auch wieder ihr unbekannter Erzeuger ein. Ob sie ihm wohl ihre Furcht vor Mäusen verdankte?

17

Laut Reiseplan sollte die MS RENA am fünften Tag in Palma de Mallorca anlegen, allerdings erst gegen Mittag. Ellen versuchte bereits am frühen Morgen ihre Mutter zu erreichen, die ausnahmsweise das Klingeln sofort hörte. Es gehe ihr gut, sagte Hildegard. In Deutschland werde es merklich kühler, wie denn das Wetter in Spanien sei?

»Ganz wunderbar, warm und sonnig. Was höre ich da für einen seltsam schabenden Ton?«, fragte Ellen. »Bist du nicht allein, Mutter?«

»Ich glaube, sie will in die Küche«, sagte Hildegard. »Ich muss ihr mal eben die Tür aufmachen.«

»Wer ist *sie*?«

»Penthesilea!«

»Die Königin der Amazonen? Was für ein affiger Name! Wer um alles in der Welt soll das sein?«

»Penny ist ein kleines Mädchen, das vorübergehend bei mir abgegeben wurde«, sagte Hildegard etwas nebulös. Ellen und die Tierwelt, das war ein heikles Thema.

»Es freut mich, dass du mal Gesellschaft hast«, sagte Ellen, ohne weiter nachzuhaken. Ihr gestriges Gespräch mit Matthias hatte sie beruhigt: Die Mutter komme ganz gut zurecht, sie brauche keine Sorgen oder gar ein schlechtes Gewissen zu haben.

Am heutigen Vormittag auf See wollten sich eine junge und eine nicht mehr jugendliche Dame ganz der Wellness widmen, das heißt Ortrud hatte Amalia zu einer ausgiebigen Schönheitsbehandlung eingeladen. Römisches Dampfbad, Ayurveda-Anwendungen und zahlreiche kosmetischen Sitzungen standen auf dem Programm. Ellen war nicht aufgefordert worden, wahrscheinlich, weil Amalia schon im Vorfeld behauptet hatte, ihre Mutter vertrage keine Sauna.

Ellen steckte erfolglos den Kopf in die Bibliothek sowie in andere Gesellschaftsräume und drückte sich schließlich so lange auf allen Decks herum, bis sie Gerd aufgestöbert hatte. Inzwischen wusste sie, dass er sich lieber im Schatten aufhielt und deswegen meistens abseits der üblichen Sonnenanbeter zu finden war. Sie rückte einen zweiten Liegestuhl direkt neben seinen; Gerd ließ die Zeitung sinken.

»Was werdet ihr in Palma de Mallorca unternehmen?«, fragte sie.

»Wahrscheinlich nichts«, sagte Gerd. »Wir kennen die Stadt wie unsere Westentasche. Außerdem ist Ortrud nach ihrem Beautypensum meistens völlig erschossen und will sich hinlegen. Und ihr?«

»Weiß noch nicht«, sagte Ellen und erzählte ausführlich von ihrem misslungenen Ausflug in Begleitung der Hundepsychiater. Und Amalia wollte offenbar immer noch nicht mit ihrer Mutter in der Stadt angetroffen werden.

Gerd wollte diese Bemerkung etwas ausführlicher kommentiert haben, und Ellen erzählte von einer lange zurückliegenden Begebenheit. Amalia war etwa vierzehn, als sie mit mehreren Schulfreundinnen die Medienabteilung eines Kaufhauses aufsuchte. Kichernd fragte eines der Mädchen, ob das da hinten nicht Amalias Mutter sei. Und wirklich, Ellen hatte Kopfhörer aufgesetzt, sang das Lied einer CD selbstvergessen mit und wackelte dazu rhythmisch mit dem Hintern. Amalias Freundinnen konnten sich nicht halten vor Lachen, und Ellen bekam am Abend zu hören, dass dies der peinlichste Moment im Leben ihrer Tochter gewesen sei.

»Seitdem schämt sich Amalia für mich! Entweder bin ich zu jugendlich oder zu altmodisch, zu prüde oder zu unanständig, zu besserwisserisch oder zu ahnungslos. Inzwischen ist meine Tochter 24, aber sie wird mich wohl erst akzeptieren, wenn sie selbst Kinder hat.«

»Immerhin ist sie mit dir auf diese Reise gekommen«, sagte Gerd. »Dabei hat sie sicherlich einen Freund, den sie durch ihren Alleingang brüskiert, oder?«

»Den hat sie, klar. Was macht eigentlich eure Tochter?«

Langes Schweigen. Schließlich sagte Gerd: »Mit Franziska haben wir keinen Kontakt mehr.«

Zu Ellens Bestürzung nahm er ein Taschentuch heraus und tat so, als würde er die Lesebrille putzen. Hätte sie lieber den Mund halten sollen? Um das Thema zu wechseln, deutete sie fragend auf einen Wasservogel, der offensichtlich keine Möwe war. Gerd hielt ihn für eine Seeschwalbe, war sich aber auch nicht sicher. Plötzlich legte er die gewienerte Brille weg, griff nach Ellens Hand, mimte den Kavalier und berührte ihre Fingerspitzen ganz leicht mit den Lippen.

»Weißt du was?«, sagte er herzlich. »Für den Kunstspaziergang hätte man sich schon vor einigen Tagen anmelden müssen. Wir beide werden uns in einen Touristenbus mit offenem Verdeck setzen und uns quer durch Palma kutschieren lassen. Das ist sicherlich nicht die feinste Art des Sightseeings, aber wir tun einfach mal so, als wären wir noch jung und hätten kein Geld.«

»Letzteres trifft leider immer noch auf mich zu!«, sagte Ellen und hätte vor Glück am liebsten die ganze Welt und noch lieber Gerd umarmt, aber sie beherrschte sich. Ein herrlicher Tag lag vor ihr.

Einige Stunden später saßen Gerd und Ellen unter schattigen Orangenbäumen vor der Kathedrale von Palma und schauten auf einen plätschernden Springbrunnen.

»Die Katalanen nennen ihre Kirche *La Seu*«, referierte Gerd. »Der Grundstein wurde 1230 gelegt. Die Länge beträgt etwa 110 Meter, die Breite 33 Meter.«

Nun musste Ellen doch ein wenig grinsen. Genau über solche Angaben hatte Ansgar gespottet, weil sie zum einen Ohr rein-, zum anderen wieder rausgingen.

»Du bist mir ja ein echter Zahlenmensch!«, sagte sie bewundernd.

»Das muss man als Architekt auch sein! – Hätte ich doch noch meinen schönen neuen Strohhut!«, klagte er. »Wenn wir gleich im Bus sitzen, knallt uns die Sonne fast senkrecht auf die Köpfe!«

»Dann kaufen wir dir doch einen neuen Sombrero!«, schlug Ellen vor, und sie gingen in den nächsten Hutladen.

Die Tickets für den Sightseeing-Bus kosteten nur ein paar Euro; im Preis eingeschlossen war eine Belehrung in der gewünschten Sprache. Beide verzichteten auf Kopfhörer, um sich besser unterhalten zu können. Gerd flüsterte Ellen ins Ohr, er sei nun ihr ganz persönlicher Guide und rutschte etwas näher an sie heran.

»Dort im Palacio Almudaina wohnt der spanische König, wenn er auf der Insel weilt!«, begann er und deutete auf ein stattliches Schloss, ganz ohne die räumlichen Ausmaße aufzulisten. Nach einigen Runden kreuz und quer durch den Ort fuhr der Bus einen bewaldeten Berg zum Castillo de Bellver hinauf, wo es einen weiten Panoramablick auf die Stadt und das Umland geben solle. Als man die bebauten Flächen verlassen hatte, stieg Ellen der Geruch des ersehnten Mittelmeerurlaubs in die Nase: Harz, aromatische Kräuter, Pinien, Salz, der Vanilleduft von blühendem Oleander. Sie war hingerissen, lehnte sich an Gerds Schulter, hob die Nase in den Fahrtwind und schnüffelte wie ein Drogenhund in die warme Mittagsluft hinein. Wahrscheinlich sah sie so glücklich aus, dass der gerührte Gerd endlich zu einem richtigen Kuss ansetzte, wobei ihm aber durch die wild entschlossene Kopfbewegung der neue Hut davonflog und weit hinunter ins Tal segelte.

Sie spürte sofort, wie ihn dieses Missgeschick verstimmte, und bat darum, ihm einen dritten Hut kaufen zu dürfen. »Als winzige Aufmerksamkeit für die wunderschönen Tage, die wir dir verdanken! Und außerdem wissen wir ja bereits, wo der Hutladen ist.«

Gerd stimmte zu, obwohl er es nicht lustig fand, schon zwei Stunden später im gleichen Geschäft wieder einen Strohhut zu kaufen. Zufälligerweise trafen sie dort Amalia im Gefolge der Künstler, die für ihren nächsten Auftritt fünf identische Hüte aussuchten, die sie Kreissägen nannten. Sie schienen in bester Laune zu sein. Amalia sagte ihrer Mutter, man solle nicht an Bord mit dem Essen auf sie warten. Da das Schiff erst am späten Abend ablege, wollte sie mit der Künstlergruppe noch so lange wie möglich an Land bleiben.

Allmählich wurden Gerd und Ellen durstig. Sie sahen sich gerade nach einem Café um, als Ellen auf einmal ihren Kavalier am Gürtel packte und in einen Hauseingang zog.

»Ich sehe was, was du nicht siehst!«, tuschelte sie. Es waren Ortrud und die Hundepsychiater, die ganz in der Nähe in einem Straßenbistro saßen.

»Kannst du erkennen, was sie trinkt?«, fragte Gerd.

»Ich glaube Sangria«, log Ellen etwas boshaft. Fragend sah sie Gerd an, wollte er sich jetzt trotzdem zu seiner Frau gesellen? Doch er nahm sie wunschgemäß bei der Hand und führte sie in eine Seitengasse.

Als sie ein hübsches Plätzchen gefunden und ihre Getränke bestellt hatten, mussten sie sich weiterhin leise unterhalten, denn in der Nähe befanden sich andere Passagiere der MS RENA. Amalia hatte an einige besonders auffällige Gäste bereits Spitznamen vergeben: Da gab es Frau Stör und Herrn Karpfen, den Bajuwaren, die Mannschaft vom Katzentisch, den Glitzermann, die Außerirdische, das rote Toupet, die Russenmafia und Dicky, das Kind.

Doch Gerd wollte nicht über die Mitreisenden lästern, sondern möglichst viele Informationen über seinen unbekannten Vater erhalten, und Ellen bemühte sich, ihre Erinnerungen geordnet und präzise zu formulieren.

»Dass er nicht mein leiblicher Papa war, hat er mich niemals spüren lassen, ich glaube, bei dir lief es so ähnlich mit deinem Ziehvater. Rudolf Tunkel war ein guter Unterhalter, konnte eine ganze Tischrunde zum Lachen bringen, vor allem aber uns Kinder. Matthias und du – ihr seht ihm zwar äußerlich recht ähnlich, aber ihr seid ernster, solider, gediegener. Wahrscheinlich habt ihr das von eurem gemeinsamen Großvater geerbt, der ein seriöser Fabrikant und Geschäftsmann gewesen sein soll.«

»Na, ganz so seriös, wie du denkst, bin ich auch wieder nicht«, sagte Gerd. »Jeder von uns hat ja bekanntlich eine Leiche im Keller.«

Ellen hätte gern Näheres über Gerds Leiche erfahren, aber sie fragte lieber nicht nach, sondern berichtete weiter über seinen Vater, auch über dessen Schattenseiten.

»Dein leiblicher Vater konnte zwar nicht ahnen, dass meine Mutter prompt von diesem Komödianten geschwängert wurde, aber allein die Idee, die eigene Frau so hereinzulegen, ist eigentlich infam. Was meinst du?«

»Mein Papa war also ein Teufel«, sagte Gerd.

»Um Himmels willen, ganz bestimmt nicht! Meine Mutter hat mir erzählt, dass er wohl seinen frühen Tod geahnt hat, weil er in seinen letzten Jahren einen so großen Lebensdurst und eine solche Abenteuerlust verspürte. Sie hat ihm verziehen, also sollten wir das auch tun.«

»Möchtest du nicht auch mehr über deinen Erzeuger wissen? Ich könnte dir meinen Detektiv empfehlen. Sicherlich ist es möglich, Nachkommen oder Geschwister des Schauspielers ausfindig zu machen. Wie hieß er noch gleich?«

»Carl Siegfried Andersen!«, sagte Ellen. »Ich habe nicht die nötigen Mittel für solche Recherchen. Aber wo wir gerade dabei sind, unsere Familiengeheimnisse voreinander auszubreiten – warum habt ihr keinen Kontakt mehr mit eurer Tochter?«

Sie biss sich auf die Lippe, fürchtete mit dieser

Frage zu weit gegangen zu sein. Aber Gerd war nicht beleidigt, sondern gab bereitwillig Auskunft.

»Das Ganze ist bereits einige Jahre her. An Ortruds 50. Geburtstag kam es zum ersten Mal zu einer schrecklichen Szene, denn sie war – vielleicht aus Weltschmerz über ihr Alter – nicht mehr zurechnungsfähig. Wir hatten eine große Party, Ortrud trank sich am Anfang in eine übermütige, leicht überdrehte Stimmung, aber mit zunehmendem Alkoholkonsum wurde sie ordinär, konnte nur mit Mühe daran gehindert werden, auf dem Tisch zu tanzen und sich die Kleider vom Leib zu reißen. Schließlich kippte ihre Ausgelassenheit völlig um, sie fing an zu heulen und aggressiv zu werden. Unsere Gäste waren peinlich berührt und verabschiedeten sich. Ich wollte Ortrud ins Bett bringen, aber sie schlug um sich wie eine Wilde. Schließlich hatte ich sie doch ins Schlafzimmer geschafft und ließ sie erst einmal allein, um aufzuräumen. Unsere Kinder waren natürlich Zeugen der fatalen Situation. Als unsere Tochter ins Schlafzimmer trat, um ihre laut weinende Mutter zu beruhigen, wurde sie von einem Wurfgeschoss getroffen, einem schweren Kristallglas, das wahrscheinlich mir galt. Franziska trug eine Platzwunde am Kopf davon und musste zum Nähen in die chirurgische Ambulanz gebracht werden.«

»Aber das konnte deine Tochter doch dir nicht ankreiden!«, meinte Ellen.

»In den nächsten Jahren kam es noch zu weiteren Exzessen; als Ortruds Zwillingsschwester starb, wurde es ganz schlimm. Franziska redete ständig auf mich ein, ich solle Ortrud in eine Entziehungsklinik einweisen lassen. Da ich aber gegen Ortruds Willen so etwas nicht machen wollte, hielten meine Kinder mich für einen Waschlappen. Unsere Tochter wollte mich sogar dazu überreden, mich scheiden zu lassen. Ich sei ein Co-Alkoholiker und würde durch mein lasches Verhalten dazu beitragen, dass Ortrud immer weiter säuft. Man müsse hart durchgreifen, damit sie zur Besinnung komme.«

»Und warum trennst du dich nicht von ihr?«, fragte Ellen mit klopfendem Herzen.

»Schließlich habe ich die Verantwortung für meine Frau, die wird man nicht so einfach los«, sagte Gerd. »Ohne mich würde sie völlig vor die Hunde gehen. Und es gibt ja auch immer wieder friedliche und harmonische Phasen, in denen ich die Hoffnung habe, dass sie nicht rückfällig wird. Abgesehen davon sprechen auch finanzielle Gründe gegen eine Trennung.«

Beide tranken Saft – *jugo natural de naranja* – und keinen Alkohol, obwohl Ellen nichts gegen einen kühlen Weißwein gehabt hätte. Sie war nachdenklich geworden und traute sich nicht, weitere neugierige Fragen zu stellen. Finanzielle Gründe? Gerd sah ihr an, dass sie grübelte, und fuhr mit weiteren Erklärungen fort.

»Dein Ziehvater hatte meinem Ziehvater genug Geld gegeben, damit der sich das Haus im Frankfurter Westend kaufen konnte. Aber man darf das nicht mit den heutigen Preisen vergleichen, es war damals ein ziemlich heruntergekommenes Objekt und günstig zu haben. Niemals hätte ich die Mittel gehabt, dieses Haus in einen gepflegten Zustand zu versetzen. Als junger Angestellter verdient ein Architekt nicht allzu viel, und auch heute gehöre ich nicht zu den Stars meiner Zunft. Als ich Ortrud heiratete, war sie ebenfalls arm wie eine Kirchenmaus, aber wir hatten immerhin von Anfang an eine mietfreie Wohnung in meinem Elternhaus. Und dann geschah das Unerwartete: Ortrud erbte von einem kinderlosen Onkel mehrere Äcker im Frankfurter Stadtteil Oberrad, die inzwischen Bauland geworden waren. Durch den Verkauf haben wir uns eine goldene Nase verdient und konnten auch das eigene Haus ganz nach unseren Wünschen sanieren, renovieren und umbauen lassen.«

So ist das also, dachte Ellen. Ortrud hat das Geld und damit das Sagen. Mitleidig legte sie ihre Hand auf Gerds Unterarm und tröstete mit einer Binsenweisheit: »Das Leben schreibt nicht immer nur schöne Geschichten! Ich habe allerdings auch nicht besonders viel Glück in der Liebe gehabt, mein Mann hatte mit der Tochter von Matthias – also meiner Nichte – eine Affäre. Das tat weh.«

Gerd sah auf die Uhr. »Komm, lass uns jetzt in Richtung Shuttlebus gehen«, sagte er. »Mir brummt allmählich der Schädel! Vor dem Essen möchte ich mich noch etwas frischmachen.«

18

Wir wären ein ideales Paar, dachte Ellen, während sie neben Gerd zur Haltestelle lief. Eine so tiefe Verbundenheit und Sympathie bei gleichzeitiger Verliebtheit hatte sie bisher mit keinem Mann erlebt. Allerdings war der Moment zum Austausch inniger Zuneigung noch nicht recht gekommen, denn Gerd fuhr mit den Anklagen gegen seine Frau fort, was Ellen als weiteren Vertrauensbeweis ansah.

»Nicht nur unsere Tochter hat sie vergrault, auch mit unserem Sohn gibt es massive Probleme. Ortrud war immer eifersüchtig auf seine Partnerinnen, wobei sich der Junge diesbezüglich sowieso etwas schwertat. Sie hetzte gegen alle Freundinnen. Ich zweifle nicht daran, dass seine letzte Liebe ihn hauptsächlich wegen Ortrud verlassen hat. Vielleicht ist es ganz gut, dass Ben bei dieser Seereise nicht dabei ist. Er hätte die Aussetzer seiner Mutter nicht ertragen.«

Etwas lieber hätte Ellen jetzt gehört, dass Gerd im Nachhinein sogar froh über die Absage seines Sohnes war, weil sie ja sonst gar nicht mit von der Partie gewesen wäre. Gemeinsam schritten sie langsam die Gangway hinauf, ließen ihren Bordausweis einscannen und näherten sich Ellens Kabine.

»Hast du vielleicht ein Pflaster für meine Füße?«, fragte Gerd. »Ich hatte dummerweise keine Socken an, jetzt habe ich zwei große Blasen!«

»Amalia hat für unsere Reiseapotheke gesorgt, bestimmt hat sie auch an wunde Füße gedacht«, sagte Ellen und öffnete die Kabinentür. Gerd blieb im Eingang stehen und sah zu, wie sie in der Nachttischschublade ihrer Tochter kramte.

»*Voilà!*«, sagte Ellen triumphierend und überreichte Gerd ein flaches Blechkästchen mit Verbandszeug.

»Danke. Und auch für den neuen Hut«, sagte er und wollte gehen.

»Apropos Hut«, sagte Ellen mutig. »Wolltest du mir nicht eigentlich einen Kuss geben, als dein Sombrero davonflog?«

Sie sahen sich sekundenlang prüfend an, dann schloss er die Tür und Ellen in die Arme. Sein Kuss war anfangs etwas zaghaft, wurde aber zusehends kühner, und plötzlich gab es kein Halten mehr. Ellen war schon halb ausgezogen, als sie die Tür hastig wieder aufriss und außen das Schildchen *Bitte nicht stören* anbrachte. Amalia und Ortrud waren zwar noch an Land, doch eine Stewardess konnte erscheinen, um die Handtücher auszuwechseln.

Halb zog sie ihn, halb sank er hin. Mehr oder weniger freiwillig wurde Gerd ausgezogen, und dann kam auch er endlich zur Sache. Nicht nur bei Ellen gab es Defizite.

Schließlich lagen sie erschöpft nebeneinander, und jeder hing seinen Gedanken nach. Ellen schoss es durch den Kopf, dass die Wechseljahre auch etwas Gutes hatten: Immerhin konnte man nicht mehr ungewollt schwanger werden.

Was allerdings Gerd empfand, war so verworren und vage, dass er es schwerlich in Worten hätte ausdrücken können. In jungen Jahren hatte er sich in solchen Situationen eine Zigarette angezündet, da er aber seit langem Nichtraucher war, lautete sein erster Satz: »Den Rehrücken sollten wir trotzdem nicht verpassen!«

Ellen hätte lieber die ganze Nacht mit Gerd im Bett verbracht. Aber sie war vernünftig genug, ihm seine verstreuten Kleider zu reichen und sich selbst den schneeweißen Bademantel mit der gestickten Inschrift MS RENA überzuziehen, den sie bisher noch nie getragen hatte.

»Wir sehen uns in einer halben Stunde beim Essen«, sagte Gerd und küsste sie. Dann war Ellen allein und dachte an nichts anderes als an eine baldige Wiederholung.

Das Ehepaar Dornfeld saß bereits am Tisch, als Ellen etwas verspätet dazustieß, Amalias Platz blieb leer. Außer dem üblichen Mineralwasser hatte Gerd bereits eine Flasche Château Mont-Redon bestellt. Ortrud sah blendend aus, die Kosmetikerin hatte gute Arbeit geleistet. Ihr blassgrünes Abendtwinset aus Tüll war mit Ranken und Blüten aus Perlen und Pailletten bestickt, um den Hals trug sie ausgefallenen Modeschmuck aus den 30er Jahren: ein Collier aus lila, rosa und türkisen Glaskugeln. Ellen konnte kaum die Augen von so viel Glanz abwenden. Überdies war Ortrud in bester Stimmung, charmant und ausgesprochen frisch und heiter. Die Entenconsommé hatte sie bisher nicht angerührt.

»Drollige Leute, diese Hundepsychologen«, erzählte sie lachend. »Ich habe mich königlich amüsiert! Zum Glück laufen sie nicht wie die Irren von einer Sehenswürdigkeit zur anderen, sondern bleiben an einem hübschen Plätzchen sitzen und machen sich über die schwitzenden Touristen lustig. Leider gibt es heutzutage viel zu wenig echte Originale. Was die mir alles erzählt haben, das muss ich unbedingt in meinem Logbuch aufschreiben! In diesem Punkt sind Gerd und ich uns ja sehr ähnlich – alles Wichtige wird notiert.«

Gerd und Ellen tauschten einen blitzschnellen Blick.

»Was haben sie dir denn für einen Bären aufgebunden?«, fragte Gerd.

»Es ging nicht um Bären, sondern um den besten Freund des Menschen sowie um wissenschaftlich fundierte Erkenntnisse. Für Tierpsychologie habe ich mich schon immer interessiert. Aber besonders rührend fand ich das Seemannsgrab dieses Hundes, da kann man direkt neidisch werden!«

»Wenn du dir eine Seebestattung wünschst, solltest du das beizeiten testamentarisch festlegen oder zumindest in deinem Reisetagebuch vermerken«, spottete Gerd und machte sich über den Rehrücken her, sparte auch nicht an den handgeschabten Spätzle, den Preiselbeeren und der samtigen Morchelsauce, die ihm auf das weiße Hemd tropfte.

Nach einem missbilligenden Blick seiner Frau meinte er: »Wenn ich mir sonst auch nicht viel aus Luxusreisen mache, das Essen hier ist einfach umwerfend, und es ist mir egal, wenn ich ein paar Pfund zunehme.«

Ortrud schüttelte verständnislos den Kopf und griff das Thema der Tierbestattung wieder auf. »Als meine Schwester und ich noch klein waren, haben wir in unserem Garten einen Friedhof angelegt. Zuerst ging es nur um einen erstarrten Mistkäfer, es folgte ein halb verwester Frosch und der Goldhamster einer Freundin, dann fanden wir eine verendete Amsel, und schließlich waren wir stolz, immer weitere Tierarten unter einem Holzkreuz zu bestatten. Es ging so weit, dass wir unserer Mutter ein gefrorenes Grillhähnchen klauten, das sie als Sonntagsessen vorgesehen hatte. Ein Huhn fehlte noch in unserer Sammlung.«

Ellen war froh, dass nicht von Mäusen die Rede war. »Gut, dass Amalia nicht hier ist«, sagte sie, »zwar ist sie keine echte Vegetarierin mehr – häuft sich beim Bordfrühstück den Teller voll mit Scampi, weil eine solche Gelegenheit nie wiederkäme –, aber tote Tiere sind nicht ihr Ding.«

»Ich habe morgens fast gar keinen Appetit, zu Hause frühstücken wir nie miteinander«, sagte Ortrud. »Und mein lieber Gerd ist auch in diesem Punkt ziemlich langweilig: Kaffee, ein Marmeladenbrötchen und höchstens mal ein weiches Ei.«

»Da du ja nie dabei bist, ahnst du nichts von meinen Champagner- und Kaviarorgien«, sagte Gerd und berührte bei den letzten beiden Silben unterm Tischtuch Ellens Oberschenkel.

»Ich geh' mal an die frische Luft«, sagte Ortrud. »Es dauert ja noch eine Weile, bis das Dessert serviert wird.« Sie griff nach dem Täschchen mit den Zigaretten und stand auf.

»Anscheinend hatte sie doch keine Sangria im Glas«, sagte Gerd. »Sie ist völlig nüchtern und hat den exzellenten Rotwein überhaupt nicht angerührt. Als ich in unsere Kabine kam, war sie übrigens schon dort und mit ihrer Abendtoilette beschäftigt.«

»Hast du ihr erzählt, dass wir zusammen an Land waren?«

»Nicht so direkt, ich erwähnte nur, dass wir uns zufällig getroffen hätten. Morgen sind wir in Barcelona, was habt ihr geplant?«

»Amalia schaut sich gern in teuren Einrichtungs- und billigen Warenhäusern um, aber am liebsten scheint sie mit den Künstlern herumzualbern.«

»Kennst du diese phantastische Stadt? Die Gaudí-Häuser und die Basilika *Sagrada Familia*? Das alles würde ich dir sehr gern zeigen!«

Ellen war noch nie in Barcelona gewesen, auch der Name Gaudí sagte ihr nichts.

»Antoni Gaudí war ein katalanischer Architekt, lebte von 1852 bis 1926 und ist der bekannteste Vertreter des katalanischen Modernismus, vergleichbar mit unserem Jugendstil. 1883 begann er mit dem Bau der berühmten Kirche, ja von 1914 bis zu seinem Tod hat er nur noch daran gearbeitet.«

»Diese Zahlen werde ich niemals behalten«, sagte Ellen lachend. »Aber ich freue mich, wenn du mir alles zeigst, was du selbst gern sehen willst. Wird uns Ortrud begleiten?«

»Sie ist mit ihrem neuen Hüftgelenk viel zu

schlecht zu Fuß. Sie hätte natürlich regelmäßig zur Krankengymnastik gehen sollen und hat sich gedrückt. Aber vielleicht will sie trotzdem mit«, sagte er und drehte den Kopf zur Glastür, denn da war sie auch schon. Draußen waren ihr offensichtlich die Hundemediziner wieder begegnet.

»Ich kann es gut verstehen, dass auch Tiere unter Depressionen leiden«, sagte Ortrud.

Gerd war skeptisch. »Ich denke, man kann den Viechern durchaus ein paar Unarten austreiben. Etwa panischen Hunden, die bei jedem Knall davonlaufen, oder aggressiven Beißern, ewigen Kläffern, triebhaften Rüden, die an jedem Tischbein markieren, und so weiter, aber auf keinen Fall kann man ihr Seelenleben analysieren! Im Übrigen ist Trauer über den Verlust einer Bezugsperson eine normale Reaktion und noch lange keine Depression. Deine Hundefänger sind Scharlatane und Betrüger!«

»Du redest schon wieder über Dinge, von denen du keine Ahnung hast«, sagte sie scharf. »Ich werde jedenfalls mit Valerie und Ansgar den Zoo von Barcelona besuchen, den berühmten *Parque Zoológico*. Dort setzen wir uns ganz gemütlich vors Affenhaus und schauen mal, was wir von unseren nächsten Verwandten lernen können. Deinen Gaudí kannst du dir an den Hut stecken.«

Ortrud grinste und nippte an einem Espresso,

während Gerd sich die Ziegenkäseterrine mit Zitronenpfeffer schmecken ließ.

Ellen schob ihr Eis mit Marillenkompott im essbaren Töpfchen aus Zuckergespinst beiseite; die Unterhaltung wurde ihr immer unangenehmer. Sie entschuldigte sich, stand auf und behauptete, sich für ein Klavierkonzert im großen Saal zu interessieren. Doch dort lauschte sie nur kurz auf die ihr unverständliche Musik des 21. Jahrhunderts, dann verzog sie sich in ihre Kemenate. Lange ruhte sie angezogen auf dem Bett und träumte mit offenen Augen von weiteren glücklichen Tagen. Erst als Amalia müde von ihrer Landpartie zurückkam, entschloss Ellen sich zum Zähneputzen und Ausziehen. Der Bericht ihrer Tochter musste warten.

Amalia lag am nächsten Morgen noch in den Federn, Ortrud wohl auch, als Ellen und Gerd bereits aufbrachen. Er hatte für zehn Uhr ein Taxi bestellt – um der Touristenmeute zuvorzukommen. Ellen fand es wunderbar, schon wieder einen Tag nur mit ihrem Liebsten zu verbringen. Sie ließen sich zum Zentrum der Stadt fahren, dem Verkehrsknotenpunkt Plaça de Catalunya, von wo sie zu Fuß in die moderne Planstadt laufen konnten. Gerd wollte ihr zuerst die berühmte Kirche und natürlich auch andere Modernismo-Gebäude zeigen. Doch angesichts der riesigen Schlange vor dem Kassenhäuschen beschlossen sie, die *Sagrada Familia* gemeinsam mit vielen hundert Touristen nur von außen zu bestaunen.

»Scheint immer noch nicht fertig zu sein«, meinte Ellen missbilligend.

»Nun, sie nimmt auch eine Fläche von 17 822 Quadratmetern ein, das wird noch Jahre dauern, bis alles vollendet ist«, sagte Gerd. »Insgesamt sind achtzehn spindelförmige Türme im gotischen Stil geplant, zum Teil über hundert Meter hoch! Im Übrigen ließ sich Gaudí stets von der Natur beeinflussen, deswegen werden wir jetzt mal die Fassaden unter die Lupe nehmen.«

»Aber bitte nicht auflisten, wie viele Heilige, Chamäleons, Schildkröten, Posaunenengel, Schlangen, Tauben und Palmen du entdeckst!«, sagte Ellen und schaute so lange senkrecht in die Höhe, bis ihr der Hals wehtat. »Haben Architekten eigentlich immer einen Zollstock und einen Taschenrechner dabei?«

Er verneinte, behauptete aber stolz, ausgezeichnet schätzen und noch besser rechnen zu können, außerdem halte er wichtige Zahlen zur Sicherheit immer auch schriftlich fest; für Sprachen sei eher seine Frau zuständig. Und jetzt gehe es weiter, vielleicht habe man mehr Glück mit anderen Gaudí-Häusern, die teilweise mit wunderschöner, bunter

Keramik verziert seien. Unbedingt sehen solle man die Casa Milà und die Casa Batlló.

Als Ellen nach einem nicht enden wollenden Marathon ebenfalls Blasen an den Füßen bekam, machten sie sich wieder auf in Richtung Pier, um auf der breiten Allee *Las Ramblas* eine kleine Pause einzulegen. Gerd war seit Jahren nicht mehr hier gewesen und stellte mit Bedauern fest, dass die Ramblas zu einer Art *Ballermann* verkommen waren. Überall wurde Sangria aus gewaltigen Humpen getrunken, die Preise waren purer Nepp, ein Restaurant lag neben dem anderen, unzählige Zeitungsbuden verkauften Lose, Straßenmusikanten sorgten für die Geräuschkulisse, alle zehn Schritte posierte ein regungsloser Pantomime. Die Vogelhändler früherer Jahre waren von Vogelpfeifenverkäufern abgelöst worden, die unnatürlich zwitschernde Töne erzeugten. Nur der traditionelle Blumenmarkt zeugte noch vom Charme der guten alten Zeit. Um eine Akrobatengruppe, die mit Saltos und Flickflacks das Publikum anlockte, drängte sich ein Kreis gaffender Touristen. Weil große Leute vor ihr standen, konnte Ellen wenig von ihren Künsten sehen, bemerkte aber dafür, wie ein kindlicher Langfinger Gerds Brieftasche aus der Gesäßtasche angeln wollte. Geistesgegenwärtig und gerade noch rechtzeitig schlug sie ihm auf die Pfoten und wunderte sich ein wenig, dass ein so weitgereister Mann wie Gerd die simpelsten Vorsichtsregeln ignoriert hatte.

»Du hast mir zwar nicht das Leben gerettet, aber die Freude an dieser Reise«, sagte er. »Der ganze Spaß wäre mir verdorben, wenn die Kreditkarte futsch wäre. Wie kann ich das je wieder gutmachen?«

»Ich wüsste schon, wie...«, sagte Ellen.

Gerd lächelte verlegen: »Ich bin kein Jüngling mehr!«, sagte er. »Aber du darfst dir etwas anderes wünschen!«

Ja, was denn sonst?, dachte Ellen und schaute nachdenklich auf das südliche Ende der Ramblas, wo auf einer hohen Säule ein riesiger Kolumbus mit ausgestrecktem Arm aufs Meer wies.

»Hol mir den Kerl vom Sockel!«, sagte sie.

19

In der Kabine traf Ellen endlich einmal wieder ihre braungebrannte Tochter, die gerade die Haare gewaschen hatte, bäuchlings in Unterwäsche vor dem Fernseher lag und sich einen Sandalenfilm reinzog. Ellen stellte den Ton ab und wollte hören, wie Amalia den Tag verbracht hatte.

»Es wird immer besser«, sagte Amalia. »Die Tänzer und die A-cappella-Sänger haben sich angefreundet, wir sind eine richtige Clique geworden. Außer den beiden Flamenco-Mädels und mir sind es nur Typen, kannst dir ja vorstellen, wie ich umworben werde.«

»Und wie viele sind vom anderen Ufer?«, fragte Ellen.

»Höre ich bei diesem verklemmten Ausdruck so etwas wie Vorurteile heraus? Außer zweien, denke ich, sind alle Heteros, und der schwule Tänzer ist der Netteste. Da er kein Englisch spricht, drückt er seine Witze pantomimisch aus, zum Kranklachen. Leider muss die Flamenco-Truppe jetzt das Schiff verlassen, wir haben schon ausgiebig Abschied gefeiert. Ich habe jede Menge Fotos gemacht, soll ich sie dir zeigen? Wir posieren alle mit einem roten Rettungsring, auf dem MS RENA steht.«

»Ein andermal. Hast du eigentlich Uwe schon angerufen?«

»Er hat sich freiwillig gemeldet. Denk mal, er hat Oma zum Einkaufen gefahren!«

»Das wundert mich allerdings«, meinte Ellen. »Sie hat noch genug Gemüse im Garten und reichlich Vorräte. Außerdem mag sie keine Männer, ihre wunderbaren Söhne natürlich ausgenommen.«

»Oma ist schon okay, sie hat halt ein paar Marotten. – Übrigens hat Uwe es wohl nur gemacht, um sich wieder bei mir einzuschleimen. Er sagt, wenn wir zurückkommen, gibt es eine Überraschung. Mama, hörst du überhaupt zu? Du bist irgendwie verändert! Ist es vielleicht ein gewisser Gerd Dornfeld, der dich für alles andere blockiert? Darf ich dich daran erinnern, dass er verheiratet ist?«

»Hör auf mit dem Quatsch«, sagte Ellen. »Das Schiff fährt gleich los, wollen wir nicht an Deck gehen?«

»Dafür musst du dir allerdings Schuhe anziehen. Mein Gott, wie sehen denn deine Füße aus! Da muss ich wohl mein geballtes medizinisches Fachwissen einsetzen, aber wo ist der Verbandskasten?«, fragte Amalia. »Der lag doch hier in meiner Schublade.«

»Hab' ich ausgeliehen,«, sagte Ellen und schlüpfte in weiße Frotteelatschen. »Nun komm endlich!«

Auf dem Deck wurde Ellen sofort von Valerie und Ansgar in Beschlag genommen, und Amalia ging ihre Sänger suchen. Ellen hätte gern nach Gerd Ausschau gehalten, aber es durfte nicht zu sehr auffallen.

»Hast du heute die Bordzeitung gelesen?«, fragte Ansgar. »Aus einem sibirischen Zirkus sind ein Dachs, ein Affe und ein Papagei entflohen, weil sie durch den Dauerregen depressiv wurden. Selbst in den fernsten Regionen dieser Erde wird man langsam auf die psychischen Erkrankungen domestizierter Tiere aufmerksam.«

»Habt ihr einen schönen Tag im Zoo verbracht?«, fragte Ellen höflich. »Erstaunlich, dass ihr euren Beruf auch im Urlaub nicht vergesst. Mich könnten keine zehn Pferde dazu bringen, ein spanisches Einwohnermeldeamt zu besichtigen!«

»Natürlich betrachten wir Zootiere mit anderen Augen als ein Laie«, sagte Valerie. »Fast alle Tiere sind hochgradig gestört, besonders der Pongo pygmaeus – ein todunglücklicher Borneo-Orang-Utan, der hat mich regelrecht erschüttert. Und deine Freundin Ortrud war auch ganz mitgenommen. Sie ist übrigens eine äußerst begabte Beobachterin, man merkt sofort, dass sie ein Augenmensch ist. Sie hat sogar Zeichnungen angefertigt und nicht wie alle anderen bloß fotografiert.«

»Ja, ja«, sagte Ellen. »Schließlich ist sie Innenarchitektin.« Aber meine Freundin ist sie noch lange nicht, dachte sie und drehte sich leicht verärgert zur Blaskapelle um, die das übliche Abschiedskonzert schmetterte. Auf dem darüberliegenden Deck erspähte sie Gerd, der sich mit einem der freundlichen Filipinos unterhielt. Mit der Ausrede, den besseren Blick von oben zu haben, begab sie sich schnurstracks an seine Seite. Zufällig sah sie unten am Kai die vier Flamenco-Tänzer stehen und heftig winken.

»Werden wir morgen in Marseille wieder...«, begann sie etwas atemlos und bemerkte jetzt erst, dass Ortrud dicht daneben auf einem Deckchair lag.

Gerd reagierte nicht, sondern seine Frau: »Mein Mann fragt gerade den ahnungslosen Matrosen nach der Gesamtlänge der MS RENA, Gerd hat immer nur eines im Kopf – Zahlen, die er sich zwanghaft notieren muss. Dafür spricht er so gut wie kein Französisch, wahrscheinlich kann er noch nicht mal eine Bouillabaisse bestellen. Vielleicht sollte ich dich nach Marseille begleiten.«

Ellen erschrak, das hatte ihr gerade noch gefehlt. »Wahrscheinlich bleibe ich morgen an Bord«, sagte sie prophylaktisch. »Meine Füße tun ziemlich weh. Außerdem muss ich dringend Postkarten schreiben.«

Sie bemerkte, dass Gerd zwar zuhörte, aber sich mit dem Filipino weiter auf Pidgin-Englisch unterhielt. Irgendwie fühlte sie sich überflüssig, aber Ortrud deutete gebieterisch auf den leeren Liegestuhl neben sich.

»Herumstehen ist nicht gut für wunde Füße«, sagte sie und musterte geringschätzig Ellens Pantoffeln. »Es gibt übrigens nicht nur an Land interessante Erlebnisse. Heute habe ich eine originelle alte Dame kennengelernt, die schon 43 Kreuzfahrten mitgemacht hat und dadurch einen enormen Rabatt bekommt. Hat sie aber gar nicht nötig, denn sie ist wahnsinnig reich. War fünfmal verheiratet, davon dreimal geschieden und zweimal verwitwet, und mit jeder neuen Ehe wuchs ihr Vermögen. Eventuell soll ich ihr ein plüschiges Boudoir einrichten, denn sie hat einen total versauten Geschmack. Hier gibt es Leute wie in einem amerikanischen Kitschfilm!«

»Kannst du sie mir mal zeigen?«, fragte Ellen unwillkürlich.

»Beim Abendessen wirst du sie sehen. Ein Wesen – halb Mensch, halb Mumie – sitzt zwei Reihen hinter uns am großen Tisch bei meinen Hundefreunden«, sagte Ortrud. »Meistens trägt sie schwarzen Samt, Pfauenfedern im Haar und überdimensionale Klunker, oft klopft sie mit einer Zigarettenspitze aus Elfenbein an ihr Glas. Mich nennt sie *Kindchen* und den Kellner *Schätzchen*! Ich habe sie in der Boutique getroffen, dort solltest du dich auch mal umschauen. Schicke Sachen, alles *duty free*. Ich komme gern mit und berate dich.«

Das gepunktete Sommerkleid ihrer Schwägerin, das Ellen heute trug, war zwar sicher nicht billig gewesen, fand aber anscheinend bei Ortrud keine Gnade.

Ellen freute sich auf das Abendessen, das dem Meer gewidmet war. Nach dem *Duett von sautierten Jakobsmuscheln und Riesengarnelen* bestellten sich alle ein Filet vom Wolfsbarsch mit Mangold und Kartoffelperlen. Amalia spitzte sich auf den Nachtisch – pochierte Birnen in Schokoladensauce. Leichtsinnigerweise verriet sie, dass sie mit den verbliebenen Künstlern die Bar aufsuchen wollte.

»Da schließe ich mich an«, sagte Ortrud. »Nach einem solchen Essen braucht man einen Absacker.« Sie stand auf, um zwischendurch an der Reling zu rauchen, Amalia nutzte die Gelegenheit, um ebenfalls abzutauchen. Gerd und Ellen blieben noch sitzen, tranken Espresso und probierten winzige Pralinen, die in einer Etagere gereicht wurden.

»Es wundert mich etwas, dass die Sänger mit ihren empfindlichen Stimmen in diese verräucherte Bar gehen«, sagte Gerd. »Und deine Tochter ist doch eher ein Naturkind, das sich am liebsten in der Sonne aufhält.«

Ellen sah ihre Chance gekommen. »In angenehmer Gesellschaft lässt jeder mal seine Prinzipien sausen«, sagte sie. »Leider brauche ich jetzt auch ein Pflaster! Unterm Tisch habe ich meine spitzen Schuhe bereits ausgezogen, weil die Füße so schmerzen. Würdest du mir bitte das Verbandskästchen zurückbringen?«

»Dein Wille ist mir Befehl, bin gleich wieder da«, sagte Gerd und wollte aufspringen, aber Ellen hielt ihn am Hosenbund fest. Hier am Esstisch und vor aller Augen könne sie doch sowieso nicht ihre Füße verarzten, er solle doch in Ruhe seinen Espresso trinken und bitte nachher in ihre Kabine kommen. Weder ein verständnisinniges Nicken noch ein konspiratives Lächeln verriet seine Vorfreude, er sagte nur: »Selbstverständlich!«

Schon über eine Stunde wartete Ellen im Nachthemd auf Gerds Erscheinen. Fast glaubte sie, er habe sein Versprechen vergessen, als es doch noch an die Tür klopfte. Sie machte rasch auf, nahm ihm das Verbandszeug aus der Hand und umarmte ihn. »Das war aber lieb von dir«, sagte sie, »dafür gibt es einen Kuss!«

Leider entwickelte sich daraus keine Dynamik wie beim letzten Mal. Als Ellen vorsichtig begann, ihm das Hemd aufzuknöpfen, meinte Gerd leicht verlegen: »Nicht doch, es könnte jeden Moment jemand hereinkommen. Und ich kann mich unter solchen Umständen nicht entspannen, das musst du verstehen.«

Sie ließ sofort von ihm ab. Als sollte er mit seiner Befürchtung recht behalten, klingelte das Telefon. Ellen wollte eigentlich nicht abnehmen, aber im Hinterkopf regte sich die Sorge um ihre Mutter. Schlimmstenfalls konnte es ein Sanitäter sein, der Hildegard bewusstlos aufgefunden hatte. Es war jedoch Ortrud.

»Entschuldige die Störung. Hast du vielleicht Gerd gesehen? Ich habe leider diese blöde Karte nicht bei mir, ohne die ich nicht in die Kabine kann.«

»Hier ist er nicht«, sagte Ellen und legte den Finger an den Mund. Ortrud bedankte und verabschiedete sich.

»Siehst du«, sagte Gerd. »Ich hab's doch geahnt! Sie sucht mich! Vielleicht hat sie bereits Verdacht geschöpft!«

Na und?, dachte Ellen, soll sie doch! Aber er gab ihr nur einen hastigen Kuss auf die Wange und machte sich davon. Eine Weile wartete sie, ob er vielleicht wiederkam, doch es sah nicht danach aus. Es war noch nicht besonders spät, sollte sie sich wieder anziehen und ihre Kabine verlassen? Männern soll man niemals nachlaufen, hatte ihre Mutter ihr eingeschärft. Am Ende hatte sie ihm ihre leidenschaftliche Zuneigung schon allzu deutlich offenbart. Lieber wollte sie Zurückhaltung üben. Morgen gehe ich ganz allein an Land, beschloss sie.

Kurz nach zehn wurde die Tür aufgerissen, Amalia polterte herein.

»Ich muss heute mal früh ins Bett«, sagte sie ein wenig verdrossen. »In der Bar kann man die Hand vor den Augen nicht mehr sehen, am Ende werde ich noch krank von all dem Qualm! Mama, hast du Lust, morgen mit mir auf Entdeckungsreise zu gehen? Ich glaube, ich sollte mich mal um dich kümmern.«

»Gern, mein Schatz«, sagte Ellen und war etwas getröstet. »Vielleicht finden wir auch ein paar Mitbringsel.«

Das Wummern der Motoren hatte aufgehört, man war schon früh am Ziel. Es war zwar Sonntag, doch trotzdem konnte man am modernen Marseiller Hafen beobachten, wie ein Containerschiff in großer Geschwindigkeit gelöscht und neu geladen wurde, denn die Liegezeiten waren teuer. Inzwischen wusste Ellen, dass sich Gerd gemeinsam mit seiner Frau und einer kunstinteressierten Kleingruppe für eine Tour nach Arles entschieden hatte. Doch sie musste ja beim heutigen Landgang auch nicht allein losziehen.

Ein plötzlich einsetzender, kühler Mistral wirbelte Plastikfetzen durch die Luft, Ellen und Amalia wurden beim Aussteigen fast über die Gangway geblasen. Nach einer ziemlich langen Fahrt mit dem Shuttlebus stiegen sie beim alten Marseiller Hafen aus.

»Die Geschäfte sind natürlich alle geschlossen«, sagte Amalia etwas enttäuscht, tröstete sich aber mit dem kleinen Flohmarkt am Hafenbecken. Ellen kaufte für ihre Mutter eine beschichtete, mit Olivenzweigen bedruckte Gartentischdecke und für Brigitte, deren Kleider sie trug, eine hübsche Packung mit Lavendelseife. Clärchen sollte ein nach Orangenblüten duftendes Eau de Toilette bekommen.

»Nun fehlt nur noch was für Uwe«, erklärte Amalia und hielt ein T-Shirt mit der Felsen- und Gefängnisinsel, wo der berühmte Graf von Monte Christo eingesperrt war, prüfend in die Höhe.

»Eine Romanfigur«, belehrte Ellen ihre Tochter. »Der Graf ist die Erfindung von Alexandre Dumas. Vielleicht nicht ganz das richtige für einen Analphabeten.«

»Im Gegensatz zu mir hat Uwe das Abitur gemacht. Wir schauen mal bei den anderen Ständen«, sagte Amalia, ohne auf die spitze Bemerkung ihrer Mutter einzugehen. »Da gibt es Schiffszubehör, nautische Geräte, Taucherhelme...«

Sie entschieden sich schließlich für eine schwere Schiffsglocke aus Messing, wohl eher ein Dekorationsstück als aus einer echten Galeere.

Plötzlich rief Amalia begeistert: »Das sieht ja aus wie in einem Hitchcock-Film!« Fasziniert blieb sie stehen und schaute zu, wie Hunderte von Möwen um die Abfälle der Fischverkäufer kreisten und sich kreischend um die größten Bissen zankten.

Leider fielen in diesem Moment die ersten dicken Regentropfen. Ellen schlug vor, in die riesige Kathedrale zu flüchten, aber Amalia fand ein Café angenehmer. Und vor allem war es schneller zu erreichen. Sie saßen zwar draußen, aber geschützt unter einer breiten Markise.

»Nun verrate mir mal, warum du nicht mit deinem Männerchor unterwegs bist«, sagte Ellen.

Amalia zog eine Schnute. »Sie haben mich gestern Abend total verarscht und behauptet, sie hätten heute etwas vor, was nicht für Damenohren bestimmt sei. Ich habe natürlich gleich auf ein Hafenbordell getippt, und sie haben mich lange in diesem

Glauben gelassen und schlüpfrige Bemerkungen gemacht. Ich dumme Kuh bin darauf hereingefallen und habe neugierige Fragen gestellt. Am Ende haben sie mich so was von ausgelacht, und es kam heraus, dass sie noch stundenlang proben müssen. Heute Abend singen sie nämlich auf Französisch, und das klappt noch nicht so richtig. Du weißt ja, dass ich es nicht ertragen kann, wenn man sich über mich lustig macht.«

»Ich freue mich trotzdem auf den Chansonabend«, sagte Ellen. »Am liebsten würde ich bei den ollen Kamellen mitträllern, aber Französisch ist nicht gerade meine Stärke.«

Zu ihrer Verblüffung fing jetzt Amalia an zu singen:

»*Ali-Baba, Ali-Baba, c'est lui le plus beau soldat de Madagascar…*«

»Ich wusste gar nicht, dass du so eine schöne Stimme hast«, sagte Ellen verblüfft. »Du könntest bei deiner Boygroup direkt mitsingen! Aber schau mal, es hat aufgehört zu regnen. Sollen wir jetzt Marseille etwas eingehender erkunden?«

»Wenn ich an deine Füße denke«, sagte Amalia mitfühlend, »dann nehmen wir lieber den Bus zum Pier. Außerdem wolltest du doch im Urlaub jeden Mittag eine ausgiebige Siesta halten.«

20

Mit einem erholsamen Mittagsschlaf – es war bereits vierzehn Uhr – wollte es diesmal nicht klappen. Ellen wälzte sich herum, befürchtete, dass der Mistral eine Migräne auslösen könnte, und grübelte über das Leben, die Männer und ihre Rolle auf dieser Reise. Eine Kreuzfahrt auf einem Luxusdampfer war zwar purer Genuss, aber gleichzeitig auch eine oberflächliche Art, fremde Länder kennenzulernen. An Land gehen, ein paar Stunden Sightseeing und im Sog anderer Touristen durch die Souvenirläden schlendern – das war zu wenig. Früher hatte sie zwei ihrer Geschwister – Holger und Lydia – beneidet, die zu Abenteuerurlauben aufgebrochen waren. Ganz anders geartet waren Matthias und Christa, die vor der Familiengründung karrierebewusst ihre Freizeit zum Erwerb von Fremdsprachen nutzten und später mit ihrem Tross an die holländische Nordsee oder nach Südtirol fuhren. Holger hatte dagegen als Student mit seiner Band in ausrangierten VW-Bussen die Welt erkundet, wobei sie sich mit Straßenmusik finanzierten. Und Lydia fand immer irgendeinen Typ, der sie nach Kuba, Kolumbien oder Kuwait mitnahm, denn sie sammelte Länder oder wenigstens Landstriche, die mit K begannen. Im vergangenen Jahr konnte sie Kirgisistan abhaken, für das nächste Frühjahr plante sie Korea.

Auch Ellen war während ihrer Ehe mit Mann und Töchtern in die Ferien gefahren, aber es waren weder besonders lustige noch aufregende oder gar noble Touren gewesen, sondern von Grund auf spießige. Hier auf der MS RENA hatten alle – bis auf die Künstler – genug Geld, um sich jeglichen Überfluss leisten zu können. Es waren keineswegs nur solche Leute, die geerbt oder das große Los gewonnen hatten, vielmehr hatten die meisten ein Leben lang hart und erfolgreich gearbeitet. Sowohl unter den Erben als auch unter den Fleißigen gab es zwar ein paar Snobs, aber auch viele sympathische Passagiere, mit denen man gern zusammen war.

Auch Gerds finanzielle Mittel waren größtenteils auf Ortruds Erbschaft zurückzuführen. Nun, sie war es ja schließlich, die unbedingt in See stechen wollte, nicht er. Überhaupt war es für Ellen ein Rätsel, wieso dieses Paar noch zusammenblieb. Beide sprachen schlecht über den anderen, hatten unterschiedliche Interessen, konnten den Partner zuweilen kaum ertragen, warfen sich gegenseitig die Probleme mit ihren Kindern vor und schienen trotzdem jedes Jahr den Urlaub gemeinsam zu verbringen.

Wahrscheinlich war Gerd ein wenig entscheidungsschwach und brauchte einen deutlichen Anstoß.

Ellen erinnerte sich, wie sehr sie die Scheidung von Adam mitgenommen hatte, wie erschöpft sie noch ein ganzes Jahr später war. Und ob es wirklich nötig und richtig war, konnte sie bis heute nicht beurteilen. Klar, dass nicht jeder so rigoros wie sie die erforderlichen Schritte unternahm, sondern sich vor eingreifenden Veränderungen fürchtete. Viele entschlossen sich erst für eine endgültige Zäsur, wenn sie sich auf eine neue Liebe eingelassen hatten.

Wäre Gerd bereit, Ortrud zu verlassen und mit Ellen ein neues Leben zu beginnen? War es nicht viel zu früh, gleich zu Beginn ihrer Beziehung weitreichende Pläne zu schmieden? Doch sagte sein spontaner Griff nach einer roten Rose nicht alles über seine Gefühle und mehr als tausend Worte? Sie waren beide nicht zu alt für einen Neustart und könnten als gereifte Menschen noch viele erfüllte Jahre zusammen verbringen.

Andererseits hatte er betont, dass er in Ellens Schuld stehe und gutmachen wolle, was er unbeabsichtigt angerichtet hatte. Schließlich hatte er Hildegard um ihren mühsam gefundenen Frieden und Ellen um ihren vermeintlichen Vater gebracht. Nur deswegen war die Reise zustande gekommen, und einen Grund, sich zu verlieben, hatte er nur wegen seines schlechten Gewissens noch lange nicht. Doch schon Amalia zuliebe lohnte sich die Reise.

Beim Gedanken an ihr Kind raffte sich Ellen auf und verließ die Kabine. Sie brauchte nicht lange nach ihrer Tochter zu suchen, nahe am Pool ließ sie sich gerade ein großes Eis mit heißen Himbeeren schmecken. Neben ihr saß ein junger Mann in Uniform. Ellen warf einen Blick auf die Streifen an seinem Ärmel – es waren bloß zwei. Ihre Tochter schien munter zu flirten, es sollte ihr gegönnt sein. Leider war die Sache nur von kurzer Dauer, der Seemann war anscheinend im Dienst. Als er fort war, schnappte sich Amalia einen Liegestuhl, drehte ihn zur Sonne und schloss bald darauf die Augen. Ein zufriedenes Lächeln lag auf ihren Lippen. Und ich?, dachte Ellen.

Erst beim Abendessen sah sich die Tischgesellschaft wieder. Ortrud und Gerd sprachen nicht miteinander, schienen sich also einmal mehr geärgert oder gestritten zu haben. Ellen erfuhr wenig über den Ausflug nach Arles; es sei ein penetranter Klugscheißer in der Gruppe gewesen, meinte Gerd bloß. Gähnend ließ Ortrud die anderen wissen, sie sei ziemlich erschossen, denn es sei entgegen der Ankündigung ein allzu langer Fußmarsch geworden, und sie hatte leider vergessen, ihren Spazierstock mitzunehmen. Ihr Kreuz sehne sich nach nichts anderem als einem heißen Bad und einem Bett.

Nach dem Dinner hörten sie sich also zu dritt die französischen Chansons an. Amalia hielt es für ihre Pflicht, nach jedem einzelnen Lied länger und lauter als alle anderen zu klatschen. Sie versuchte sogar, *Bravo!* zu rufen, was aber im allgemeinen Geräuschpegel völlig unterging. Im schummrig beleuchteten Saal saß Gerd neben Ellen, hatte Champagner bestellt und nahm immer mal wieder ihre Hand in die seine. Sie versuchte, seine Füße zu berühren, traf aber versehentlich voll auf seine wunden Zehen. In der Pause eilte Amalia hinter den Vorhang, um den Sängern ihre Begeisterung aus nächster Nähe kundzutun.

»Morgen sind wir in St. Tropez ...«, begannen Ellen und Gerd fast gleichzeitig und sahen einander erwartungsvoll an.

»Ortrud hat sich vorhin mit diesem Ansgar – ich will immer Ansager sagen – verabredet. Sie planen eine Landschaftsfahrt in die Provence mit Weinprobe. Auf keinen Fall möchte ich Zeuge sein, wenn sie sich volllaufen lässt«, sagte Gerd. »Der Tag gehört uns!«

Sie hörte es voller Freude und strahlte ihn an. »Aus Ansgar könnte man eigentlich einen Zungenbrecher basteln«, meinte Ellen in Sektlaune. »Der Ansager Ansgar sabbert im Saftladen.«

Gerd fuhr fort: »Ansgar sagt satanische Sachen über das sagenumwobene Sachsen.«

»Was lacht ihr denn so albern?«, fragte Amalia, die gerade zurückkam.

»Nichts für unschuldige junge Mädchen«, sagte Ellen kichernd, und ihre Tochter ließ die beiden kopfschüttelnd allein. Als sich der Saal allmählich leerte, gingen sie Hand in Hand als Letzte hinaus, und jeder suchte das Bett in der eigenen Kabine auf.

Das Schiff lag am nächsten Tag auf Reede, unablässig fuhren Tenderboote zum Hafen und wieder zurück. Ortrud ließ das Frühstück ausfallen, lag in der Koje und würde erst gegen Mittag mit Valerie und Ansgar zur Landpartie aufbrechen. Amalia wollte in Gesellschaft ihrer Freunde irgendetwas Lustiges unternehmen, während Gerd und Ellen planlos durch die schattigen Gassen des Städtchens schlenderten. Direkt am Hafen verkauften Maler ihre grellbunten Werke. Gerd wollte nicht lästern, denn seinem verehrten Tomi Ungerer konnte sowieso kein lebender Künstler das Wasser reichen. Ellen ließ sich von den unzähligen Yachten beeindrucken. Dieser zur Schau gestellte Reichtum war eine völlig neue Welt für sie.

»Siehst du dort oben die Zitadelle?«, fragte Gerd. »1592 erbaut. Wenn du willst, steigen wir hinauf und schauen von oben hinunter…«

»Eigentlich will ich lieber im Städtchen bleiben. Hast du auch in jungen Jahren die Filme mit Louis de Funès gesehen?«, fragte sie. »Hier muss ja irgendwo das Polizeirevier stehen, wo er sein Unwesen trieb.«

»Die Gendarmerie wird bestimmt zu finden sein!«, versprach Gerd. »Der Ort ist winzig klein, es sollen nur 6000 Einwohner sein, abgesehen von den vielen Touristen.«

»Wir spielen jetzt Brigitte Bardot und Gunter Sachs«, schlug Ellen vor. »Jung und frisch verliebt an der Côte d'Azur! Ich darf mir doch etwas wünschen, weil ich die Kolumbusstatue nicht bekommen habe. Schenkst du mir eine dieser Yachten, Gunter?«

»Mon Dieu, Brigitte, wer wird denn gleich so anspruchsvoll sein!«

»Apropos Brigitte, so heißt doch auch die Frau von Matthias. Ich verrate dir jetzt ein Geheimnis: Sie hat mir fast alle Kleider geliehen, die ich bisher auf unserer Reise getragen habe.«

»Dann lass uns doch etwas Neues zum Anziehen suchen!«

Als es ernst mit dem Kauf wurde, waren Ellens Wünsche bescheiden: Sie gab sich mit einem langärmeligen, bretonischen Streifenshirt aus robuster Baumwolle zufrieden, obwohl es eher an den Atlantik gepasst hätte. Es war nicht mehr ganz so sommerlich wie zu Beginn der Reise, und ein etwas wärmeres, sportliches Outfit war tagsüber angesagt.

Schon am frühen Nachmittag landeten sie im Bett. Zuvor hatte sich Gerd vergewissert, dass Ortrud und ihre Freunde tatsächlich in die Provence gefahren waren und wohl erst mit dem letzten Tender zurückkommen würden, was bestimmt auch für Amalia galt. Für alle Fälle hatte Ellen das bewusste Schildchen an der Außentür angebracht. Gerd hatte also keinen Grund, sich hetzen zu müssen, was er auch nicht tat. Es dauerte ziemlich lange, bis er in die Gänge kam, aber Ellen war es recht so. Sie wünschte sich ja keine kurzlebige Affäre, die in wenigen Tagen zu Ende ging, sondern eine neue Lebensperspektive. Heimlich schaute sie allerdings doch auf die Uhr, denn vor dem Abendessen mussten sich beide in der eigenen Kabine umziehen. Als ihr Handy klingelte, zuckte Ellen zusammen. Sollte es schon wieder Ortrud sein, die ihnen den Spaß verdarb?

Amalia sagte bittend: »Mama, reg dich nicht auf, wenn das Schiff ohne mich weiterfährt. Ich bleibe heute Nacht an Land, weil ich zu einem einmaligen

Event eingeladen wurde. Die Sänger kennen hier einen Kollegen, der auf der Yacht eines stinkreichen Russen singen wird! Wenn die Jungs mit ihm zusammen auftreten, kriegen sie ein fettes Honorar. Man hat versprochen, uns morgen nach Monte Carlo zu bringen, wo wir wieder unser Schiff entern. Entweder mit einem Hubschrauber oder einem Speedboat! Meine Freunde haben schon mit dem Entertainmentmanager der RENA gesprochen und ausnahmsweise die Erlaubnis erhalten. Na, was sagst du nun?«

Ja, was sollte man dazu sagen? Als Mutter, die gerade mit einem Lover im Bett lag? Natürlich fand es Ellen sehr bedenklich, wenn ihre Tochter auf der Yacht eines russischen Oligarchen in Champagner badete, Koks konsumierte und nackig an einen Ölscheich versteigert wurde; aber verbieten konnte sie es nicht.

»Sei vorsichtig«, sagte sie nur. »Du kennst diese Leute doch gar nicht!«

Gerd beruhigte sie. Amalia sei schließlich in Begleitung von fünf anständigen deutschen Männern, die sie sicherlich beschützen würden. Monaco sei zudem nicht weit und schnell zu erreichen.

»In Monte Carlo soll es übrigens ein phantastisches Ozeanographisches Museum geben, da müssen wir unbedingt hin«, schloss er.

Kurz danach schien Gerd sich nicht wohl zu fühlen und stöhnte einmal leise auf; Ellens besorgte Frage ignorierte er, gab dann aber doch zu, ein beklemmendes Gefühl links hinterm Brustbein zu spüren.

»Sei mir nicht böse, Liebling, wenn ich dich jetzt verlasse«, sagte er und suchte seine Hosen. »Ich brauche ein bisschen Ruhe, bin halt schon ein alter Mann…«

»Danke für die Blumen«, sagte Ellen. »Schließlich bist du nur ein Jahr älter als ich. Du musst aber doch nicht gleich die Flucht ergreifen, um dich zu erholen! Ich verspreche dir hoch und heilig, dass ich ganz still und brav neben dir liege, bis es dir wieder besser geht.«

Aber es half nichts, er zog sich an und verschwand. Als das Schiff längst wieder Fahrt aufgenommen hatte und Ellen zum Abendessen ging, saß niemand sonst an ihrem Tisch. Beunruhigt und ratlos bestellte sie nach längerer Wartezeit ihr Menü, aber sie hätte hinterher kaum sagen können, was sie gegessen hatte. Sollte sie bei Gerd und Ortrud anrufen und fragen, was los war? Sie hatte Hemmungen.

»Na, ganz allein und völlig in Gedanken?«, fragte Valerie plötzlich hinter ihr. »Wo sind deine Tischgenossen geblieben? Magst du dich zu uns setzen?«

Immer noch besser bei den Hundefängern als einsam an einem Vierertisch, dachte Ellen, vielleicht sogar besser als in der Kabine. Andererseits – wenn Gerd sie erreichen wollte, würde er dort anrufen.

»Ich weiß zwar, dass meine Tochter eine Party feiert, habe aber keine Ahnung, wo die Dornfelds abgeblieben sind. Wahrscheinlich vertragen sie den Mistral genauso wenig wie ich«, sagte sie.

Nun gesellte sich auch Ansgar dazu. »Ich sah Gerd vorhin mit dem Lift in die Katakomben fahren«, meinte er. »Ich bin zwar nur ein Tierarzt, aber so viel kann ich auch einem Zweibeiner ansehen: Dem ging es gar nicht gut.«

Ellen machte sich Sorgen, mochte aber nicht darüber reden, sondern verabschiedete sich mit der Ausrede einer einsetzenden Migräne. In ihrer Kabine schaltete sie den Fernseher an, ohne jedoch den Ton einzustellen. Ein leises Geräusch war jetzt neben dem üblichen Tuckern zu hören, es regnete draußen, außerdem war der Wellengang stärker geworden. Es war kurz nach zehn, viel später konnte man eigentlich nicht anrufen, ohne unhöflich zu sein. Also fasste sich Ellen ein Herz und wählte die Nummer der Dornfelds.

»Gerd?«, fragte Ortrud.

»Nein, ich bin's, Ellen. Ich wollte fragen, warum ihr nicht zum Essen gekommen seid.«

»Dazu könnte ich dich auch einiges fragen. Am

besten kommst du jetzt zu mir, du kennst doch die Kabinennummer? Ein Deck über dir...«

Was war geschehen? Ellen klopfte das Herz, aber jetzt galt es, gelassen zu bleiben. Hatte Ortrud Verdacht geschöpft, und es war eine gemeine Falle? Ihre Stimme hatte nicht ganz nüchtern geklungen, aber sie hatte auch nicht gelallt. Also zog sich Ellen eine Jacke über und machte sich auf den Weg.

21

Unterdessen hatte Amalia auf der russischen Yacht ziemlich viel Wodka konsumiert, war dadurch aber nicht aufgekratzt, sondern müde geworden. Sie schlief auf einem wackligen Liegestuhl ein und bekam von der ganzen Fete nichts mehr mit, bis die Knallerei eines Feuerwerks sie abrupt aus ihren Träumen riss. Es dauerte nicht lange, bis die Polizei anrückte, weil es für die nächtliche Ruhestörung keine Genehmigung gab und die Anwohner sich beschwerten. Der Gastgeber musste eine Strafgebühr zahlen, die Musiker sollten sich verkrümeln, die fröhliche Stimmung war vorbei.

Doch die Flics des berühmten Sündenbabels hatten ein Herz für die Kunst. Die A-cappella-Sänger durften zum Abschluss das Brahmslied *Guten Abend, gute Nacht* singen, und niemand konnte dem Zauber dieser Melodie widerstehen. In Amalia erwachte der Ehrgeiz, nicht als Statistin danebenzustehen. Mit dem ungewohnten Wässerchen hatte sie ihre Hemmungen hinuntergespült. Zum ersten Mal im Leben legte sie eine Solonummer hin. *Der Mond ist aufgegangen* erklang so kindlich rührend, dass Amalia von einer weinenden russischen Blondine abgeschmatzt wurde, während die Nachfolger von Louis de Funès den Veranstalter ermahnten, jetzt endgültig Schluss zu machen. Die deutschen Sänger nebst ihrem Maskottchen wurden verabschiedet und fragten sich besorgt, wo sie nächtigen sollten. Alle hatten damit gerechnet, auf der Yacht ein Bett zu finden, außerdem hatte man ihnen bis jetzt keinen Cent der versprochenen Gage ausgezahlt. Zwei Hotels, bei denen man anfragte, waren bis auf ein Zimmer belegt; nach einigem Hin und Her beschloss der Bariton, mit Amalia das Hotelbett zu teilen – und es auch zu bezahlen –, was wiederum dem Tenor nicht passte. Die zum Quartett geschrumpften Sängerknaben hielten sich noch eine Weile in einer Bar auf, aber als dort dichtgemacht wurde, standen sie wieder auf der Straße. Sie kamen sich vor wie Clochards, als sie in dunkler Nacht frierend unter Sonnenschirmen saßen und schließlich auch noch von Regen überrascht wurden, was weder ihrer Laune, ihrer Kleidung noch ihren empfindlichen Stimmen guttat.

Die Suite der Dornfelds war etwas größer als Ellens eigene und hatte statt eines Bullauges eine breite Glasfront nach außen. Auf ihr Klopfen hatte Gerds Frau, die in einem marineblauen Jogginganzug steckte, sofort die Kabinentür geöffnet. Nach kühler gegenseitiger Begrüßung kauerte sich Ortrud mit untergeschlagenen Beinen auf das Sofa, vor sich ein schmutziges Glas und eine fast leere Flasche Rotwein.

»Hatte Gerd heute viel Stress, oder musste er sich körperlich besonders anstrengen?«, fragte Ortrud ohne einleitende Höflichkeitsfloskeln.

»Nun ja, wir sind ein paar Stunden in St. Tropez herumgelaufen, aber es war gar nicht mehr so heiß wie in den letzten Tagen. Der Mistral hat wohl die kühlere Jahreszeit eingeleitet, so einen Wetterumschwung verträgt auch nicht jeder«, plapperte Ellen leicht verlegen. »Wo steckt Gerd überhaupt?«

»Unten auf der Krankenstation. Du kannst nicht wissen, dass er vor zwei Jahren einen Herzinfarkt hatte und deswegen vorsichtig und ängstlich ist. Schon auf unserer letzten Kreuzfahrt verbrachte er einen Tag lang auf der Krankenstation, weil er sich nicht wohl fühlte. Als ich von unserem Ausflug zurückkam, lag er im Bett, machte einen jämmerlichen Eindruck und hatte Schmerzen im linken Arm. Wahrscheinlich hat er sich übernommen...«

»Um Gottes willen, ist es etwa wieder ein Infarkt?«

»Ich habe ihn sofort zum Schiffsarzt gebracht. Der hat zwar im EKG nichts nachweisen können, aber angeblich zeigt sich das manchmal erst am nächsten Tag. Der Doktor hat ihn vorsichtshalber zur Beobachtung im Krankenzimmer einquartiert, eine Schwester ist in der Nähe und wird gelegentlich nach ihm schauen.«

Ellen war erleichtert, auch wenn die Gefahr noch nicht ganz gebannt zu sein schien. Sie mochte gar nicht daran denken, dass Gerd auf hoher See sterben könnte. Andererseits hätte der Schiffsarzt bereits beim kleinsten Risiko einen Hubschrauber geordert und den Patienten in die nächste Klinik überführen lassen. Ellen konnte sich ausrechnen, dass es für das Renommee eines Kreuzfahrtschiffes nicht gerade positiv war, wenn die Passagiere starben.

Auch Ortrud schien nachzudenken, schließlich erhob sie sich schwerfällig. War sie es oder der Boden, der ein wenig schwankte, als sie ins Fach über der Minibar griff, ein zweites Glas nahm und das restliche Schlückchen für Ellen eingoss?

»Keine Angst, du kriegst noch mehr, ich habe Reserven gefunden«, sagte sie. »Der Arzt hat versprochen, sofort anzurufen, wenn es doch noch bedrohlich werden sollte. Natürlich kann ich mich jetzt nicht einfach aufs Ohr legen und schlafen.«

Ich auch nicht, dachte Ellen und leerte ihr Glas. Ortrud torkelte an den Kleiderschrank und zog eine Flasche Armagnac unter der Wäsche hervor.

»Gerd hat zwei davon für Gäste gekauft, vom Preis

her müsste er ausgezeichnet sein. Der wurde nämlich zehn Jahre lang in Eichenholzfässern gelagert.« Mit geübtem Griff öffnete sie die beutelförmige Flasche, schenkte beiden das Weinglas voll und trank ihres in einem Zug aus.

»Hätte ich es geahnt, wäre ich niemals mit Valerie und Ansgar losgezogen«, klagte sie sich an. »Mit keinem Gedanken wäre ich darauf gekommen, dass Gerd mich gerade heute dringend gebraucht hätte. Was bin ich doch für eine schlechte Ehefrau! Ich selbst hatte es nämlich richtig nett in einem zünftigen Weingut, wo wir Ratatouille gegessen haben. Alles war so unbekümmert und lustig, Ansgar und ich haben uns ausgemalt, wie man ein Hunderennen für Pudel, Halbpudel und Nichtpudel veranstalten könnte...« Sie lachte schrill und hemmungslos, um kurz danach in Tränen auszubrechen.

Solche Weiber haben wir besonders gern, dachte Ellen, total besoffen, hysterisch, voller Selbstmitleid und ohne jegliche Disziplin! Wie konnte Gerd das nur so lange aushalten! Und warum hat er mir nichts von seinem Herzinfarkt erzählt? Eine Weile war es ganz still im Raum.

»Muss er regelmäßig Medikamente einnehmen und hatte es vielleicht heute vergessen?«, fragte Ellen möglichst sachlich, worauf Ortrud sich die Tränen abwischte und relativ nüchtern antwortete.

»Ja, ich glaube ASS, darin ist er aber gewissenhaft. Nach dem Klinikaufenthalt hatte man ihm eine Rehakur verschrieben, dort hat er alles brav gemacht, was verlangt wurde. Seitdem ging es ihm eigentlich immer gut, aber er wird mehr und mehr zum Hasenfuß. Wahrscheinlich ist alles rein psychisch bedingt – ein Anfall von Hypochondrie – und als Angsthase ein Fall für Ansgar...«, und schon musste sie wieder glucksen und verschluckte sich dabei.

Ellen ärgerte sich. »Der arme Kerl liegt unten im Krankenzimmer und leidet, während du dich sinnlos betrinkst und blöde Witze machst«, sagte sie aufgebracht.

»Ich wusste sofort, dass du scharf auf ihn bist«, sagte Ortrud, und ihr Tonfall wurde plötzlich aggressiv. »Und ich war ganz und gar dagegen, dass du mit auf diese Reise kommst. Aber Gerd hat unseren Sohn so tief gekränkt, dass der nicht mehr mitwollte, eine Schande!«

»Wieso Gerd? Du warst es doch, die ihm seine Partnerinnen vermiest hat!«, sagte Ellen.

»Ich? Hat er dir das etwa erzählt? Er hat sich doch an jede Freundin unseres Sohnes herangemacht! Jetzt bin ich aber fassungslos, dass Gerd mit einer Fremden über unsere privaten Probleme redet und dabei auch noch lügt wie gedruckt. Hätte ich doch damals nicht gleich einen Krankenwagen gerufen, dann wäre ich diesen Schlappschwanz längst los!«

Es hat keinen Zweck, mit ihr zu reden, dachte Ellen, es kommt nichts Gutes dabei heraus. Besoffene sagen manchmal Dinge, die ihnen ein Leben lang leidtun. Sie wollte gehen, wurde aber daran gehindert.

»Halt! So einfach kommst du mir nicht davon!«, sagte Ortrud und kippte ein weiteres Glas hinunter. »Erst Probleme anschneiden und sich dann verdrücken, das ist unfair. Vielleicht sollten wir uns duellieren? Wer gewinnt, kann ihn haben. Aber viel Freude wirst du nicht an ihm haben, er ist langweilig, interessiert sich nur für Zahlen und Statistiken und merkt gar nicht, wenn ihm nahestehende Menschen unglücklich sind.«

Ellen hatte große Lust, ihrer Kontrahentin eine Ohrfeige zu verpassen, aber damit hätte sie sich nur selbst ins Unrecht gesetzt. Wie konnte man so über einen Mann sprechen, der kunstsinnig, gebildet sowie ein Muster an Feinfühligkeit war und alles andere als langweilig?

Ortrud erhob sich mühsam und stemmte die schwere Glastür auf, draußen pfiff der Wind, der Regen hatte zugenommen. Doch sie hatte offenbar nicht vor, eine Zigarette auf dem Balkon zu rauchen, sondern angelte sich nur den gutgefüllten Aschenbecher, der draußen auf einem Tischchen stand. Ellen zog die Tür schnell wieder zu, obwohl sie den zu erwartenden Qualm verabscheute.

»Lass ein bisschen offen«, sagte Ortrud. »Ich muss leider die Hand ins Freie halten, sonst springt der Rauchmelder an. In den Kabinen ist es verboten, früher ging es menschlicher zu! Noch nicht mal die Kippen darf man ins Meer werfen. Ach Gott, wie tief sind wir gesunken, alles wird reglementiert!«

Sie stand direkt vor dem Balkon, inhalierte schnell und gierig, hielt die angezündete Zigarette durch einen Spalt nach draußen, öffnete aber nach jedem Atemzug die Tür etwas weiter und blies den Rauch hinaus. Ellen war sehr müde, aber auch so erregt und unruhig, als hätte sie zehn Tassen Kaffee getrunken – das Herz klopfte, sie schwitzte. Anscheinend bekam ihr der teure Schnaps nicht, sie sollte keinen weiteren Schluck davon trinken, während Ortrud immer noch nicht genug zu haben schien. Kaum war sie mit ihrer Zigarette fertig, nahm sie sich wieder den Armagnac vor und erging sich in Anklagen gegen Gerd und den Rest der Welt. Ellen hörte kaum mehr hin, denn das Gelaber wurde immer verworrener. Auch von der toten Zwillingsschwester war die Rede, mit der sie in spirituellem Kontakt stehe.

Gleich wird sie einschlafen, aber ich mache mich schon vorher vom Acker, dachte Ellen und erhob sich, ganz egal, ob noch ein Anruf von Gerd, dem Arzt oder einer Krankenschwester kommt. Doch genau in diesem Augenblick fing Ortrud an zu würgen. Ehe Ellen ihr ein Gefäß hinhalten konnte, landete der erste Schwall auf dem Teppichboden. Schon bei den eigenen Kindern hatte sich Ellen vor Erbrochenem geekelt, bei einer verhassten, sternhagelvollen Frau geriet sie in Panik.

»Raus auf den Balkon!«, schrie sie und zerrte Ortrud in den Regen hinaus. Die zweite Ladung wurde der unfreiwilligen Samariterin durch eine heftige Bö mitten ins Gesicht gefegt. Nicht gerade sanft packte Ellen die Schnapsdrossel am Kragen und hielt ihren Kopf über Bord, damit sie auch wirklich Neptun opferte. Doch auch der dritte Schub ging teilweise daneben, und da riss Ellen endgültig der Geduldsfaden. Ortrud war kein Schwergewicht. Es ging blitzschnell, sie an den staksigen Beinen hochzureißen und mit einem kräftigen Schwung in die aufgewühlte See zu befördern. Sie vernahm einen leisen Schrei wie von einer fernen Möwe, und auch der Aufschlag ging im Wellenrauschen fast unhörbar unter.

Für den Bruchteil einer Sekunde sah Ellen noch etwas Dunkles auf der Wasseroberfläche treiben, dann nur noch ein gurgelndes schwarzes Loch und ein paar zusätzliche Schaumkronen, während das

Schiff unbeirrt auf seinem festgelegten Kurs weiterpflügte. Wie hypnotisiert starrte Ellen mindestens fünf Minuten lang in die Tiefe, dann übermannte sie ein überwältigendes Gefühl des Entsetzens. Zitternd, besudelt, durchnässt ging sie wieder hinein. Nur ihr Kreislauf, nicht ihr Verstand, setzte für einen Moment aus, und sie ließ sich schwer atmend auf einem der Sessel nieder. Doch bald hatte sie sich wieder unter Kontrolle und tat das Notwendige. Als erstes befestigte sie geistesgegenwärtig den *Bitte-nicht-stören*-Anhänger vor der Kabine, eilte dann ins Bad und wischte mit Toilettenpapier die stinkenden Brocken von ihrer Bluse, wusch sich Hände und Gesicht und wollte danach nichts wie raus.

Doch wenn sie einmal die Tür hinter sich zugezogen hatte, konnte sie ohne Bordkarte nicht wieder hinein. Also galt es einen klaren Kopf zu bewahren und die Spuren zu beseitigen. Als Erstes das zweite Weinglas: Ellen schüttete den Rest Armagnac ins Waschbecken, spülte gründlich und stellte das abgetrocknete Glas wieder an seinen Platz. Dann kam sie auf die clevere Idee, Ortruds Schuhe mitten in das Erbrochene vor die Reling zu werfen. Fingerabdrücke? Obwohl es wahrscheinlich übertrieben war, nahm sie ein ungebrauchtes Handtuch und polierte damit die Türklinken, die Stuhllehne, zum zweiten Mal das Glas und weitere Gegenstände, von denen sie nicht ganz sicher war, ob sie damit in Berührung gekommen war.

Auf Ortruds Nachttisch lag ein Tagebuch. Es juckte Ellen zwar in den Fingern, es einzustecken, aber das wäre eine gnadenlose Dummheit. Als letzte Tat öffnete sie mittels Handtuch erneut die Balkontür und ließ Wind und Regen herein, dann schlich sie davon. Es war halb vier, zum Glück schien niemand so spät auf den Gängen herumzugeistern. Die Filipinos würden zwar sicherlich bald mit dem Putzen beginnen, und was, wenn sich ein Liebhaber aus einer fremden Kabine stahl? Doch sie kam unbeobachtet in ihrem Zimmer an. Konnten es die Nachbarn hören, wenn sie jetzt Wasser in die Wanne laufen ließ? Lieber erst zu einer normalen Stunde baden, beschloss sie und war einen Augenblick lang fast stolz, dass ihr Hirn noch so logisch und klar arbeiten konnte. Außerdem meldete sich jetzt ein zaghaft keimendes, aber angenehmes Gefühl des Triumphes: Sie hatte gewonnen, Gerd gehörte ihr.

Doch zu echter Siegesfreude kam es nicht, denn der Schock ergriff allmählich von ihr Besitz. Ellens Kraft hatte zwar noch ausgereicht, um ihre verschmutzten Sachen auszuwaschen und einen Pyjama anzuziehen, aber dann lag sie schlotternd und schluchzend unter der Decke und überlegte, ob sie ihr restliches Leben im Knast würde verbringen müssen. Auf einmal spürte sie auch, wie stark das Schiff rollte und wie übel ihr dadurch wurde, obwohl sie gar nicht so viel getrunken hatte. Ich habe einen Nervenzusammenbruch, ich habe Fieber, bin krank und muss sterben, dachte sie, das ist die gerechte Strafe.

Hinzu kamen große Erschöpfung und Müdigkeit, an erholsamen Schlaf war jedoch nicht zu denken. Wozu hatte ihre Tochter eine Reiseapotheke zusammengestellt? Ellen fand zwar keine Schlaftabletten, aber immerhin ein Medikament gegen Seekrankheit und eine Packung mit dem bewährten Baldrian-Hopfen-Präparat. Ellen versank in einen unruhigen Dämmerzustand mit quälenden Albträumen.

22

Die arme Amalia wachte etwas verstört in einem fremden Bett auf, neben ihr lag der Bariton und schnarchte. Inzwischen war es bereits zehn Uhr am Vormittag, irgendetwas musste man jetzt in die Wege leiten, um pünktlich nach Monaco zu kommen. Also stand sie erst einmal auf, ging ins Bad und versuchte, sich durch kaltes Wasser munterzumachen.

Die Geschichte ihrer Großmutter fiel ihr ein, die nach einem One-Night-Stand schwanger wurde. Und wenn es ihr nicht anders ging? Es gab keinen großen Unterschied zwischen Schauspielern und Sängern, beide gehörten zum fahrenden Volk und machten sich davon, wenn es ernst wurde. Amalia hatte nie die Pille genommen, sondern Uwe zur Verhütung verpflichtet, was bisher auch gut geklappt hatte.

Sie überlegte, wie das heute Nacht eigentlich gelaufen war, und rüttelte ihren Beischläfer. Er drehte sich jedoch böse grunzend zur Seite und schlief weiter. Soll er, dachte sie, ich gehe jetzt zum Hafen, suche die anderen Jungs und frage, wie es weitergeht.

Schließlich hatten die Herren ein festes Engagement und durften nicht vertragsbrüchig werden.

Der Regen hatte sich zum Glück gelegt, die feuchten Sänger saßen in einem Bistro, tranken Café au Lait und wirkten wie ausgespuckt. Der Bodyguard des Yachtbesitzers hatte ihnen mitgeteilt, dass sie sich nicht vor zwölf melden sollten, früher gebe er niemals Audienzen.

Amalia setzte sich zu ihnen, der Tenor machte sich auf den Weg, um den Bariton aus den Federn zu scheuchen. *High noon*, brummte der Bass, als die kleine Gruppe vor der Yacht stand und tatsächlich vom Zaren persönlich empfangen wurde. Er erfüllte lustvoll alle Klischees, trug einen goldenen Bademantel und einen riesigen Diamanten am kleinen Finger, sprach ein drolliges Englisch, lachte über die Probleme der Deutschen und bot ihnen Champagner an. Bevor sie ihre Ansprüche geltend machten, sollten sie bitte schön das Wiegenlied *Bajuschki baju* für ihn singen, was auch mehr schlecht als recht gelang. Dann griff er zum Handy und organisierte ein Schnellboot, zückte auch die Brieftasche, schrieb einen Scheck aus und entließ die Helden in Gnaden. Bereits eine Stunde später konnten sie die Fahrt nach Monte Carlo antreten.

»Das ist ja noch mal gutgegangen«, sagte Amalia und hoffte, dass die Nacht sonst keine schlimmeren Folgen haben würde. Als sie und ihre Begleiter ihren Luxusliner im Hafen von Monte Carlo liegen sahen, waren alle froh.

Das Telefon weckte Ellen auf, leicht verwirrt griff sie zum Hörer. Es war Gerd.

»Du lebst also noch!«, flüsterte sie unendlich erleichtert.

»Wieso denn nicht? Ach so, du hast wohl gehört, dass ich beim Onkel Doktor gelandet bin. Weißt du, wo Ortrud steckt?«, fragte er.

»Keine Ahnung«, sagte Ellen. »Vielleicht ist sie irgendwo rauchen oder sie liegt auf einem Deckchair und schnappt nach frischer Luft. Ich selbst war heute Nacht seekrank, vielleicht ging es ihr auch nicht gut.«

»Anscheinend hat sie sich gründlich übergeben, hier sieht es aus wie Sau und stinkt auch so. Ich muss mich schon wieder schrecklich aufregen. Entweder hat sie zum zweiten Mal einen ekelhaften Auftritt inszeniert und sich irgendwo versteckt oder...«

»Was oder?«, fragte Ellen.

»Kein oder. Mit Sicherheit möchte sie mich nur quälen und hofft, dass ich das Schlimmste befürchte. Könnte sie bemerkt haben, dass wir beide gestern...?«

»Aber nein! Woher denn? Sie war doch mit Ansgar und Valerie unterwegs!«

»Man hat mich vorhin aus der Krankenstation entlassen, auch die Kontrolle beim zweiten EKG war okay«, sagte Gerd. »Doch kaum kam ich zurück in unsere Kabine, traf mich beinahe der Schlag!«

»Und – was nun?«

»Beim Frühstück oder auf einem der Decks ist sie nicht. Nun muss ich wohl wieder die große Suchaktion anleiern, man wird mich nicht mehr ernst nehmen. Bevor ich mich unsterblich blamiere, schaue ich mich selbst noch einmal überall um, als Erstes im Kinderzimmer. Vielleicht willst du mir helfen und auch auf die Suche gehen?«

Ellen hatte absolut keine Lust dazu, versprach aber, in fünf Minuten in der Halle zu sein. Das Schiff näherte sich bereits dem Hafen von Monte Carlo, der Sturm hatte aufgehört, ihre Übelkeit nachgelassen. Aus dem Entspannungsbad wurde leider nichts, aber ohne zu duschen wollte sich Ellen nicht unter Menschen begeben. Als sie kurz darauf Gerd traf, schüttelte er nur den Kopf.

»Beim großen Teddybären ist sie diesmal nicht gestrandet. Was für einen Eindruck machte sie beim Abendessen?«

»Sie ist gar nicht erschienen, aber ich habe sie angerufen. Ich wollte wissen, was mit euch los ist und warum ich ganz allein am Tisch sitzen musste. Natürlich machte sie sich Sorgen um dich, aber außerdem wirkte sie ehrlich gesagt etwas angetrunken.«

»So wie es in der Kabine aussah, muss es mehr als nur ein bisschen gewesen sein. Ich habe sofort dem Zimmermädchen einen Schein gegeben und darum gebeten, gründlich zu putzen.«

Das hörte Ellen gern. Im Nachhinein war ihr nämlich eingefallen, dass es außer Fingerabdrücken auch Fußspuren geben könnte.

Es half leider nichts, Gerd musste in den sauren Apfel beißen und seine Frau zum zweiten Mal als unauffindbar melden. Da die Kabine inzwischen aufgeräumt und sauber war – denn die 50 Euro hatten Wunder gewirkt –, erhielt er auch noch eine Rüge vom Sicherheitsoffizier.

»Sie hätten mir das Zimmer vorher zeigen sollen, man hätte zumindest die Spuren fotografieren müssen«, hieß es. »Wenn ein Passagier vermisst ist, wird dies aktenkundig. Wann wurde Ihre Frau denn zuletzt gesehen? Lassen Sie uns nicht gleich von einer Katastrophe ausgehen: Wir suchen jetzt erst einmal jede Ritze ab. Es wäre uns allerdings lieb, wenn das unter Einhaltung größter Diskretion geschieht, damit unsere Gäste nicht beunruhigt werden. Hängen Sie Ihre Befürchtungen bitte nicht an die große Glocke.«

Als Gerd mit Ellen allein war, bat er sie, mit Valerie und Ansgar Kontakt aufzunehmen. Sie waren schließlich mehrmals mit Ortrud zusammen gewesen und konnten eventuell über ihren Gemütszustand Auskunft geben. Er wollte inzwischen das Tagebuch seiner Frau durchgehen, ob sich ein Hinweis darin fände.

Die Psychologen stritten gerade wieder wie Hund und Katz. Ellen erklärte ihnen die Situation, wobei sie immer mehr in ihrer Rolle als Detektivin aufging.

»Du sagtest doch, dass sich Ortrud übergeben hat«, meinte Valerie. »Man kann also davon ausgehen, dass sie seekrank war, sich womöglich über die Brüstung beugte, einen Schwindelanfall hatte und über Bord stürzte.«

»Blödsinn, bei stürmischem Wetter kotzt doch jeder lieber ins Klo«, sagte Ansgar.

»Vielleicht wollte sie rauchen«, sagte Ellen und fühlte sich endlich wie eine begnadete Schauspielerin.

»Suizidale Absichten hat sie uns gegenüber nie geäußert«, sagte Valerie. »Aber sie hat eindeutig zu viel Alkohol konsumiert, was durchaus auf eine latente Depression schließen lässt.«

»Und was macht eigentlich dein Fräulein Tochter?«, fragte Ansgar. »Ich hörte, dass sie gestern mit den Sängern an Land geblieben ist. Vielleicht treibt sich Ortrud ebenfalls irgendwo an der Côte d'Azur herum und lacht sich ins Fäustchen über unsere Ängste.«

»Das kann nicht sein«, widersprach Valerie. »Sie ist gemeinsam mit uns zurückgekommen, außerdem habe ich sie im Fahrstuhl getroffen, als das Schiff den Hafen längst verlassen hatte. Übrigens legen wir gerade an, schaut mal – die vielen Hochhäuser!«

Ansgar ermahnte seine Frau, sich allmählich für den Landgang fertigzumachen, sie wollten nämlich unbedingt das Ozeanographische Museum besuchen, für das sich Gerd ebenfalls interessiert hatte. Ellen stand etwas verunsichert an der Reling und schaute den üblichen Landemanövern zu, gelegentlich blickte sie auch hinauf in den Himmel, ob dort Amalia in einem Hubschrauber saß. Dabei überlegte sie angestrengt, wie es wohl mit Gerd weitergehen würde. Er schien aufgeregt und zornig zu sein, aber nicht direkt traurig. Genau so hatte sie sich das vorgestellt.

Immer wieder betete sie sich verschiedene Variationen vor: Vielleicht ist sie ja ohne mein Zutun abgestürzt, und ich bilde mir alles nur ein. Mein Unterbewusstsein drangsaliert mich mit Falschmeldungen, weil ich ihr insgeheim den Tod gewünscht habe. Abgesehen davon war es sowieso kein Mord. Ich habe die Tat nicht geplant, und eigentlich ist Ortrud selber schuld. Hätte sie sich nicht so rücksichtslos benommen, wäre ich nicht ausgerastet. Und überhaupt – wer soll es mir nachweisen?

Bei der großen Suchaktion war natürlich nichts herausgekommen, also musste der Sicherheitsoffizier davon ausgehen, dass Ortrud irgendwann in der Nacht über Bord gegangen war. Er benachrichtigte die örtliche Polizei und das deutsche Konsulat. Gerd wurde gebeten, das Schiff vorerst nicht zu verlassen. Für eine erfolgreiche Suche mit Flugzeugen, Helikoptern oder Rettungsbooten war es wahrscheinlich zu spät, aber man wollte es trotzdem versuchen. Die Küstenwache und mehrere Schiffe auf der gleichen Route wurden informiert und dazu angehalten, Ausschau zu halten. Die Nacht war stürmisch gewesen, der Unfall musste sich bei Dunkelheit und hohem Seegang ereignet haben. Zeugen gab es nicht, Gerd hatte ein wasserfestes Alibi durch die Aussage der Krankenschwester. Ellen konnte berichten, dass sie mit Ortrud noch kurz nach zehn telefoniert hatte, die Kabinenstewardess konnte bestätigen, dass sie Erbrochenes auf dem Teppichboden und auf dem Balkon beseitigt und leere Rotwein- sowie Armagnac-Flaschen gefunden hatte. Sie glaubte auch, Ortrud als Letzte gesehen zu haben, als sie nämlich gegen 21 Uhr die Betten für die Nacht herrichten wollte. Zu jener Zeit habe die Vermisste zwar kein Nachthemd, aber doch einen legeren Jogginganzug getragen, woraus man schließen konnte, dass sie sich nicht mehr in der Öffentlichkeit zeigen wollte. Von Ortruds persönlichen Dingen fehlte nichts, auch nicht die Bordkarte. Gerd hatte zu Protokoll gegeben, dass die Tür zum Balkon offen gestanden habe, was aufgrund des immer noch nassen Teppichs glaubhaft erschien. Spuren vom gewaltsamen Eindringen einer unbekannten Person fanden sich nicht.

In den Aufzeichnungen seiner Frau fand Gerd dezente Hinweise auf eine Suizidneigung. Zu Beginn gab es eine Eintragung anlässlich der hündischen Seebestattung, die immerhin für eine starke Todessehnsucht sprach:

Die Asche eines Hundes wurde heute in einer anrührenden Zeremonie in der Tiefsee versenkt. Ich sehne mich danach, ebenso meinen Frieden zu finden. Es ist eine faszinierende Vorstellung, von Korallen umgeben auf dem Meeresboden zu liegen, sanft geschaukelt von den Wellen und von bunten Fischen umspielt.

Einige Tage später gab es einen anderen Satz, der zu denken gab:

Sie schaut mich immer wieder fordernd an, sobald ich in den Spiegel sehe. Lass mich nicht wieder allein, folge mir, will sie mir sagen. Zu zweit waren wir stark, zu zweit haben wir das Leben gemeistert, auch wenn wir uns nicht mehr so oft sehen konnten. Aber zu zweit lässt sich auch die ewige Ruhe genießen, sie wird unendlich befreiend sein.

Zweifellos war hier von Ortruds Zwillingsschwester die Rede. Etwas wie ein Abschiedsbrief fand sich nicht in ihren Eintragungen Aber eine weitere Stelle, die auf eine Depression schließen ließ:

Das Leben an Bord ist der pure Luxus, aber für mich eine große Gefahr. Ich trinke zu viel, um meine Verzweiflung zu bekämpfen. Gerd liebt mich nicht mehr, ich glaube fast, dass er den Annäherungen dieser unverschämten Frau nicht mehr lange widerstehen kann. Der einzige Mensch, der immer zu mir hielt, ist tot.

Gerd las Ellen diese Zeilen vor, und sie war der Toten dankbar, dass ihr Name nicht erwähnt wurde.

»Darf ich das ganze Reisetagebuch lesen?«, fragte sie, aber Gerd schüttelte den Kopf. Das sei allzu privat, meinte er, die Notizen seien nicht für andere gedacht, davor müsse man Respekt haben. Es sei ihm selbst fast peinlich, darin herumgeforscht zu haben.

Doch am Nachmittag müsse er den Behörden Auskunft geben. Für Recherchen bei Vermissten sei die örtliche Polizeibehörde zuständig. Ein Angestellter des Konsulats werde alle Fragen übersetzen und ihn über die Möglichkeiten weiterer Nachforschungen aufklären. Ellen könne ihm dabei nicht helfen, sie solle doch bitte an Land gehen und sich etwas ablenken. Sie nickte ergeben und wagte nicht, ihn zu umarmen.

Inzwischen war auch Amalia wieder eingetrudelt und hörte sich die dramatischen Neuigkeiten an, die ihre Mutter zu berichten hatte.

»Mama, ich glaube nicht«, sagte Amalia, »dass du jetzt in Trauer versinkst. Und Monsieur Gerd wird es durchaus zu schätzen wissen, dass er Madame Doornkaat los ist. Hat er am Ende etwas nachgeholfen?«

»Wie kannst du nur so herzlos daherreden«, sagte Ellen. »Wenn ein Mensch stirbt, ist es immer ein unersetzlicher Verlust. Gerd lag die ganze Nacht unten auf der Krankenstation, Verdacht auf Herzinfarkt, hoffentlich verkraftet er die Aufregung! Es ist jetzt unsere Aufgabe, ihn, so gut es geht, zu unterstützen und zu trösten. Aber er möchte, dass wir trotzdem heute Nachmittag an Land gehen, weil er mit der Polizei sprechen muss.«

»Übrigens glaube ich«, überlegte Amalia, »dass der Tod einer Person erst feststeht, wenn man die Leiche gefunden hat. Vielleicht hat sich Ortrud von einem Lover in einem Zodiac entführen lassen…«

»Quatsch«, sagte Ellen. »Du hast als Kind zu viele schlechte Filme gesehen. Und wie war die Nacht in St. Trop?«

»Langweilig«, sagte Amalia.

Später machten sich Mutter und Tochter auf den Weg ins Ozeanographische Museum, weil es Gerd empfohlen hatte. Direkt vom Hafen aus wanderten sie durch eine gepflegte Parkanlage einen Felsenhang hinauf, wo das majestätische Museum hoch über dem Meer thronte. Im Untergeschoss befanden sich spektakuläre Aquarien. Amalia war fasziniert von Rochen, Meeresschildkröten, Clown- und Plattfischen, während Ellen mit Tränen in den Augen die Haie und Piranhas beobachtete, die einen Menschen in null Komma nichts als Snack verzehren konnten. Nachdem sie sich im Obergeschoss antike Taucheranzüge und U-Boote, präparierte Meerestiere und Schiffsmodelle angesehen hatten, beschlossen sie eine Pause einzulegen und das Café aufzusuchen.

23

Als Mutter und Tochter den Lift zum Museums-Café betraten, stiegen Ellen unangenehme Ausdünstungen in die Nase. Mein Kind hat gestern eindeutig zu viel getrunken, sagte sie sich.

Die Gaststätte im obersten Stockwerk war mit einer kleinen Gesellschaft besetzt, die dort Geburtstag feierte – es handelte sich um etwa fünfjährige Knaben mit ihren Erzieherinnen.

»Hier ist es mir zu laut«, sagte Amalia, »schauen wir mal, wie es auf der Dachterrasse aussieht. Ich bin wahnsinnig durstig.«

Dort war es wiederum etwas kühl, aber sie hatten zum Glück ihre Jacken dabei. Kaum hatten sie Platz genommen und bewunderten die Aussicht, als sich eine freche Möwe auf das Geländer setzte und aufmerksam darauf wartete, dass die Gäste etwas konsumieren würden. Da beide heute kaum etwas gegessen hatten, bestellten sie Salade niçoise mit Baguette und eine große Flasche Mineralwasser. Das Essen war noch nicht auf dem Tisch, da näherten sich Ansgar und Valerie und setzten sich unaufgefordert zu ihnen.

»Na, schon fertig mit dem Fish-Viewing?«, fragte Amalia.

»Das kann man ja nicht lange mit ansehen, wie die armen Kerle stumpfsinnig im Kreis herumschwimmen«, sagte Valerie.

»In unserem neuen Sachbuch über depressive Tiere machen die Zoo- und Aquarienbewohner wohl nur einen kleineren Teil aus«, sagte Ansgar. »Trotzdem werden wir auch ihnen je ein Kapitel widmen. Die Menschheit hat zwar im Laufe der Jahrhunderte in moralischer Hinsicht nur minimale Fortschritte erzielt, aber immerhin die Sklavenhaltung gesetzlich verboten. Es wäre wünschenswert, wenn man das irgendwann auch für Tiere durchsetzen könnte.«

»Die Fische hier sind ja eigentlich keine Sklaven«, meinte Amalia.

»Aber unsere Nutztiere. Sobald eine Kuh Milch gibt, bleibt sie angekettet im Stall – wie soll man das denn sonst nennen?«, fragte Valerie.

»Willst du etwa alle Rindviecher frei lassen und alle Zoos auflösen?«, fragte Ellen. »Das sind doch meistens Tiere, die bereits in Gefangenschaft geboren wurden und gar nicht mehr wissen, wie man sich Futter beschafft.«

»Soweit es möglich ist, sollte man sie behutsam auswildern«, sagte Ansgar. »Eine Ausnahme machen höchstens die Menschenaffen, weil sie in etwa fünfzig Jahren von unserem Planeten verschwunden sein werden. Für die Wissenschaft sind sie unentbehrlich, da es sich schließlich um unsere nächsten Verwandten handelt. Die Genforscher sind gerade dabei, unsere großen Gemeinsamkeiten und klitzekleinen Unterschiede zu entschlüsseln.«

»Wollt ihr dann auch Hunde und Katzen auswildern?«, fragte Amalia.

»Niemals im Leben, dann wären wir ja brotlos!«, sagte Valerie. »In diesem Fall sind das Problem eher die Menschen. Es fehlt heutzutage ein natürlicher Umgang. Zum Beispiel sind Obdachlosenhunde niemals depressiv, sondern völlig zufrieden. Ein Hund, der mit seinem Besitzer auch mal spielen darf, schüttet Serotonin aus und ist glücklich.«

Der Imbiss wurde serviert, die Möwe wartete immer noch. Mit kindlichem Vergnügen warf ihr Amalia winzige Brotbrocken hin, die der Vogel geschickt in der Luft auffing.

»Die Möwe ist ein Profi, die macht das nicht zum ersten Mal«, sagte Ansgar bewundernd. Valerie ignorierte das amüsante Schauspiel und meinte: »Ich will euch ja nicht den Appetit verderben, aber Ortruds Schicksal beschäftigt mich doch sehr. Es würde mich interessieren, was man jetzt unternehmen wird.«

»Soviel ich weiß, wurde sofort Seenotalarm gegeben. Leider meinte der Schiffsarzt, dass Alkohol die Gefahr einer Unterkühlung stark erhöht, daher sind die Rettungschancen gleich null«, sagte Ellen. »Außerdem hat Gerd einige Passagen in Ortruds Reisenotizen gefunden, die auf einen Suizid hinweisen.«

»Ein Tagebuch?«, fragte Ansgar. »Das ist sicherlich hochinteressant!«

»Wenn ich mich ins Wasser stürzen wollte, würde ich mein Tagebuch unter allen Umständen mitnehmen«, sagte Amalia.

»Falsch«, entgegnete Valerie. »Die meisten Selbstmörder wollen ja gar nicht sterben, sondern unter den für sie unerträglichen Umständen nicht weiterleben, wobei die unheilbar Kranken eine Sonderstellung einnehmen. Ein Suizid ist fast immer ein Hilfeschrei beziehungsweise eine Anklage, und daher möchten die Depressiven, dass ihre Mitmenschen die Beschuldigungen lesen, sich verantwortlich für ihren Tod fühlen und somit lebenslänglich bestraft werden.«

»Wie sieht das Tagebuch denn aus? Schreibt sie mit Bleistift oder goldener Tinte?«, fragte Amalia.

»Gerd hat mir daraus vorgelesen, ich hatte es nicht selbst in der Hand. Äußerlich erinnerte es mich ein bisschen an Clärchens geheimes Mädchentagebuch, rosarot mit einem winzigen Schlösschen. Aber offenbar hat sie es extra für diese Reise angelegt, es ist also nicht sonderlich umfangreich.«

Amalia gähnte. »Und – was machen wir jetzt?«, fragte sie.

Valerie bemerkte spöttisch: »Nun, für dich sind jetzt wohl die vier großen S der Touristen angesagt: Sightseeing, Shopping, Souvenir, Show!«

»Das erste S habe ich schon abgehakt«, sagte Amalia verdrossen.

»In jeder Stadt gibt es so etwas wie die Zürcher Bahnhofstraße«, sagte Valerie. »In Prag nennen sie es die Schick-Scheck-Schock-Straße: Erst ist man begeistert über die schicken Kleider, dann stellt man einen Scheck aus und kriegt einen Schock. Diese Straße musst du dir vorknöpfen!«

»Alles Bullshit und nichts für mich«, sagte Ansgar. »Ich bleibe gemütlich sitzen und beobachte die Schulklassen, die von ihren Biolehrern hierhergetrieben werden. Unfreiwilliger Unterricht hat ja auch was von Sklaverei.«

»Mein Mann hat oft die Schule geschwänzt«, sagte Valerie. »Er hat sich zwar nicht versklaven lassen, dafür aber gewaltige Bildungslücken. Doch mir geht nicht aus dem Kopf, was der arme Gerd jetzt machen wird. Er kann ja nicht einfach die Reise fortsetzen, als sei nichts gewesen!«

Daran hatte Ellen noch gar nicht gedacht. In ihrer Vorstellung lief sie Hand in Hand mit ihrem Liebsten durch die nächsten malerischen Städtchen.

»Soviel ich weiß, halten sich die Dornfelds keine Hunde, sondern Kinder«, überlegte Ansgar. »Gerd wird ihnen bestimmt sobald wie möglich die traurige Nachricht persönlich überbringen.«

»Müssen wir dann auch die Reise abbrechen, Mama?«, fragte Amalia und zog einen Flunsch. »Es sind doch nur noch ein paar Tage, die möchte ich genießen!«

»Ein rechtes Herzchen hat Madame Tunkel da herangezogen«, sagte Ansgar zu Valerie.

Ellen knüllte die Papierserviette zusammen, stand auf und legte einen Schein auf den Tisch, denn sie hatte keine Lust auf Frotzeleien. Amalia zog es in den Museumsshop.

Erst am Abend fanden Ellen und Gerd wieder zusammen. Gerd sah erschöpft aus, er hatte stundenlang mit den Kriminalbeamten, dem Sicherheitsoffizier und dem Konsulatsvertreter geredet.

»Komm, wir gehen essen«, sagte er zu Ellen. »Aber nicht an unseren Stammtisch im Restaurant, lass uns ein stilles Eckchen suchen, wo nicht alle zuhören.«

Sie füllten sich zuerst die Teller am Salatbuffet und suchten sich einen Zweiertisch hinter einer Säule.

Ellen war es egal, wo und mit wem Amalia essen würde. Mit Befremden sah sie, dass Gerd große Mengen Maiskörner in sich hineinschaufelte.

»Sie haben mir für morgen einen Flug von Nizza nach München gebucht«, sagte er mit vollem Mund. »Ich muss gleich packen und das Schiff verlassen, denn für heute Nacht hat man mir ein Hotel in Monte Carlo besorgt. Meinen Sohn konnte ich telefonisch nicht erreichen, er hält sich immer noch in den Staaten auf, unserer Franziska möchte ich die schmerzliche Nachricht persönlich überbringen.«

»Was studiert deine Tochter eigentlich?«, fragte Ellen.

»BWL«, sagte Gerd. »Seit einiger Zeit lebt sie mit zwei Kommilitoninnen in einer Münchner WG.«

Ellen war maßlos enttäuscht, aber sie zeigte es nicht. »Würde es dir helfen, wenn ich dich begleite?«

»Lieb gemeint, aber das bringt doch nichts! Franzi kennt dich ja gar nicht und weiß bisher nichts von unseren komplizierten Familienverstrickungen. Auf jeden Fall solltest du noch bis zum Ende dieser Reise an Bord bleiben, schließlich ist alles bezahlt. Denk an Amalia, für die ein Abbruch wie eine kalte Dusche wäre. Calvi soll ja reizend und ziemlich übersichtlich sein, nur etwa 5500 Einwohner.« Er sah auf die Uhr, denn das Schiff würde in einer Stunde nach Korsika weiterfahren.

»Kann ich noch irgendetwas für dich tun?«, fragte Ellen.

»Nicht wirklich. Das heißt, mir fällt etwas ein: Vielleicht könntest du morgen Ortruds Sachen zusammenpacken, man wird sie mir nachschicken. Die Schiffsleitung hat sich überaus hilfsbereit und mitfühlend verhalten.«

Ellen versprach es. Gerd stand schon bald auf und eilte in seine Kabine. Der karibische Salat hatte Ellen nicht sattgemacht, sie holte sich noch zwei Lammkoteletts mit Auberginen, Kartoffeln und Tomaten vom Grill und zum Dessert eine doppelte Portion Crêpe Suzette. Dann bezog sie in der Nähe der Gangway Stellung, um auf Gerd zu warten und Abschied zu nehmen.

»Kurz und schmerzlos, man beobachtet uns«, sagte Gerd und umarmte Ellen. »Ach, eh ich's vergesse – hier, meine Bordkarte, damit du in meine Kabine kommst. Ich melde mich bald!«

Ein Filipino trug seine beiden Koffer, das Tenderboot wartete bereits. Ellen winkte nur kurz, da sich viele Passagiere auf den Decks versammelt hatten, um die baldige Abfahrt des Schiffes zu verfolgen. Gerd stieg ein und drehte sich noch einmal um, dann tuckerten sie davon. In der gegenüberliegenden Stadt gingen die Lichter an, die Dämmerung begann.

Auf dem Weg in die Kabine traf Ellen ihre Tochter.

»Mama, wo hast du gesteckt? War das eben dein Gerd, der das sinkende Schiff verlassen hat?«

»Es ist nicht *mein* Gerd«, sagte Ellen scharf. »Hast du schon gegessen?«

»Hier verhungert keiner, diesmal habe ich mit Frau Stör und Herrn Karpfen einen Platz im Spezialitätenrestaurant ergattert! Willst du etwa schon ins Bett gehen?«

»Mir ist nicht gut, ich möchte mich hinlegen. Vergangene Nacht ging es mir hundsmiserabel, zum ersten Mal im Leben wurde ich seekrank.«

»Dann ruh dich gut aus. Ich schaue mir noch einen Film an und werde später auf Zehenspitzen hereinschleichen und dich nicht stören.«

»Morgen muss ich für eine Tote packen«, sagte Ellen. »Drum brauche ich jetzt erst einmal Schlaf.«

Endlich lag Ellen im Bett und bediente sich großzügig mit Baldriandragees. Ihr letzter Gedanke vor dem Einschlafen war tröstlich: Beihilfe zum Selbstmord war unter Umständen sogar straffrei. Mitten in der Nacht wurde sie wieder wach, ihre Tochter lag längst neben ihr. Zum zweiten Mal auf dieser Reise fühlte sie sich schlecht, sie tappte ins Bad und trennte sich von ihrem allzu reichlichen Abendmahl. Ansgar hat recht, dachte sie, wenn man die Wahl hat, kotzt man lieber ins Klo als über Bord.

Nach einem gemeinsamen Kaffee bot sich Amalia an, ihrer Mutter beim Kofferpacken zu helfen. Sicherlich war auch eine gewisse Neugier dabei, Ortruds persönlichen Nachlass zu inspizieren. Zu zweit betraten sie die Kabine der Dornfelds; Amalia strebte zuerst ins Bad, um die Kosmetika zu sichten und in einem überdimensionalen Kulturbeutel zu verstauen.

»Eigentlich könnte man glatt alles in den Mülleimer werfen«, sagte sie, »wer möchte denn die angebrochenen Cremes oder Shampoos eines Schluckspechts benutzen...«

»Du vielleicht«, knurrte Ellen. »Lass bloß die Finger davon! Aber kann ich auch mal sehen...«

Sie einigten sich darauf, eine sicherlich sehr teure Hautcreme in Originalverpackung mitgehen zu lassen. Während Amalia noch überlegte, ob das Parfüm in der Sprayflasche ebenfalls in Frage käme, begann Ellen im begehbaren Kleiderschrank die Wäsche aus den Fächern zu räumen und aufs Bett zu legen. Der eingebaute Safe stand offen und schien leer zu sein. Prüfend griff sie trotzdem hinein und strich über einen kaum fühlbaren Widerstand unter der Filzeinlage. Verwundert zog sie ein kleines Objekt hervor, das sie, ohne zu überlegen, in der Hosentasche verschwinden ließ. Als sie wenige Sekunden später auf den Balkon trat und das Ding bei Licht betrachtete, war es ein USB-Stick, einer dieser niedlichen mobilen Datenspeicher. Versteckte Ortrud im Computer die ganz geheimen Notizen? Davon brauchte Amalia eigentlich nichts zu wissen, beschloss Ellen und steckte das Ding schnell wieder weg. Als es jetzt um die Kleider ging, war ihre Tochter sofort an ihrer Seite.

»Schau doch mal, ob mir das gelbe stehen würde?«, fragte Amalia und hielt ein besticktes Flattergewand in die Höhe. Eine Modenschau war angesagt. Sie zogen fast alles an, was Ortrud auf die Schiffsreise mitgenommen hatte. Beide alberten herum, giggelten und gerieten in eine überdrehte Stimmung, wie es seit Amalias Teenagerzeit nie mehr der Fall gewesen war.

»Schmuck ist leider keiner mehr da«, sagte Amalia vorwurfsvoll. »Noch nicht einmal das Collier, das Ortrud mir schenken wollte. Das hat Gerd natürlich alles eingesackt, anstatt es uns zu überlassen.«

»Klar, den Safe räumt jeder als Erstes aus, weil man die Ausweise auf keinen Fall vergessen darf«, sagte Ellen und wurde wieder ernst. »Wir haben ja auch unser Bargeld, die Flugtickets und die Kreditkarten eingeschlossen. – Aber findest du, dass der blaue Kaschmirpullover zu mir passen würde?«

Amalia hob den Daumen nach oben, und Ellen behielt das gute Stück einfach an. Amalia entschied sich für eine kurze rote Lederjacke, die ihr ausgezeichnet stand.

»Stopp!«, sagte Ellen plötzlich. »Gerd hat schließlich dauernd fotografiert. Wenn er seinen Kindern die Bilder zeigt, wird mindestens die Tochter merken, dass diese Kleidungsstücke fehlen. Und dann muss man nur zwei und zwei zusammenzählen...«

»Mama, du bist schlau, an dir ist direkt ein Profi verlorengegangen. Aber schade ist es doch, denn wahrscheinlich wandern die teuren Sachen in einen Container. Oder meinst du, es besteht eine Chance, dass Madame noch lebt?«

Ellen schüttelte den Kopf, während sie mit Bedauern aus dem angenehm leichten Pullover schlüpfte. Sie konnte sich nicht erinnern, dass Ortrud ihn je getragen hatte, er schien ganz neu zu sein. Also zog sie ihn doch wieder an. In Gedanken war sie jedoch bei ihrem Fundstück, das sich womöglich als Fundgrube entpuppen könnte. Leider hatten sie beide keinen Laptop mitgenommen.

»Weißt du was«, platzte Amalia heraus, »diese Kabine bleibt ja jetzt frei. Wir könnten doch den Concierge fragen, ob wir nicht für die letzten Tage umziehen dürfen. Der Balkon ist etwas einmalig Schönes, ich könnte mich sogar nackig in die Sonne legen! Außerdem liebe ich es, einfach nur ins Wasser zu schauen. Und die prächtigen Sonnenuntergänge!«

»Auf keinen Fall«, sagte Ellen entsetzt. »Ich bin froh, wenn ich diese Kabine nie wieder betreten muss!«

Amalia zuckte mit den Schultern. »Okay, okay, dann eben nicht. Du bist so was von empfindlich! In meinem Beruf könnte man sich das nicht leisten. Aber schau mal, Korsika ist in Sicht! Mama, kannst du mir einen Hunderter leihen, ich bin restlos blank.«

24

Die MS RENA lag vor Calvi auf Reede. Schon vom Wasser aus blickten Ellen und Amalia auf die genuesische Zitadelle, das Wahrzeichen des Städtchens. Sie hatten sich dazu entschlossen, nicht wie viele andere an einer Busfahrt in die korsischen Bergdörfer teilzunehmen, sondern die Altstadt zu erkunden, auch die Hafenpromenade mit vielen Restaurants und kleinen Läden sollte verlockend sein. Nachdem sie einen Souvenirshop nach dem anderen besucht hatten, kaufte Amalia vom geliehenen Geld ein Wildschwein aus Plüsch für Uwe. Er lese ja außer Gebrauchsanweisungen nur Comics: *Asterix auf Korsika*, worin solche Schweine eine wichtige Rolle spielten, sei sein Favorit. Ellen lächelte ein wenig von oben herab, sie konnte es sich beim besten Willen nicht vorstellen, Gerd ein Kuscheltier zu schenken. Liebe verändert sich im Laufe des Lebens, dachte sie, erwachsene Menschen werden selbst bei großer Verliebtheit nicht wieder zu Kindern, eher schon zu Mördern.

»Mama, gefällt dir das Wildschwein?«, fragte Amalia mit der Stimme einer Dreijährigen.

»Süß, ganz süß«, lispelte Ellen.

»Zuhause haben wir auch bald ein süßes kleines Hündchen«, tastete Amalia sich vor. Doch es kam, wie es kommen musste: Ihre Mutter bekam einen Wutanfall, packte das unschuldige Wildschwein, warf es in den nächstbesten Papierkorb und schrie ihre Tochter so zornig an, dass ein paar Passagiere des Schiffes, die hier ebenfalls flanierten, neugierig stehen blieben.

Amalia wusste vor Schreck nichts zu erwidern, fischte das Schwein wieder heraus, drehte sich auf dem Absatz um und ließ ihre Mutter stehen. Ein Mitreisender, von Amalia *der Glitzermann* genannt, eilte auf Ellen zu und fragte, ob er helfen könne. Sie brüllte auch ihn an, denn auf einmal versagten ihre Nerven. Nun betrat auch ein mitleidiger Ladenbesitzer die Bühne und brachte ihr ein Glas Wasser, worauf Ellen die Tränen kamen. Man führte sie an einen kleinen Platz, schob ihr einen Stuhl unter und zwang sie, das Wasser auszutrinken. Kaum ließ man sie einen Moment allein, sprang Ellen auf und verdrückte sich. Tränenüberströmt wanderte sie am Ufer entlang, bis sie ein niedriges Mäuerchen im Schatten von Meerespinien, Lorbeerbäumen und Eukalyptuspflanzen erreichte. Hier sah man weit und breit keine Menschenseele, nur ein Schmetterling flog herbei und setzte sich neben sie; Ellen war sich fast sicher, dass es ein von Gerd geschickter Schwalbenschwanz war. Oder wurde sie jetzt ebenso kindisch wie ihre Tochter, die ein Plüschtier gekauft hatte? Etwas mutlos zog sie ihr Handy heraus und steckte es gleich wieder weg. Leider hatte sie seine Nummer nicht eingespeichert. Allmählich musste Gerd ja am Ziel angekommen sein, wann würde er sich melden?

Wie sollte es weitergehen? Nächste Woche saß sie wieder Tag für Tag auf ihrem hässlichen ergonomischen Drehstuhl im Einwohnermeldeamt und stellte Personalausweise oder Reisepässe aus. Zu Hause tobte unterdessen ein junger Hund herum, der auf den Teppich machte, Kabel zernagte und Stehlampen umwarf. Amalia würde ihre Wochenenden wie immer mit Uwe verbringen, Clärchen nur noch an Weihnachten zu Besuch kommen, ihre Mutter würde älter und irgendwann ein Pflegefall, und die Seereise blieb ein schöner, ferner Traum – beziehungsweise ein Alptraum, was Ortrud betraf. Wie lange würde sich der Prinz Zeit lassen, bis er Aschenputtel erlöste?

Scheißkreuzfahrt, sagte Ellen plötzlich laut, ich hätte mit ihm gemeinsam nach München fliegen sollen. Ohne Gerd ist jeder weitere Tag einer zu viel, aber genau genommen habe ich selbst für seine Abreise gesorgt. Sie stand auf und lief langsam zur

Anlegestelle des Tenderbootes. Das Schiff würde bereits am Nachmittag weiterfahren, hier am Ort ihrer Schande wollte sie sich nie mehr blicken lassen.

Auf der kurzen Passage bis zum Schiff entdeckte sie erneut den Glitzermann, dem Amalia diesen Spitznamen zu Recht gegeben hatte, denn er trug selbst zu einem Jeanshemd eine funkelnde Brosche, mehrere Ringe und eine auffällige Armbanduhr. Beim abendlichen Dinner glänzte er von der Brille bis zu den altmodischen silbernen Schnallen an den Schuhen. Obwohl Ellen ostentativ in die Ferne blickte, kam er auf sie zu.

»Geht es Ihnen besser? Auf Kreuzfahrten kommt so ein Koller schon mal vor, ich bin vor zwei Jahren selbst völlig ausgeflippt und weiß bis heute keinen plausiblen Grund dafür. Vielleicht, weil man so viel Schönheit nicht tagelang ertragen kann.«

Ellen wollte eigentlich nicht mit ihm reden, gab aber notgedrungen Auskunft: »Wenn ich demnächst wieder in Deutschland bin, hat sich dort ein unerwünschter Mitbewohner eingenistet: ein junger Hund! Das war mit meiner Mutter nicht abgesprochen und ist eine Respektlosigkeit. Ich dulde prinzipiell keine Tiere im Haus, aber jetzt haben sich meine Mutter und meine Tochter gegen mich verbündet, ist das nicht schrecklich?«

»Sie werden sehen«, tröstete sie der Glitzermann, »dass ein Haustier eine Bereicherung für die ganze Familie ist. Wenden Sie sich doch mal an unsere beiden Tierpsychologen, die können Ihnen sicherlich gute Tipps für die Welpenaufzucht geben!«

An Bord war es still, fast alle Passagiere befanden sich noch an Land. Ellen machte einen kleinen Rundgang, ließ sich am Pool ein Eis mit frischen Früchten servieren und setzte sich schließlich in die Bibliothek, in der ja Gerd viel Zeit verbracht hatte. Hier standen auch zwei PC-Arbeitsplätze zur Verfügung, und Ellen geriet in Versuchung, den USB-Stick aus ihrer Handtasche zu ziehen und Ortruds Dateien zu öffnen. Lieber nicht, sagte ihr eine innere Stimme, vielleicht mache ich an den fremden Rechnern etwas kaputt oder muss andere um Rat fragen – wer weiß, ob ich dabei nicht in Teufels Küche komme.

Die Fahrt am Nachmittag war sensationell schön, denn die MS RENA umrundete gemächlich Korsikas Küsten. Durch die Ansage des Kapitäns erfuhr Ellen, dass die Westseite als Naturschutzgebiet ausgewiesen und von der UNESCO in die Liste des Weltnaturerbes aufgenommen worden war. Aus dem Meer ragten steile, rotgefärbte Felsen, die vor vielen Millionen Jahren entstanden waren. Eigentlich kennen wir uns noch nicht besonders gut, dachte Ellen, ich weiß überhaupt nicht, ob Gerd ein Naturfreund ist. Sie versuchte, sich zu erinnern, ob er nicht bloß architektonisch interessante Bauten, sondern auch Wolken, Sonnenuntergänge, Meeresvögel oder die üppige Vegetation fotografiert hatte.

Als Amalia wieder an Bord war, hatte sie ihre Mutter als Zeichen der Versöhnung vorsichtig umarmt, beide sprachen aber das Thema *Hund* vorläufig lieber nicht an. Bereits an diesem Abend fand ein Abschiedsfest statt, weil die Passagiere am letzten Tag mit Packen beschäftigt sein würden. Ellen hatte noch einmal die Gelegenheit, sich in Brigittes Abendkleid zu werfen, aber sie hatte kein Interesse mehr, als schöne, gutangezogene Frau zu glänzen, und ganz bestimmt nicht wollte sie Ansgar oder gar dem Glitzermann gefallen. Amalia hatte zum Glück die Kabine verlassen, als Ellens Handy klingelte. Gerd redete ein wenig nervös und atemlos auf sie ein.

»Ich hoffe, es geht dir gut. Später erzähle ich dir, wie alles gelaufen ist. Hast du Ortruds Sachen schon fertig gepackt?«

»Das habe ich heute Morgen bereits erledigt, die Koffer wurden auch gleich abtransportiert.«

»Hast du noch irgendetwas Besonderes bei ihren Sachen gefunden?«

Ellen dachte an den Pullover und den USB-Stick und bekam ein schlechtes Gewissen.

»Nein, nichts als Kleider und Kosmetik. Amalia hat mir geholfen. Wir haben alles bis hin zum Safe kontrolliert.«

»Herzlichen Dank für eure Mühe. Es tut mir so leid, dass ich euch verlassen musste. Ich hoffe, das Unglück hat nicht alle zu sehr mitgenommen?«

»Du fehlst mir schon sehr. – Aber wie hat denn deine Tochter reagiert?«

»Ich habe sie noch gar nicht angetroffen, sie scheint ausgeflogen zu sein. Aber das erzähle ich dir später, ich bin jetzt mit ihrer Freundin verabredet und hoffe, dass die Bescheid weiß. Alles Liebe, und grüß mir deine Tochter!«

Er legte auf. Ellen beschloss, sich nun endlich ihr Entspannungsbad zu gönnen. Vom heißen Wasser umspült, kam ihr ein altes Lied in den Sinn. Wir sind zwar keine Königskinder, sondern etwas noch viel Merkwürdigeres, dachte sie – wir wurden beide einem falschen Vater untergejubelt. Also änderte sie den Text etwas ab und sang:

> *Es waren zwei Kuckuckskinder,*
> *die hatten einander so lieb,*
> *sie konnten zusammen nicht kommen,*
> *das Wasser war viel zu tief.*

Beim festlichen Abendessen wollten Amalia und Ellen gerade an ihrem halbleeren Vierertisch Platz nehmen, als Ansgar sie mit freundlichen Worten an eine etwas größere Tafel holte, wo Valerie, der Glitzermann und die Außerirdische – die angeblich reichste Frau an Bord – sowie das Kind Dicky mit seinem bajuwarischen Vater bereits saßen. Man stellte sich gegenseitig vor, denn Ellen kannte die meisten nur unter den von Amalia ausgedachten Tarnnamen. Nach einigen belanglosen Sätzen über das Wetter und die Speisekarte kam man auf Ortruds tragisches Schicksal zu sprechen, über das anscheinend alle an diesem Tisch bestens informiert waren.

»Falls es sich tatsächlich um einen Suizid handelt«, meinte Valerie, »müsste man untersuchen, ob psychosomatische oder hereditäre Faktoren eine Rolle spielen. Ich werde übrigens heute keinen Fisch essen.«

Die Außerirdische konterte sofort: »Totaler Quatsch, Kindchen, ist doch klar, dass es kein Selbstmord war! Der Ehemann hatte allen Grund, sie loszuwerden. Als Kriminalist würde ich bloß in dieser Richtung recherchieren und auf jeden Fall ein paar geschulte Taucher einsetzen.«

»Etwa im ganzen Mittelmeer? Ich habe gehört, dass man die Suche nach der Leiche erfolglos eingestellt hat«, sagte der Bajuware.

Doch der Glitzermann empörte sich: »Finden Sie wirklich, dass Leichen ein passendes Tischgespräch in Gegenwart eines Kindes sind? Wir sollten lieber ein anderes Thema aufgreifen – zum Beispiel wird unsere Frau Tunkel zu Hause eine Überraschung erleben: Die Familie hat sich in ihrer Abwesenheit um einen Welpen vergrößert.«

Jetzt fand Amalia, dass es Zeit war, sich einzuschalten. »Meine Großmutter hat ein verwaistes Hundekind aufgenommen, das hätte doch jeder an ihrer Stelle getan. Leider ist meine Mutter ein bisschen neurotisch im Umgang mit Tieren, aber ich denke, sie wird sich an den Zuwachs gewöhnen.«

»Welche Rasse? Wie alt?«, fragte Ansgar. »Bei einem ausgesetzten Jungtier ist natürlich die Frage, ob ein allzu früher Mutterverlust nicht zu einem schweren Trauma geführt hat. In diesem Fall bieten wir Hilfe an – ihr könnt uns jederzeit anrufen, falls es Probleme gibt.«

Ellen hörte gar nicht zu. Anscheinend wussten bereits alle auf dem Schiff, dass Ortrud ein Alkoholproblem und Gerd dadurch kein leichtes Leben gehabt hatte; die Außerirdische hatte nur ausgesprochen, was wohl viele hier dachten. Himmel hilf, womöglich habe ich ihm eine Mordanklage eingebrockt, dachte Ellen. Aber ich darf auf keinen Fall paranoid reagieren, schließlich hat Gerd ein astreines Alibi.

Bei der nachfolgenden Abschiedsgala tranken sämtliche Gäste Champagner und hörten den Sängern zu, die Seemannslieder vortrugen. Zuvor hatte die Versteigerung gespendeter Gegenstände zu Gunsten einer Kinderkrebsklinik stattgefunden, wobei die reiche alte Frau ein paar Tausender springen ließ. Schließlich trat der Kreuzfahrtdirektor auf, der einige Gedichte von Ringelnatz rezitierte, jenem Dichter, dessen seemännischer Name für das glücksbringende Seepferdchen stand.

In einer Pause, als neue Getränke serviert wurden, wandte sich die außerirdische Witwe an Amalia.

»Gefällt dir diese Reise, Schätzchen?«, fragte sie.
Amalia nickte.

»Und wer hat sie bezahlt?«

»Wir wurden eingeladen.«

»Das dachte ich mir. Würdest du nicht gern so leben wie ich? Dir jedes Jahr mehrere solcher Reisen leisten? Und zwar alles vom eigenen Geld?«

»Natürlich«, sagte Amalia, »aber in meinem Beruf wird man nicht reich.«

Die Außerirdische befragte sie weiter. »Arzthelferin in einer gynäkologischen Praxis! Aber Kindchen, da lernt man doch keine Männer kennen! Du solltest sofort zu einem Urologen wechseln oder am besten einen anderen Beruf ergreifen. Pflegerin bei einem geschiedenen, morbiden Krösus, davon verspreche ich mir sehr viel mehr.«

Als am Ende die Bordkapelle aufspielte, tanzte Ellen zu ihrer eigenen Verwunderung bis in die Puppen mit dem Glitzermann, Amalia mit einem gutaussehenden, braungebrannten Herrn, der allerdings vierzig Jahre älter war.

25

Pflichtgemäß meldete sich Matthias Tunkel täglich bei seiner Mutter. Diesmal kam er überhaupt nicht zu Wort, so begeistert und ausführlich erzählte sie von einer Penny. Erst allmählich begriff Matthias, dass es sich um einen jungen Hund handelte.

»Mutter, du bist ja schlimmer als eine Erstgebärende, die nur noch über ihr Baby spricht! Und was hört man eigentlich von unseren Kreuzfahrern?«

»Alles bestens, das heißt, die Frau von diesem Gerd ist über Bord gegangen. Ist nicht weiter schade, denn Ellen und Amalia mochten sie sowieso nicht.«

»Um Gottes willen, Mutter, was sagst du da! Wahrscheinlich hast du irgendetwas missverstanden. Von wem kam denn diese schreckliche Nachricht?«

»Von Amalia. Aber wenn du glaubst, dass ich plemplem bin, dann frag sie doch selbst!«, sagte Hildegard gekränkt.

Bloß ein Hörfehler? Plemplem? Eine vorübergehende Verwirrung? Altersdemenz oder Alzheimer? Musste er seine Mutter zu sich nach Frankfurt holen, weil man sie nicht mehr allein lassen konnte? Hatte sie einen Hund erfunden, um sich über ihre

Einsamkeit hinwegzutrösten? Oder zu viele Piratenfilme gesehen, in denen ständig Seeräuber und Matrosen ins Meer gekippt wurden?

Matthias rief auf der Stelle seine Schwester Ellen an und erfuhr, dass ihre Mutter nicht *gaga* war. Als Einziger der Familie war Matthias tief erschüttert und beriet sich mit seiner Frau Brigitte, die diese Reise ja durch eine großzügige Leihgabe gefördert hatte. Sie überlegten gemeinsam, wie sie den neuen Halbbruder trösten und unterstützen könnten. Matthias verständigte auch die anderen Geschwister, aber keiner wusste so recht, ob man schon jetzt kondolieren sollte, wo Gerd vielleicht noch auf ein Wunder hoffte. Ein illegales Flüchtlingsboot aus Afrika könnte Ortrud doch aufgefischt haben, phantasierte Holger, sah aber bald ein, dass bei Nacht und Sturm wohl keine Chancen auf Rettung bestanden. Überdies gab Matthias zu bedenken, dass es wahrscheinlich kein Unfall, sondern ein freiwilliger Tod war.

Inzwischen hatte der letzte Tag auf der MS RENA begonnen, gegen Mittag sollte Portovenere erreicht werden und am Morgen danach Civitavecchia für die Ausschiffung. Ellen und Amalia hatten einen Kater, schliefen sich zum letzten Mal aus und freuten sich nach dem Frühstück auf ein Stückchen Ligurien. Ein malerischer kleiner Hafen erwartete sie, die eng aneinanderklebenden, hohen bunten Häuser bildeten früher einen Verteidigungswall gegen Feinde, die vom Meer aus anrückten. Wäsche hing von den Balkonen, Fischer verkauften ihren Fang. Ebenso wie Amalia hatte Ellen ihr Konto überzogen, ihr Bargeld war fast völlig ausgegeben, und sie zählte jeden Cent. Hundert Euro wollte sie für Trinkgelder übrig behalten, was sonst wahrscheinlich Gerd übernommen hätte. Wie herrlich wäre dieser letzte Ausflug mit ihm gemeinsam gewesen! Als sie ihre Tochter fragte, ob sie nicht lieber mit ihren Sängerfreunden losziehen wolle, schüttelte Amalia den Kopf.

»Ich muss mich jetzt mental wieder auf Uwe einstellen und ein bisschen zentrieren«, sagte sie. »Viel Zeit haben wir sowieso nicht, ich hoffe, dir ist klar, dass wir heute Nachmittag packen und die Koffer vor der Kabinentür deponieren müssen.«

»Ja, ja«, sagte Ellen. »Die schönen Tage von Aranjuez sind nun zu Ende.« Als Amalia sie verständnislos anblickte, erklärte sie: »Das ist aus *Don Carlos*, ein Drama von Schiller.«

Ellen dachte an ihren leiblichen Vater. Insgeheim war sie sicher, dass sie auch ohne Ausbildung eine Hauptrolle bei *Traumschiff* oder *Tatort* spielen könnte.

»Und wie war gestern dein Showtanz mit Mister Glitzi?«, fragte Amalia weiter.

»Walzer kann er gut, Tango weniger. Außerdem glitzern sogar seine Augen wie heller Bernstein. Und was hast du mit deinem Sugar Daddy erlebt?«

»Der hatte mal eine Schuhfabrik und ist seit einem Jahr Witwer. Aber er hat mir keine Stelle als Pflegerin oder Privatsekretärin angeboten. Stattdessen hat mir die Außerirdische ein Präsent zur Erinnerung überlassen – sieh mal! Komisch, schon Madame Dornkaat wollte mir ihre Preziosen aufdrücken!«

Amalia zog eine Kette mit Anhänger aus der Hosentasche und erklärte, dass es sich um sogenannten Jagdschmuck handele: ein Collier aus Gold und Murmeltiernagezähnen.

»Schön scheußlich«, sagte Ellen und schüttelte sich. »Verständlich, dass sie ihr kitschiges Kleinod loswerden wollte, kannst es ja deinem Uwe weiterreichen. Komm, wir entfernen uns mal ein bisschen vom Touristentrampelpfad.«

In einem Viertel mit neueren Häusern entdeckten sie einen kleinen Spielplatz, wo bestimmt nur Einheimische und keine Kreuzfahrer anzutreffen waren. Zwei Mädchen schwänzten hier gemeinsam mit zwei gleichaltrigen Jungen die Schule. Die etwa 14-jährigen Gören zeigten großzügig ihre hervorblitzenden Tanga-Strings, ihre Kavaliere hatten sich mit verspiegelten Pilotenbrillen und Treckingsandalen ausgerüstet. Während sich die Mädchen wollüstig auf einer Rutschbahn für Kleinkinder aalten, wippten die Knaben wie wild auf Schaukeltieren. Eine schnell zu durchschauende, wenn auch unbewusste sexuelle Anmache.

Eine Weile sahen Ellen und Amalia ihnen zu, dann wanderten sie zurück und ließen sich aufs Schiff bringen, um dort missmutig ihre Koffer zu packen. Am letzten Abend ging es leger zu, man verabschiedete sich bereits jetzt von den meisten Tischgenossen, weil die Busse nach Rom am nächsten Morgen schon früh starten würden.

»Ich werde diesen wunderbaren Geruch nach Salzwasser am meisten vermissen«, sagte Amalia, »aber natürlich auch das gute Essen.«

Amalias Handgepäck wurde am Flughafen Fiumicino durchsucht, weil sie das korsische Wildschwein etwas verwegen aus ihrer Reisetasche hervorlugen ließ – damit es Luft kriegte, wie sie meinte. Nachdem man das verdächtige Tier unter die Lupe genommen und gründlich befühlt hatte, stellte die Security fest, dass es nur Watte und kein Kokain gefressen hatte, und sie konnten sich in eine endlose Warteschlange einreihen. Einige Stunden später betraten sie wieder deutschen Boden in Frankfurt, wo sie von Uwe abgeholt wurden.

Diskret sah Ellen in eine andere Richtung, als

sich das junge Paar leidenschaftlich begrüßte. Sie hätte nichts dagegen gehabt, wenn Amalia auf dieser Seereise einen gutverdienenden, heiratswilligen, im Alter einigermaßen passenden Akademiker mit Kinderwunsch an Land gezogen hätte, aber dergleichen befand sich nicht im Angebot. Sie musterte Uwe ziemlich kritisch. Der Köter im Haus war sicherlich seine perfide Idee gewesen.

Als sie im Auto saßen, fing Uwe auch gleich damit an: »Frau Tunkel, Ihre Mutter ist so happy mit dem Hündchen. Ich hoffe, Sie nehmen es mir nicht krumm, dass ich Penny«

»Doch«, unterbrach ihn Ellen. »Aber noch mehr ärgere ich mich über meine Mutter, denn die weiß besser als Sie, dass ich prinzipiell keine Haustiere ertrage.«

»Allergie?«, fragte Uwe.

»Nein«, sagte Amalia. »Meine Mutter hat eine Mäusephobie und bildet sich ein, auch ein Hund würde tote Nager ins Haus schleppen. Aber ich freue mich schon sehr darauf, mit dir Gassi zu gehen.«

Das klang wie Musik in Uwes Ohren. Als er vor dem Nonnenhaus anhielt, trug er noch rasch die Koffer ins Haus und sah zu, wie Amalia den fiependen Welpen auf den Arm nahm, während Ellen ihre Mutter begrüßte. Gern hätte er seine Freundin sofort zu sich nach Hause mitgenommen, wollte aber nicht zu fordernd auftreten. Als Uwe weg war, stellte Hildegard eine Platte mit Quarkkeulchen auf den Tisch, die den Kreuzfahrern nach der wochenlangen Luxusküche ausgezeichnet schmeckten.

Ellen war etwas erschöpft von der Reise und wollte früh zu Bett gehen. Morgen hatte sie noch frei und konnte den ganzen Tag zum Auspacken, Waschen, Putzen und Einkaufen verwenden. Der arglose Hund hatte sogar seine Feindin überschwenglich willkommen geheißen und sich über jeden neuen Mitbewohner kindisch gefreut, Amalia überlegte, ob sie das Wildschwein lieber der kleinen Penny schenken sollte.

Ellen traute sich nicht, bei Gerd anzurufen. Doch zum Glück meldete er sich selbst noch am späten Abend.
»Seid ihr gut angekommen? Ich werde vielleicht schon bald wieder nach Südfrankreich fliegen müssen, denn man hat in der Nähe von Antibes einen im Wasser treibenden weiblichen Leichnam geborgen, den ich voraussichtlich identifizieren muss. Ich habe den Behörden sofort ein paar Fotos gemailt, die vielleicht zur Klärung ausreichen. Zwar ist es auf Grund des Eherings ziemlich sicher, dass es sich

um Ortrud handelt, aber bis die Tote freigegeben wird, gibt es noch ein längeres Prozedere, wie eine Obduktion oder eine DNA-Analyse. Dafür brauchen sie wahrscheinlich Vergleichsmaterial, das ich schicken müsste. Ihre Waschsachen habt ihr wohl alle in die Koffer gepackt – die noch nicht hier angekommen sind –, so dass ich weder auf die Zahnbürste noch den Kamm zurückgreifen kann.«

Er machte eine Pause. Ellen stockte fast der Atem, aber sie nahm sich vor: Cool bleiben! Um sich zu vergewissern, dass man ihm kein Mordmotiv unterstellen konnte, fragte sie: »Hatte sie eine Lebensversicherung?«

»Nein, die habe nur ich. Nun gut, ich finde sicher noch etwas im Haus, was ich zur DNA-Untersuchung vorlegen könnte. Notfalls müssen unsere Kinder eine Probe abgeben.«

»Hast du inzwischen mit ihnen sprechen können?«

»Ja, es war schrecklich. Aber das erzähle ich dir ein andermal. Gute Nacht, schlaf gut!«

Natürlich konnte Ellen jetzt überhaupt nicht einschlafen, sondern grübelte stundenlang. Demnächst musste sie im Einwohnermeldeamt auch wieder Anfragen nach dem neuen Aufenthaltsort verschollener Personen beantworten. Die meisten Vermissten wurden entweder relativ rasch oder nie gefunden;

sie wusste, dass es in Deutschland etwa hunderttausend registrierte Fälle pro Jahr gab, wobei es sich meistens um Kinder und Jugendliche handelte, die von zu Hause ausgerissen waren. Oft kehrten sie reumütig zurück.

Die Identität des angeschwemmten Körpers würde schnell aufgeklärt werden, davon ging Ellen aus. Gerd hatte keinen Ring getragen, aber seine Frau schon. Ob es eine Inschrift gab? Die häufigsten Gravuren im Ehering waren die Vornamen des Paares sowie das Datum der Trauung. Falls auf dem Ring der Toten *Gerd und Ortrud* stand, war doch alles klar. Wenn das nicht reichte, konnte man eine Röntgenaufnahme der Zähne vorlegen, dann musste der arme Gerd keine Wasserleiche begutachten. Bestimmt würde es in einiger Zeit eine Trauerfeier geben, an der auch Ellens Geschwister und Gerds Kinder teilnehmen sollten. Spätestens dann würde sie ihren Liebsten wiedersehen. Im Augenblick hatte er andere Probleme.

Als sie endlich eingeschlummert war, wurde Ellen durch einen grauenhaften Traum abrupt aus dem Schlaf gerissen: Vor ihrem Bett stand Ortrud mit grünen Algenhaaren und leeren Augenhöhlen, hob drohend ihr von der Schiffsschraube abgetrenntes Bein, als wollte sie damit auf ihre Mörderin einprügeln, öffnete ihr Froschmaul und spie eine Fontäne zappelnder Fische und Quallen auf ihr Opfer. Als Ellen wie rasend um sich schlug, verwandelten sich die Fische in Mäuse, sie wurde wach und hielt ein piepsendes Wollbällchen in der Hand. Weil Ellen mit dem Schreien und Penny mit dem Gejaule nicht aufhören konnten, erschien ein Gespenst in langem weißem Gewand und trug den armen Welpen zurück in sein Körbchen.

»Warum hast du auch deine Tür offen gelassen!«, sagte ihre Mutter vorwurfsvoll. »Du hättest meine Kleine ja erdrücken können!«

Zerschlagen vom nächtlichen Alptraum füllte Ellen am nächsten Morgen als Erstes die Waschmaschine, sortierte Brigittes Kleider und brachte den leeren Koffer in den Keller. Als Letztes räumte sie die Handtasche aus, warf die Flugtickets in den Papierkorb und zählte das restliche Geld. Sie musste noch vor dem Einkaufen ihre Mutter anpumpen, denn es reichte nicht, um Lebensmittel für das heutige Essen zu besorgen. Plötzlich fiel ihr wieder der USB-Stick in die Hände, den sie fast vergessen hatte. Inzwischen war sie gar nicht mehr so interessiert daran, Ortruds Geheimnissen auf die Spur zu kommen. Die Frau war tot, lag irgendwo in einer französischen Kühlkammer und wartete darauf, nach Deutschland verschickt zu werden. Ihr großer Wunsch, auf dem

Meeresboden zu ruhen, war nicht in Erfüllung gegangen, aber es war immerhin möglich, dass Gerd die Urne irgendwann in der Tiefsee versenken würde.

Nach den Schlemmereien der letzten Wochen meinte sie, um mindestens eine gefühlte Kleidergröße zugenommen zu haben, und wollte auf das Frühstück verzichten. Aber ihre Mutter brüllte durchs ganze Haus: »Kaffee fertig!«

Auch Amalia gab ihnen im Bademantel die Ehre und sagte, dass sie bald von Uwe zu einem gemeinsamen Hundespaziergang abgeholt werde und eine längere Wanderung unternehmen wolle, sie müsse ihren letzten freien Tag auskosten. Ellen war es mehr als lieb, dass Penny eine Weile fortblieb. Als sie allein waren, meinte Hildegard, ein Recht auf einen ausführlichen Reisebericht zu haben.

»Gut, dass ich nicht dabei war«, sagte sie mehrmals, denn Ellen war klug genug, von wütendem Sturmgebraus und heftiger Seekrankheit zu berichten, Glücksgefühle und Sonnenseiten aber auszusparen.

»Hat sich das Kind wenigstens amüsiert?«, fragte Hildegard. »Nur ihretwegen habe ich ja verzichtet!«

Obwohl das nicht der Wahrheit entsprach, ließ Ellen die Behauptung ihrer Mutter gelten und erzählte, dass Amalia mit einem reichen Witwer getanzt und von einer noch viel reicheren alten Dame eine Goldkette bekommen habe. Hildegards Augen begannen zu leuchten. »Gold? Dann hat sich ja alles gelohnt«, meinte sie. Aber dann wurde sie nachdenklich.

»Dieser Gerd ist jetzt Witwer geworden, lass bitte die Finger von ihm«, sagte sie. »Es ist doch immer dasselbe: Erst bist du seine Sternschnuppe, dann nur noch schnuppe. Sieh mal, wir drei Frauen leben doch so nett und friedlich zusammen, ein Mann würde bloß stören. Außerdem ist er Rudolfs Sohn und hat womöglich eine Neigung zum Fremdgehen geerbt. Mach dich nicht schon wieder unglücklich!«

Ach Gott, wie simpel sie gestrickt ist! Wieder mal die Gene!, dachte Ellen. Aber sie sagte nur: »Es gibt auch Paare, die seit Jahren gut miteinander auskommen, denk doch nur an Matthias und Brigitte!«

»Das sind die absoluten Ausnahmen«, sagte Hildegard und räumte den Tisch ab.

26

Erst als sie Brigittes Garderobe zur Blitzreinigung gebracht und eingekauft hatte, las Ellen die Mails, die während ihrer Reise angekommen waren. Eine Freundin schickte ihr regelmäßig einen lustigen Spruch, diesmal: *Some people are alive only because it's illegal to kill them.* Das brachte sie auf die Idee, endlich Ortruds USB-Stick an ihren Rechner anzukoppeln.

Interessant erschienen ihr natürlich die zahlreichen Aufnahmen, die anscheinend alle von ihrer gemeinsamen Kreuzfahrt stammten. Hier strahlte die sonnengebräunte Amalia, da posierte sie selbst in Brigittes schönstem Kleid. Auch ohne Personen darauf gab es wunderbare Erinnerungen: das Schiff MS RENA vom Hafen aus gesehen, Kastelle, Kirchen, Gässchen und die *Sagrada Familia*. Halt, dachte Ellen, die Gaudí-Häuser muss Gerd fotografiert haben, denn Ortrud war ja in Barcelona gar nicht mit von der Partie. Und hier war sie auch schon: Die Schnapsdrossel streckte ihr gerötetes Gesicht aus der roten Lederjacke gen Himmel – wie gut, dass Amalia das teure Stück nicht geklaut hatte. Überhaupt konnte sie sich im Nachhinein nicht erinnern, Gerds Frau jemals mit einem Fotoapparat gesehen zu haben. Langsam dämmerte es ihr, dass es sich bei diesem Fundstück nicht um einen Gegenstand aus Ortruds, sondern aus Gerds Besitz handelte.

Was mochte ihr Liebster denn sonst noch alles speichern? Anscheinend hatte er genau wie Ortrud den Drang verspürt, ständig etwas aufzuschreiben. Im Gegensatz zu ihr trug er allerdings seine Notizen und Gedankengänge nicht handschriftlich ein und pflegte dabei diverse Ordner immer wieder ineinander zu verschachteln, so dass Ellen ihre liebe Not beim virtuellen Blättern hatte. Da gab es zum Beispiel Grundstückspreise und Zahlenkolonnen, die wohl mit seinem Beruf zu tun hatten und mit denen sie nichts anfangen konnte. Aber auch technische Daten, die sich auf das Kreuzfahrtschiff bezogen. So wurde zum Beispiel die Leistung der Azipods mit 13 000 Kilowatt angegeben, die der Bugstrahlruder mit 1 600 Kilowatt. Was Männer doch so alles interessiert, dachte Ellen belustigt: die Einwohnerzahlen aller Städte auf dieser Reiseroute, das Baujahr des Ozeanographischen Museums in Monte Carlo, die Länge und Tiefe der Straße von Gibraltar und so weiter. Na toll, dachte Ellen, das kann ich mir getrost schenken.

In einem anderen Dokument mit der Bezeichnung *Logbuch* gab es kurze Notizen. Gleich zu Beginn hatte Gerd ein Zitat von Kant vorangestellt: *Ich kann, weil ich will, was ich muss.* Eine Weile dachte Ellen über diesen Satz nach und verstand ihn trotzdem nicht. Im weiteren Verlauf erschienen immer wieder die Anfangsbuchstaben verschiedener Personen, etwa A, O, E, F, H oder M.

Es war ihr zu mühsam, die unverständlichen Abkürzungen im Telegrammstil systematisch zu studieren, Ellen las kreuz und quer, übersprang manche Passagen, schloss einige langweilige Ordner, kehrte wieder zum Anfang zurück und war insgesamt leicht irritiert.

Bald stieß sie aber auf einen Satz, den sie auf Anhieb verstand: *A. hat aus alten Jeans ein Sofa bezogen, geniale Idee!* Die Entschlüsselung war insofern nicht schwer, als in Amalias Zimmer schon seit drei Jahren das besagte Möbelstück stand, das allerdings dank mangelnder Schneiderkunst nicht ganz so schick geraten war, wie Amalia sich das vorgestellt hatte. Anscheinend hatte ihre Tochter trotzdem mit ihrem unsäglichen Werk angegeben.

Kurz darauf stutzte sie bei der Zeile: *E. ist verliebt in mich.* – E. stand ja wohl für Ellen, aber von Gerds eigener Verliebtheit war nicht die Rede. Mit Abkürzungen und Andeutungen wurde auch weiterhin nicht gespart. *O. will ihren Wunsch bzgl. See-*

bestattung schriftl. formulieren. Ellen erinnerte sich, dass Ortrud anlässlich der hündischen Trauerfeier zum ersten Mal von ihrem Tagebuch gesprochen und ihren Wunsch nach einer Ruhestätte auf dem Meeresboden geäußert hatte. Warum hielt Gerd das für wichtig genug, um es festzuhalten?

Auch heute ausgiebig mit F. telefoniert, las sie mit Befremden. Falls es sich um Franziska handelte, dann stimmte etwas nicht, denn Gerd hatte ja behauptet, der Kontakt mit seiner Tochter sei seit langem abgebrochen. Natürlich konnte F. auch ein Kollege sein, ein Fritz, Florian oder Ferdinand. Nicht minder nebulös der merkwürdige Satz ziemlich am Ende der Apokryphen: *Armagnac-Falle gestellt!*

Was zerbreche ich mir den Kopf, was soll der Quatsch, dachte Ellen plötzlich, Gerd hat mehr als ein halbes Leben hinter sich, da gibt es doch unendlich viele Bezüge auf Menschen und Ereignisse, von denen ich keine Ahnung habe. Sicherlich wird er mir alle Ungereimtheiten erklären können, aber vielleicht auch ärgerlich werden, weil ich geschnüffelt und diesen blöden Stick skrupellos einkassiert und verwendet habe. Trotz ihrer Gewissensbisse fuhr Ellen aber fort, in Gerds virtuellem Logbuch zu blättern.

Herzattacke gelungen, E. und O. und selbst der Arzt sind mir auf den Leim gegangen. Jetzt war Ellen allerdings entsetzt, auch sie war darauf reingefallen.

Warum hatte Gerd einen Herzinfarkt vorgetäuscht? Bloß um sich ihren Umarmungen zu entziehen? Auf einmal erschien ihr dieser wunderbare Mann in einem anderen Licht. Er war wohl kaum so integer, wie sie geglaubt hatte. Und seine Anrufe galten eventuell gar nicht ihr, sondern dem vermissten USB-Stick, von dem er nicht wusste, wo er abgeblieben war.

Mit Herzklopfen legte Ellen den Störenfried in ihre einzige abschließbare Kommodenschublade. Morgen musste sie wieder gut erholt am Arbeitsplatz erscheinen, es hatte keinen Zweck, sich mit wirren Theorien verrückt zu machen. Alles würde sich aufklären, jetzt wollte sie erst einmal frische Kleider für den nächsten Tag herauslegen, sich die Fingernägel feilen und die Haare waschen. Und während sie dies und das sortierte und ordnete, Wasser in die Badewanne einließ und abgelaufene Kalenderblätter in den Papierkorb warf, fasste sie einen Entschluss: Am nächsten Wochenende würde sie nach Frankfurt fahren und ihrer Schwägerin die geliehenen Kleider zurückbringen. Im Anschluss würde sie Gerd einen Überraschungsbesuch abstatten.

Wie schon seit Jahren fuhren Ellen und Amalia jeden Morgen gemeinsam zur Arbeit. Ellen hatte ihrer Tochter eingeschärft, bei ihrem Urlaubsbericht den Kolleginnen bloß nicht unter die Nase zu reiben, wieso es ausgerechnet zu einer Kreuzfahrt auf einem Luxusschiff gekommen war.

»Sieh mal«, sagte Ellen, »die verdienen ja alle mehr oder weniger das gleiche Geld wie wir und könnten sich niemals eine solche Reise leisten. Man soll den Neid seiner Mitmenschen nicht herausfordern! Wenn wir so tun, als hätten wir es selbst bezahlt, dann rätselt man herum, woher wir plötzlich so viel Kohle haben. Dass man uns eingeladen hat, hört sich aber sehr verdächtig an, denn man wird sofort denken, wir ließen uns aushalten. Und die ganze merkwürdige Geschichte von meinem leiblichen Vater geht keinen was an, niemand braucht zu erfahren, dass wir nicht vom alten Tunkel abstammen. Omas Seitensprung würde sich im Nu herumsprechen, unser Ort ist klein, man würde sich schon wieder über uns das Maul zerreißen...«

»Also gut, dann bleibt es bei der Version, dass wir die Reise gewonnen haben«, sagte Amalia gähnend. »Allerdings wissen Clärchen, Katja und Uwe Bescheid, die werden aber dichthalten.«

»Das will ich hoffen! Tschüs, mein Schätzchen, bis heute Abend!«, sagte Ellen.

»Mama, hat sich Gerd eigentlich noch mal gemeldet?«, fragte Amalia und griff nach ihrer Handtasche.

»Nur ganz kurz. Ich habe dir ja schon gesagt, dass man eine Wasserleiche gefunden hat«, sagte Ellen und gab Gas. Musste Amalia ausgerechnet jetzt wieder damit anfangen, wo sie sich doch ganz auf ihre Arbeit konzentrieren wollte. Insgeheim malte sich Ellen unentwegt aus, wie ihre Romanze weitergehen könnte. Sollte sie zu Gerd nach Frankfurt ziehen und ihre Mutter und Amalia im Odenwald zurücklassen? Oder würde Gerd bei ihr im Nonnenhaus leben wollen – das ja schließlich das Haus seiner Vorfahren war – und vielleicht sogar für eine umfassende Renovierung sorgen? Wahrscheinlich nicht, denn er musste mindestens noch zehn Jahre lang seinen Beruf ausüben. Sollten sie sich jedes Wochenende treffen und ihre Ferien gemeinsam verbringen? Immer noch besser als nichts, fand Ellen, die am Ziel angekommen war und jetzt die ganze Abteilung mit Handschlag begrüßen musste. Es war viel Arbeit liegengeblieben, weil sie ihren Urlaub so kurzfristig angemeldet und nichts im Voraus geregelt hatte. Aber immerhin war die sommerliche Reisesaison zu Ende, und sie brauchte nicht mehr so viele Pässe auszustellen.

In der Mittagspause beantwortete sie die neugierigen Fragen ihrer Kolleginnen, aber wie schon bei ihrer Mutter beschränkte sie sich auf die Schattenseite einer Seereise. Und als man gar erfuhr, dass sie zu Hause von einem jungen Hund begrüßt wurde, stand nur noch die allgemeine Schadenfreude im Vordergrund. Amalia war nicht ganz so diplomatisch, als ihre Chefin sie befragte, warum sie noch knuspriger und frischer aussähe als sonst.

»Meine Mutter hat bei einem Preisausschreiben eine Reise für zwei Personen gewonnen«, sagte Amalia. »Absolut cool, so eine Kreuzfahrt auf einem Luxusliner.«

Die erste Woche nach den Ferien verging sehr rasch. Am Freitagabend kündigte Ellen ihrem Bruder den morgigen Besuch an. »Ganz kurz, nur auf einen Kaffee«, sagte sie. Matthias meinte, sie solle die Mutter mitbringen und den ganzen Tag bleiben.

»Ach, ich habe hier noch so viel zu erledigen. Für eine Auszeit muss man hinterher immer büßen«, sagte Ellen. »Ein andermal!«

Am Samstagvormittag fuhr Ellen mit einem Koffer voller Kleider nach Frankfurt und wurde von Bruder und Schwägerin freundlich empfangen. Auch ihnen sollte sie von der Reise erzählen und tat es in diesem Fall ganz gern, denn Matthias und Brigitte gönnten ihr den Urlaub.

»Schade, dass alles so tragisch enden musste«, sagte Matthias. »Ich habe gestern mit Gerd telefoniert, das Ergebnis der Obduktion liegt vor, die Tote kann jetzt überführt werden.«

»Und was ist dabei herausgekommen?«, fragte Ellen.

»Es besteht kein Zweifel, dass es sich um Ortrud handelt. Und man hat – wie ja zu erwarten war – keine Anhaltspunkte für fremde Gewalteinwirkung gefunden«, sagte Matthias.

Brigitte stand das Wasser in den Augen. »Der arme Gerd«, sagte sie mitfühlend. »Auf diese Reise hatten sich die beiden so gefreut, es ist einfach nicht zu fassen.«

»Ich werde auf dem Rückweg noch auf einen Sprung bei ihm vorbeischauen«, sagte Ellen. »Vielleicht können wir ja in irgendeiner Form helfen.«

»Weiß er, dass du kommen willst?«, fragte Matthias. »Bevor du völlig für die Katz durchs Westend kurvst, werde ich lieber mal testen, ob er auch zu Hause ist.« Und schon ging er ans Telefon. Der Plan, ihren Lover zu überrumpeln, war damit geplatzt. Sie war sehr neugierig auf sein Haus und ließ sich von Matthias genau erklären, wo man am besten parken könnte. Den USB-Stick hatte sie nicht mitgenommen und wollte ihn auch möglichst nicht erwähnen.

Sie konnte den Wagen nicht direkt am Ziel abstellen und wanderte langsam und aufmerksam durch die Apfelstraße. Genau wie es Matthias bei seinem ersten Besuch gemacht hatte, blieb sie auf der gegenüberliegenden Straßenseite stehen und betrachtete das Haus hinter dem großen Kastanienbaum. Ihr Bruder hatte ihr vorgeschwärmt, wie einmalig schön Ortrud ihr Heim eingerichtet hätte. Im obersten Stockwerk wohnte Gerd, im Parterre lag das Architekturbüro, so viel wusste sie immerhin. Da heute sicherlich niemand dort arbeitete, war sie etwas verwundert, als im Erdgeschoss ein junges Gesicht hinter der Fensterscheibe auftauchte und gleich wieder verschwand. Eine Putzfrau?

Als sie geklingelt hatte, schnarrte kein Summer, sondern Gerd stand in Sekundenschnelle an der Haustür. Er wirkte ein wenig konfus, als er sie flüchtig umarmte.

»Arbeitest du auch am Wochenende?«, fragte Ellen, während sie gemeinsam die vielen Treppen hinaufstiegen.

»Nein, wieso sollte ich?«

»Weil du nicht von oben heruntergekommen bist«, sagte sie und fasste vertraulich nach seiner Hand.

»Ach so, ich war zufällig gerade im Büro und sah dich auf der Straße«, antwortete er.

Ellen fragte nach der Frau hinter der Scheibe und erfuhr, dass es eine Studentin sei, die ein Praktikum bei Gerd und seinen Kollegen absolvierte.

»Sie hatte gestern ihr Handy hier vergessen, ich habe es ihr gerade wieder übergeben«, erklärte er.

»Wie heißt denn die junge Dame?«, fragte Ellen.

»Mein Gott, du willst aber auch alles ganz genau wissen! Sie heißt Fabiola Schäfer. Zufrieden?«

Endlich hatten sie die vielen Treppen bewältigt, die Wohnungstür stand offen, und Ellen hatte Gelegenheit zu einer kurzen Besichtigung. Gerd wollte einen Espresso zubereiten und bediente eine schicke rote Maschine, während sie die zahlreichen Bilder betrachtete.

Schließlich saßen sie sich im Wintergarten gegenüber und wussten nicht genau, wo sie anfangen sollten.

»Sind Ortruds Koffer inzwischen angekommen, und kann ich dir noch in irgendeiner anderen Form unter die Arme greifen?«, sagte Ellen etwas steif. Gerd hob lachend die Arme, schüttelte aber den Kopf. Es sei für alles gesorgt: Das Gepäck sei gestern angekommen. Die Identität der Toten sei geklärt, und die Überführung erfolge demnächst; außerdem müsse er für die Einäscherung sorgen, sowohl Anzeigen in zwei Zeitungen aufgeben als auch welche verschicken. Vor der Trauerfeier grause er sich ein wenig.

»Wann kommen deine Kinder?«, fragte Ellen. Er zuckte mit den Achseln und strich nervös ein paar Krümel von der Tischdecke.

»Liebes, es tut mir leid, dass ich heute ein schlechter Gastgeber bin. Aber mir brummt der Kopf, und ich will meinem empfindlichen Herzen nicht zu viel zumuten. Ein andermal haben wir mehr Zeit füreinander.«

Ellen fühlte sich rausgeschmissen. Sie bat darum, vor ihrer Heimfahrt die Toilette benutzen zu dürfen und sah sich im Bad gründlich um. Der Inhalt von Ortruds Reisenecessaire war in eine Plastikschüssel entleert worden, es sah so aus, als würde die Hausfrau jeden Moment aus der Küche kommen und ihre Tuben und Dosen wieder an ihren Platz räumen. Als Ellen schließlich den Deckel des kleinen Mülleimers lupfte, lag eine gebrauchte Damenbinde darin und sonst nichts.

Kurz darauf saß sie wieder im Wagen und quälte sich durch viele Umleitungen in Richtung Süden. Sie fuhr nur selten in eine größere Stadt und war etwas unsicher, fast hätte sie aus Unachtsamkeit eine alte Frau angefahren. Aber es war nicht nur der Frankfurter Verkehr, der ihr zu schaffen machte, sondern auch die Begegnung mit Gerd. Nichts war so gelaufen, wie sie es sich gewünscht hatte. Er hatte sich überhaupt nicht über ihren Besuch gefreut, ja sie hatte sogar den Eindruck, unwillkommen zu sein. Hatte diese Praktikantin das Haus überhaupt verlassen, oder war sie unten im Büro geblieben? Lauerte sie nur darauf, dass die Luft rein war? Sie hieß Fabiola, ein Name der ebenso mit F begann wie Franziska. Mein Gott, ich bin ja so was von doof, dachte Ellen plötzlich, Mutter hatte gleich den richtigen Riecher.

27

Etwa auf der Hälfte des Heimwegs spürte Ellen einen schmerzhaften Stich in der Brust. Das erste Zeichen eines Herzinfarkts? Das letzte EKG vor zwei Jahren hatte keinerlei Auffälligkeiten gezeigt, aber sagte das über zukünftige Erkrankungen etwas aus? Die Diagnose stellte sie jetzt allerdings selbst: Verschmähte Liebe tat weh – nicht nur seelisch, sondern auch körperlich.

Ellen war in diesem Augenblick so unglücklich, dass sie sich ebenso wie Ortrud wünschte, in dunklen Wassern, auf dem tiefsten Meeresboden zu landen. Leise murmelte sie eine Zeile aus einem Hölderlingedicht: *Willkommen dann, o Stille der Schattenwelt!* Ständig musste sie die Tränen abwischen, sah aber ein, dass sie das in hohem Maße gefährdete, und riss sich zusammen. Sie stand jetzt nicht als Tragödin auf einer Theaterbühne, sondern raste über eine vielbefahrene Autobahn. Während des letzten Drittels ihrer Fahrt ließ der Schmerz plötzlich nach, sie empfand sogar ein verstörendes Hochgefühl, weil sie überhaupt noch am Leben war und schließlich unbeschadet zu Hause ankam.

Im Vorgarten hockte ihre Mutter wie ein Laubfrosch vor dem Hündchen, das eifrig herumschnüffelte. Der junge Hund freute sich über ihr Kommen wie ein Baby, das morgens das Gesicht seiner Mutter erkennt. Trotz ihrer Voreingenommenheit konnte Ellen nicht umhin, die kleine Penny zu streicheln, was Hildegard mit Erleichterung zur Kenntnis nahm. Es fing an zu nieseln, die Hundepfoten hinterließen erdige Spuren auf Ellens heller Hose, aber es war ihr egal.

»Bist du dem Teufel begegnet, meine Kleine?«, fragte Hildegard. »Komm rein, ich mache uns einen Pfefferminztee.«

In der Küche saßen bereits Uwe und Amalia, anscheinend hatte Hildegard die Anwesenheit des langen Labans inzwischen akzeptiert. Uwe trug die Murmeltierkette am Hals und wirkte für die Großmutter noch subversiver als zuvor, aber andererseits war er zuverlässig und eine Seele von Mensch. Amalia tat recht, ihn nicht einfach gegen einen windigen Bariton oder Tenor einzutauschen.

Als wäre sie gerade aus einem fernen Land zurückgekommen, musterte Ellen die Küche mit neuem Blick. Man müsste alles rausschmeißen und neu einrichten, dachte sie, Amalia hat es neulich schon moniert. Die uralten Elektroplatten sind immer mit hässlichen, rotgeblümten Emailtöpfen vollgestellt, weil es nicht genug Regale gibt, auf dem brummenden Kühlschrank stehen schmierige Öl- und Essigflaschen, den PVC-Boden müsste man herausreißen und die darunterliegenden alten Holzdielen abschleifen und ölen. Bei Gerd sah es anders aus, eine offene Designerküche mit neuester Technik und kleinen, feinen Akzenten – zum Beispiel einer Bordüre aus maurischen Fliesen. Ortrud hatte in dieser Hinsicht tatsächlich Geschmack bewiesen.

Ellen geriet ins Nachdenken und hörte erst wieder hin, als Amalia das Lieblingslied ihrer Großmutter anstimmte: *Grün, grün, grün sind alle meine Kleider…* Uwe ließ seine Hemmungen fallen und trällerte mit.

Amalia war bester Dinge, denn ihr Schwangerschaftstest war negativ ausgefallen. Obwohl sie nur Pfefferminztee getrunken hatte, schmetterte sie lauthals los, und die anderen fielen ein, nur Ellen schwieg. Tot, tot, tot sind alle meine Träume, dachte sie. Wortlos verließ sie die fröhliche Runde und ging in ihr Schlafzimmer, wo der Computer stand. Sie hatte noch immer nicht alle Dateien vom USB-Stick gelesen.

Im Ordner *Entwürfe* fanden sich ein Schreiben an einen Rechtsanwalt, eine Hausordnung und Exposés für Briefe und Mails. Schließlich stieß Ellen auf die Rohfassung einer Mail, die offenbar nicht verschickt worden war.

Mein liebes kleines Fabeltierchen, wo bist Du nur? Ich versuche dauernd, Dich zu erreichen. Dein Vorschlag ist natürlich fabelhaft, ich habe aber viel effektivere Maßnahmen geplant! Ich werde O. mit Alkohol versorgen, bis sie halb im Koma liegt, dann einen Herzanfall vortäuschen und mich auf die Krankenstation verlegen lassen. Die Schwester pflegt den Wecker zu stellen und nur alle drei Stunden nach dem Rechten zu sehen, zwischendurch schläft sie wie eine Tote – das weiß ich noch von der letzten Reise. Irgendwann werde ich mich leise aus dem Raum stehlen, mit dem Lift nach oben fahren und in unserer Suite tabula rasa machen. Warte nur ab, diesmal bin ich mutig und demnächst endlich frei. Wish you were here.
My darling, alles wird gut!
L. G. Dein Gerd

Das war ja wohl das Letzte! Fast hätte Ellen schwören können, dass das geliebte Fabeltierchen jene Fabiola aus Gerds Büro war. Wie lange mochte das schon gehen? Und war sie am Ende eine Freundin seines Sohnes gewesen, so jung, wie sie war? Ortrud hatte ja eine diesbezügliche Bemerkung fallenlassen. Das erklärte natürlich, warum sich Gerds Kinder von ihren Eltern distanziert hatten. Wenn Ellen diesen Brief richtig deutete, dann hatte ihr vergötterter Monsieur Dornfeld vorgehabt, seine Madame eigenhändig über Bord zu befördern, und Ellen war dumm genug gewesen, ihm diese Arbeit abzunehmen. Er wiederum musste glauben, dass Ortrud versehentlich oder auch freiwillig ins Meer gestürzt war.

Ellen fühlte sich erleichtert. Ortrud wäre so oder so tot, wenn nicht durch Ellens Tatkraft, dann durch Gerds *effektive Maßnahmen*. Und sicherlich hätte Ortrud in ihren letzten Minuten qualvoller gelitten, wenn ihr eigener Mann sie umgebracht hätte. Es war anzunehmen, dass Gerd tatsächlich in tiefer Nacht in seine Suite geschlichen war und gesehen hatte, dass von seiner Frau nichts als die Bordkarte übriggeblieben war. Im Grunde hatte Ellen also beiden einen Gefallen erwiesen. Oder hatte Gerd seiner jungen Freundin nur mit angeberischen Mordphantasien imponieren wollen und wäre im Ernstfall doch zu feige für eine entschlossene Tat gewesen? Hatte er diese Mail aus purer Vorsicht nicht abgeschickt oder seinen Plan bereits wieder verworfen?

Und was jetzt? Sollte sie die Unterschlagung des USB-Sticks zugeben und Gerd beschuldigen, seine Frau umgebracht zu haben, denn der Brief kam ja einem Geständnis gleich? Ihn erpressen? Am Ende würde er ihr dann auch nach dem Leben trachten. Den Teufel werde ich tun, dachte Ellen. Und auf keinen Fall würde sie nach dem heutigen frustrierenden Besuch bei ihm anrufen, erst wollte sie sich von ihrem Schock erholen und abwarten, wie sich die Sache entwickelte.

Eine Woche später erhielt die Familie Tunkel eine schwarzumrahmte Anzeige:

> *Wir trauern um Ortrud Dornfeld,*
> *die durch einen tragischen Unglücksfall*
> *allzu früh ihr Leben verlor.*
>
> GERD DORNFELD
> BEN DORNFELD
> FRANZISKA DORNFELD

Darunter standen die genauen Daten von Geburt und Tod, Ort und Termin der Beisetzung sowie ein kurzer handschriftlicher Gruß. Von einer Seebestattung war nicht die Rede. Ellen beschloss, sich für die Beerdigung freizunehmen und nach Frankfurt zu fahren. Amalia sagte rundheraus, dass sie keine Lust hätte, ihre Freizeit auf einem Friedhof zu verbringen. Außerdem wolle sie nicht heucheln, denn der Tod von Madame Doornkaat gehe ihr nicht sonderlich nahe. Clärchen wurde gar nicht erst gefragt.

Auch Hildegard schüttelte ärgerlich den Kopf: »Warum sollte ich? Diesem Gerd zuliebe mich ins Auto setzen? Der kommt bestimmt nicht her, wenn ich mal dran bin!«

Später erfuhr Ellen, dass ihre Tochter für den bewussten Tag bereits einen anderen Plan hatte: Sie wollte mit Uwe und der Großmutter zu einem Juwelier fahren, wo der grüne Jadering aufgesägt und anschließend für Amalia passend gemacht werden sollte. Außerdem hatte Hildegard einen Termin mit dem Notar vereinbart, um die Villa endgültig ihrer jüngsten Tochter zu schenken. Es schien fast so, als wolle sie ihre Hinterlassenschaft regeln.

Ellen sprach mit Matthias, der es für eine Selbstverständlichkeit hielt, der Frau eines nahen Verwandten die letzte Ehre zu erweisen. Er habe schon mit Holger, Christa und Lydia gesprochen, die leider alle weder Zeit noch Interesse hatten, an der Trauerfeier teilzunehmen.

»Sie werden aber Blumen schicken, Briefe schreiben und einen späteren Besuch in Aussicht stellen«, entschuldigte Matthias seine Geschwister. »Sie kennen ihren Halbbruder nicht so gut wie ich und haben Ortrud nur einmal beim Familientreffen gesehen. Aber Gerd wird es sicher guttun, wenn Brigitte, du und ich unser Mitgefühl ausdrücken und anschließend auch mit ins Restaurant kommen. So gehört sich das schließlich.« Und er schlug vor, dass Ellen ihren Wagen bei ihm abstellen sollte, um gemeinsam mit ihnen zum Friedhof zu fahren.

Ellen konzentrierte sich, so gut es ging, auf die Autobahn, obwohl sie auch dieses Mal wieder in Grübeleien versank. Sie trug einen alten schwarzen Regenmantel, hatte einen kleinen Kranz mit rosa Rosen aus dem Garten dabei und den USB-Stick in der Hosentasche. Nach langem Abwägen hatte sie beschlossen, Franziska oder Ben – Gerds Kindern – den anrüchigen Gegenstand zu übergeben, um wenigstens in irgendeiner Form Rache zu üben. Er hat nur mit mir gespielt, dachte sie, er fand es amüsant, dass ich wie ein Teenager entflammt war und mich ihm mehr oder weniger an den Hals geworfen habe. Seit geraumer Zeit liebt er eine Studentin und wollte Ortrud nur ihretwegen loswerden, nicht etwa, um mit mir ein neues Leben zu beginnen. Seine Kinder sollen erfahren, dass ihr ehrenwerter Papa die Mama auf dem Gewissen hat. Womöglich war die arme Ortrud nur deswegen dem Suff verfallen, weil sie sich über Gerds Affären so grämte. Beinahe reute es sie, ihm zugearbeitet zu haben.

Ellen kam etwas zu spät und wurde von Brigitte in einem schwarzen Kostüm sowie Matthias im dunklen Anzug empfangen. Unverzüglich machten sie sich auf den Weg und betraten wie düstere Krähen den Platz am Haupteingang des Friedhofs. Dort hatten sich bereits andere Trauergäste versammelt, bevor alle gemeinsam die Aussegnungshalle betraten und sich dort niederließen.

Es war nicht schwer, Gerds Kinder ausfindig zu machen, denn sie waren die einzigen jungen Menschen, die zudem nicht völlig schwarz gekleidet waren. Sie saßen neben einem alten Männlein im Hintergrund, während ihr Vater in der vordersten Reihe von einer Gruppe distinguierter Damen und Herren umringt wurde; Gerds junge Freundin war wohl aus Pietät nicht erschienen. Man hatte die Urne inmitten weißer Lilien aufgebahrt, an Kerzen war nicht gespart worden. Nach der üblichen Orgelmusik hielt ein Pfarrer eine unpersönliche Rede, denn er schien die Tote nicht gekannt zu haben. Ellen saß zwischen Brigitte und Matthias, hörte sich die christlichen Worte nicht an, sondern zählte unauffällig die anderen Gäste, sie kam auf dreiundfünfzig. Sollte sie Gerds Kindern den Stick schon jetzt ganz unauffällig oder erst am offenen Grab vor aller Augen übergeben?

Nach der Predigt schob sich der alte Mann aus

der hintersten Reihe mit Hilfe eines Rollators nach vorn, Gerds Kinder halfen ihm. Offenbar hatte niemand mit einer weiteren Rede gerechnet, denn es ging ein verwundertes Raunen durch den Saal. Mit brüchiger Stimme setzte der Greis ein, tief bewegt und ein wenig verwirrt. Er hoffe, dass die Zwillingsschwestern im Jenseits glücklich vereint seien, aber er sei nicht in der Lage, im Moment des Abschieds über seine verstorbene Tochter zu sprechen. Um aber allen, die in Trauer und Liebe für die Tote hier versammelt seien, Trost zu spenden, habe er Ortruds liebste Arie aus der *Zauberflöte* mitgebracht. Auf einen Wink erscholl der volltönende Bass des Sarastro aus der berühmten Mozartoper. Der alte Herr begab sich wieder zu seinen Enkeln und weinte, und beim magischen Zauber von Musik, Lilienduft und Kerzen weinten auch viele Trauergäste.

> *In diesen heil'gen Hallen*
> *Kennt man die Rache nicht,*
> *Und ist ein Mensch gefallen,*
> *Führt Liebe ihn zur Pflicht.*

Ortrud gibt mir ein Zeichen, dachte Ellen, sie hat mir vergeben, und bittet mich, keine Rache zu nehmen!

Wo Mensch den Menschen liebt,
Kann kein Verräter lauern,
Weil man dem Feind vergibt.

Als etwa fünf Schweigeminuten verstrichen waren, nahte ein diskreter, in eine graue Dienstuniform gekleideter Angestellter und trug die Urne gemessenen Schritts bis an jenen Ort, wo bereits eine kleine Grube ausgehoben war. Ihm folgten der Pfarrer und der gesamte Trauerzug. Der Inschrift auf dem Grabstein war zu entnehmen, dass hier bereits Ortruds Mutter und Zwillingsschwester ruhten. Als die milchigweiße Urne versenkt war, traten die Trauernden dicht heran, um eine Blume oder eine symbolische Handvoll Erde ins Grab zu werfen. Gerd war der Erste, seine Kinder und der alte Vater taten es ihm nach. Ellen drängte sich ein wenig vor, um als Nächste vor der Öffnung zu stehen, denn ihr großer Auftritt war jetzt gekommen. Sie zog den USB-Stick aus der Tasche und schleuderte ihn effektvoll in die Tiefe, wo das Metall mit einem feinen, klingenden Ton auf ein noch unbedecktes Stück Alabaster traf.

Gerd stand in diesem Moment direkt neben Ellen und wurde blass. »Das war ein Versehen«, murmelte er zu den Umstehenden und wollte rasch niederknien und den Stick wieder herausangeln. Ellen hielt ihn am Ärmel fest und flüsterte: »Lass liegen, es ist meine Gegengabe für die Kreuzfahrt.«

Schon waren die Nächsten an der Reihe, die den kleinen Zwischenfall entweder nicht beachtet hatten oder für einen besonders intimen, geheimen Freundschaftsbeweis hielten. Schließlich wurde die Grube zugeschüttet, festgestampft und das Erdreich mit Blumen und Kränzen bedeckt. In Andacht versunken standen alle eine Weile stumm daneben, dann begab man sich zum Parkplatz, um im Konvoi zum vorgesehenen Gasthaus zu fahren.

Ob er sich irgendwann wieder herschleicht, um in Ortruds Grab zu buddeln?, überlegte Ellen und stieg zu Matthias und Brigitte ins Auto. Als sie sich vorstellte, wie Gerd mit bloßen Händen in der Erde herumwühlte und dabei von einem Friedhofsgärtner ertappt wurde, zuckten erst nur ihre Mundwinkel, dann musste sie peinlicherweise leise lachen. Ihr Bruder drehte sich befremdet nach ihr um.

»Ich habe mich vorhin ein wenig mit Gerds Tochter Franziska unterhalten«, erzählte Brigitte, um die Situation zu entschärfen. »Es fiel mir auf, dass sich die Kinder lieber an ihren Großvater hielten, statt als Familie alle zusammen in der vordersten Reihe zu sitzen.«

»Hast du etwas Näheres über irgendwelche Animositäten erfahren?«, fragte Matthias. »Erbschaftsquerelen oder so?«

»Nicht direkt«, sagte Brigitte. »Die Tochter hat allerdings angedeutet, dass ihre Mutter depressiv war, doch das ahnten wir ja schon lange. Aber sie hat noch eine mysteriöse, etwas zynische Bemerkung gemacht, dass Gerd immer gewusst habe, wie man sich tröstet.«

»Ich habe auch etwas läuten hören«, sagte Matthias, »wenn auch aus einer völlig anderen Quelle. Mein honetter Bruder Gerd soll eine sehr junge Freundin haben, die er seinem Sohn ausgespannt hat. Zufällig war nämlich ein Klassenkamerad von mir bei der Trauerfeier, ein Kollege von Gerd, der ihm offenbar nicht wohlgesinnt ist. Konkurrenzneid nehme ich an, das Gerücht muss also nicht stimmen. Auf jeden Fall finde ich es besonders taktlos, bei einem solchen Anlass damit herauszurücken.«

Ellens Verdacht hatte sich also bestätigt. Das alles war Grund genug, die Akte Gerd zu schließen und nicht mehr am Leichenschmaus teilzunehmen.

»Könntest du mich bei euch zu Hause absetzen«, sagte sie zu ihrem Bruder. »Ich habe starke Kopfschmerzen und muss mich kurz hinlegen. Und dann fahre ich lieber nach Hause zurück.«

Auf der Rückfahrt war Ellen sehr zufrieden mit sich und ihrer großherzigen Geste, ja sie freute sich fast wieder auf ihr normales Leben. Zwar wusste sie genau, was in den nächsten Jahren auf sie zukam: monotone Arbeit, ein undichtes Dach, Geldsorgen, eine immer gebrechlichere Mutter, Töchter mit unpassenden Freunden, nachbarlicher Spott über das Nonnenhaus und keine Aussicht auf einen treusorgenden Partner. Wie ihre Mutter würde sie mit der Zeit zu einer männerfeindlichen alten Frau werden.

Trotzdem war sie im Augenblick geradezu glücklich, nur schade, dass sie kein Publikum von ihrer neuen Rolle überzeugen durfte. Sie war zwar nicht auf der Bühne, dafür aber im wahren Leben zur Heldin geworden: zu einer unglaublich edlen Mörderin.

Das Diogenes Hörbuch zum Buch

Ingrid Noll
Über Bord

Ungekürzt gelesen von UTA HALLANT

6 CD, Spieldauer ca. 426 Min.

Ingrid Noll
im Diogenes Verlag

»Sie ist voller Lebensklugheit, Menschenkenntnis und verarbeiteter Erfahrung. Sie will eine gute Geschichte gut erzählen, und das kann sie.«
Georg Hensel/Frankfurter Allgemeine Zeitung

Der Hahn ist tot
Roman

Die Häupter meiner Lieben
Roman

Die Apothekerin
Roman

Der Schweinepascha
in 15 Bildern. Illustriert von der Autorin

Kalt ist der Abendhauch
Roman

Röslein rot
Roman

Selige Witwen
Roman

Rabenbrüder
Roman

Falsche Zungen
Gesammelte Geschichten
Ausgewählte Geschichten auch als Diogenes Hörbücher erschienen:
Falsche Zungen, gelesen von Cordula Trantow, sowie *Fisherman's Friend*, gelesen von Uta Hallant, Ursula Illert, Jochen Nix und Cordula Trantow

Ladylike
Roman
Auch als Diogenes Hörbuch erschienen, gelesen von Maria Becker

Kuckuckskind
Roman
Auch als Diogenes Hörbuch erschienen, gelesen von Franziska Pigulla

Ehrenwort
Roman
Auch als Diogenes Hörbuch erschienen, gelesen von Peter Fricke

Über Bord
Roman
Auch als Diogenes Hörbuch erschienen, gelesen von Uta Hallant

Hab und Gier
Roman
Auch als Diogenes Hörbuch erschienen, gelesen von Uta Hallant

Außerdem erschienen:

Die Rosemarie-Hirte-Romane
Der Hahn ist tot /
Die Apothekerin
Ungekürzt gelesen von Silvia Jost
2 MP3-CD, Gesamtspieldauer
15 Stunden

Weihnachten mit Ingrid Noll
Sechs Geschichten
Diogenes Hörbuch, 1 CD, gelesen von Uta Hallant

Barbara Vine
im Diogenes Verlag

Barbara Vine (i.e. Ruth Rendell) wurde 1930 in London geboren, wo sie auch heute lebt. Sie arbeitete als Reporterin und Redakteurin für verschiedene Magazine. Seit 1965 schreibt sie Romane und Stories, die verschiedentlich ausgezeichnet wurden.

»Barbara Vine, besser bekannt als Ruth Rendell, ist in der englischsprachigen Welt längst zum Synonym für anspruchsvollste Kriminalliteratur geworden.«
Österreichischer Rundfunk, Wien

»Wenn Ruth Rendell zu Barbara Vine wird, verwandelt sich die britische Thriller-Autorin in eine der besten psychologischen Schriftstellerinnen der Gegenwart.« *Süddeutsche Zeitung, München*

Die im Dunkeln sieht man doch

Es scheint die Sonne noch so schön

Das Haus der Stufen

König Salomons Teppich

Der schwarze Falter

Königliche Krankheit

Aus der Welt

Das Geburtstagsgeschenk

Alle Romane aus dem Englischen
von Renate Orth-Guttmann